मनोज रूपड़ा

मनोज रूपड़ा का जन्म 16 दिसम्बर, 1963 को गुजरात में हुआ।

उनकी प्रकाशित कृतियाँ हैं—'दफ़न और अन्य कहानियाँ', 'साज़-नासाज़', 'टॉवर ऑफ साइलेंस', 'आमाज़गाह', 'अनुभूति', 'दहन' (कहानी-संग्रह); 'प्रतिसंसार', 'काले अध्याय' (उपन्यास); 'कला का आस्वाद' (वैचारिक निबन्ध)। लगभग सभी प्रमुख भारतीय भाषाओं में उनकी कहानियों के अनुवाद प्रकाशित हुए हैं। कथा साहित्य के अलावा आजकल चित्रकारी में भी सक्रिय।

दुर्ग और मुम्बई में लम्बा वक्त बिताने के बाद पिछले कई सालों से नागपुर में रहनवारी।

उन्हें 'वनमाली कथा सम्मान', 'इन्दु शर्मा कथा सम्मान', 'पाखी सम्मान' और 'कथाक्रम सम्मान' से सम्मानित किया जा चुका है।

ई-मेल : manojrupada@gmail.com

प्रतिनिधि कहानियाँ

मनोज रूपड़ा

सम्पादक

राकेश मिश्र

राजकमल पेपरबैक्स

राजकमल पेपरबैक्स में
पहला संस्करण : 2022

राजकमल पेपरबैक्स : उत्कृष्ट साहित्य के जनसुलभ संस्करण

राजकमल प्रकाशन प्रा.लि.
1-बी, नेताजी सुभाष मार्ग, दरियागंज
नई दिल्ली-110 002
द्वारा प्रकाशित

शाखाएँ : अशोक राजपथ, साइंस कॉलेज के सामने, पटना-800 006
पहली मंजिल, दरबारी बिल्डिंग, महात्मा गांधी मार्ग, प्रयागराज-211 001
36 ए, शेक्सपियर सरणी, कोलकाता-700 017

वेबसाइट : www.rajkamalprakashan.com
ई-मेल : info@rajkamalprakashan.com

बी.के. ऑफसेट
नवीन शाहदरा, दिल्ली-110 002
द्वारा मुद्रित

मूल्य : ₹99

PRATINIDHI KAHANIYAN
Representative Stories of Manoj Rupada
Edited by Rakesh Mishra

ISBN : 978-93-93768-42-1

प्रति-संसार का कथाकार जो नए आस्वाद रचता है

मनोज रूपड़ा समकालीन कहानियों की दुनिया में एक अलग और ख़ास मुक़ाम रखते हैं। यह सिर्फ़ एक वाक्य भर नहीं, एक मुकम्मल बयान है। अपनी पहली कहानी 'दफ़्न' से लेकर अपनी ताज़ा कहानी 'दहन' तक में उन्होंने अपने अलग और ख़ास दिखने वाले तेवर को बनाए रखा है। लेकिन यह क्या अलग और क्या ख़ास है? इसमें सबसे पहले तो यही कि ये कहानियाँ हमारे देखे हुए संसार और उसके यथार्थ की कहानियाँ नहीं हैं। किसी बनी-बनाई दुनिया को अस्वीकार कर यह कहानीकार जैसे पौराणिक विश्वामित्र की तरह एक नई सृष्टि की ज़िद का आग्रही हो। यही वह निषेध है जो ये कहानियाँ हमें अपने पहले पाठ में ही हमारे आसपास की दुनिया, हमारे अब तक के अनुभव, हमारी अब तक की अभिव्यक्ति के रोज़मर्रा रूटीन से हमें एक झटके में विच्छिन्न कर देती हैं।

तो क्या ये कहानियाँ किसी अवास्तविक दुनिया का बयान हैं जो हमारे समय के साथ वाबस्तगी नहीं रखतीं? बल्कि उसके उलट ये कहानियाँ यथार्थ के उस क्रूर और बीभत्स रूप को दर्ज करनेवाली कहानियाँ हैं जिस रूप में यथार्थ ने अपने क्रूर और तीखे तरीक़ों से मानवीय दुनिया का चित्रण किया है; इन कहानियों में यथार्थ उसी रूप में दिखता है जिस रूप में मनुष्य और उसकी दुनिया का दिखना समूची मानवता और उसकी दुनिया का अपमान माना जाता है।

यथार्थ के इसी क्रूर और ख़ूनी पंजे से लड़ते हुए इन कहानियों के पात्र जब अपनी निष्पत्ति और नियति तक पहुँचते दिखते हैं तो उनके चेहरों पर

लोहे-जैसी गाढ़ी रंगतवाली आभा चमचमाती रहती है, जिसे एक ही शब्द से परिभाषित किया जा सकता है 'गरिमा'।

मानवीय गरिमा की तलाश ही मनोज रूपड़ा की कहानियों का प्रस्थान-बिन्दु हो सकता है जिसके सहारे हम इस विलक्षण कहानीकार के विलक्षण कथा संसार में एक भ्रमित यात्री की तरह प्रवेश कर सकते हैं। उनकी 'दफ़न' कहानी की बात करें तो यह कहानी अपने पहले पाठ में जहाँ सिर्फ़ एक लाचार युवा की बेचारगी की कहानी दिखती है जो बम्बई जैसे शहर में अपनी मरी हुई 'माँ' के अन्तिम संस्कार का जिम्मा भी उठा पाने में असमर्थ है। वह एक ऐसी दुनिया और उसकी नियति का शिकार है कि उसकी माँ की अरथी को कन्धा देने के लिए चार लोग भी नसीब नहीं हैं और अन्ततः वह अपने पूरे संस्कारों से अन्दरूनी तौर पर लड़ता हुआ तिक्त यथार्थ के क्रूर पंजों में फँसता हुआ अन्ततः अपनी हिन्दू माँ का मुस्लिम तरीक़े से अन्तिम संस्कार करने को मजबूर होता है। परन्तु अपनी बनत और बनावट में यह कहानी उसकी मज़बूरियों का बयान भर नहीं रह जाती बल्कि अन्ततः मनुष्य के गरिमा की खोज की कहानी बन जाती है जिसके तहत यह धर्म, यह कर्मकांड या आडम्बर सब मनुष्यता को सीमित करनेवाले आवरण मात्र दिखने लगते हैं। और अन्ततः वह तलाश जाकर पूरी होती है जब वह क़ुरान की आयतों के बीच गीता के श्लोकों से साम्यता रखता हुआ अपनी माँ की मिट्टी का गरिमापूर्ण संस्कार करने में सफल होता है।

वैसे ही कहानी 'साज़-नासाज़' भी एक बदलते हुए पूँजीवादी संक्रमण काल में मशीनों के बढ़ते प्रभाव के बीच मनुष्यों की उपादेयताओं को कम करनेवाली कहानी के तौर पर पढ़ी जा सकती है। कला और संगीत जो सम्भवतः मनुष्य के स्वप्न के, उसकी आकांक्षाओं के सबसे उन्नत प्रतीक होते हैं, वह क्षेत्र भी मशीनों के अतिक्रमण से अछूता नहीं रहा। वाद्ययंत्र के समवेत आयोजन के बीच एक मिक्सिंग मशीन के आ जाने से वे सारे कलाकार बेज़ार और बेकार हो जाते हैं जो अपनी आत्मा की तड़प से कोई एक धुन निकालने के लिए अपनी पूरी ज़िन्दगी खपा देते हैं। कहानी का नायक सेक्सोफ़ोन बजाने को उद्धत है और अपनी साँसों की तरफ़ से लाचार, अपने भीतर के कुछ लगातार गलते जाने को महसूस करनेवाला एक बूढ़ा जो न जाने किस ज़िद और जुनून में उसी ताक़त से सेक्सोफ़ोन

बजाना चाहता है, जबकि उसे पता है कि अब उसे सुननेवाला कोई नहीं रहा। समकालीन यथार्थ के क्रूर पंजों ने उसकी अस्मिता, उसके स्वप्न को तार-तार कर दिया है। वह आकांक्षा जिसमें उसने अपनी नियति ढूँढ़ी थी वह सड़क पर बिना काम के भटकने को मोहताज है। लेकिन धीरे-धीरे वह कथावाचक के एक आत्मीय स्पर्श से पिघलता हुआ, अपने भीतर के हौसले को सहलाता हुआ, अपने अन्दर एक ज़िन्दा आदमी को महसूस करता हुआ और अपने बेगानेपन से लड़ने की कोशिशों के बीच अपनी उस दुर्दम्य आकांक्षा पर काबिज हो जाता है। यह मनुष्य की, उसकी गरिमा की, उसकी अपनी अस्मिता की खोज की, मशीन से लड़कर और पराजित होकर भी हार न मानते हुए मनुष्य की जिजीविषा की एक बड़ी कहानी के तौर पर हमारे सामने आती है।

मनोज रूपड़ा सिर्फ़ अपने प्रक्रिया-निष्कर्षों में ही इस तरह के बड़े कहानीकार नहीं हैं बल्कि अपनी सोच में भी वे उतने ही खरे हैं। मुझे याद है जब दूरदर्शन ने इस कहानी पर फ़िल्म बनाने की पेशकश की थी तो वे इस शर्त पर तैयार हुए थे कि उस फ़िल्म में जब बैकग्राउंड म्यूज़िक बजेगा तो उसमें किसी मिक्सर का इस्तेमाल नहीं होगा बल्कि वे सारे कलाकार जो वक़्त की मार से गुमनाम और बेआवाज़ हो गए हैं वे सब अपने वास्तविक वाद्य-यंत्रों के साथ यदि उस कम्पोज़िशन का हिस्सा होंगे तभी उनकी इस फ़िल्म के बनने में सहमति है। और फ़िल्म इसी तरीक़े से पूरी भी हुई थी।

हम बात कर सकते हैं मनोज रूपड़ा की कहानी 'सेकंड लाइफ़' की जो इस वास्तविक संसार से परे एक अबूझ और आभासी संसार में हमें ले जाती है। एक ऐसी आभासी और अवास्तविक दुनिया जिसका समकालीन यथार्थ से दूर-दूर तक कोई वास्ता नहीं हो, यथार्थ जहाँ एक मरी हुई, लतियाई हुई वस्तु की तरह पड़ा हो। जिस दुनिया में व्यक्ति अपना एक ऐसा प्रतिरूप रच सकता है जहाँ वह दुनिया के सबसे बड़े पावर 'मोंगर्स' को अपने अँगूठे की टिप पर नचा सकता है। इस दुनिया में उसकी तमाम अलग इच्छाएँ हैं, दुर्निवार अवैध लिप्साएँ हैं। उसके एक इशारे पर उस दुनिया में उसके सामने वह सब हाज़िर है जिसकी वह इस दुनिया में कल्पना भी नहीं कर सकता। वह अपनी इस अवस्था में, अपने प्रतिरूप में इतना ज़्यादा वास्तविक है कि किसी फानी दुनिया का उसके लिए शायद कोई मूल्य भी नहीं है, उसकी उसे

कोई ज़रूरत भी नहीं है। वह अपनी वास्तविक दुनिया में जितना मारा हुआ, लतियाया हुआ है, जितना उपेक्षित और बदहवास है, अपनी उस बनाई हुई अवास्तविक दुनिया में वह उतना ही सुरक्षित और मुतमईन है। वास्तविक दुनिया में वापस लाने की तमाम कोशिशें उसकी हाहाकारी आकांक्षाओं के आगे बौनी पड़ जाती हैं। दुनिया के तमाम रीति-रिवाज़ उसकी तमाम लालसाओं, आकांक्षाओं के प्रति-संसार के तौर पर अवास्तविक दुनिया का इतना बड़ा यथार्थ इस कहानी में मनोज रूपड़ा रख देते हैं कि समकालीन यथार्थबोध के सहारे कल्पना की इतनी ऊँची उड़ान शायद सम्भव ही नहीं। यह बात और हैरत में डालती है कि मनोज रूपड़ा आभासी संसार की कीमियागिरी से शायद उतने परिचित भी नहीं हैं। वे ट्विटर पर नहीं हैं, वे फेसबुक पर नहीं है, वे कम्प्यूटर और लैपटॉप शायद ही इस्तेमाल करते हों लेकिन इतने बड़े हिन्दी संसार में यदि समकालीन आभासी दुनिया का कोई सबसे बड़ा दस्तावेज है, उसके असर का, इसकी मारक क्षमता का यदि कोई अभिलेख है तो सम्भवत: यही एक कहानी है। लेकिन इसमें हैरत की उतनी बात नहीं है क्योंकि मनोज रूपड़ा को जाननेवाले जानते हैं कि उन्होंने पढ़ाई भी छठी कक्षा तक ही की है। बल्कि छठी कक्षा में दो बार फेल भी हुए थे। बिना किसी औपचारिक शिक्षा के यह कहानीकार जब समकालीन कहानियों की दुनिया में इतनी बड़ी लकीर खींच रहा हो तो क्या आश्चर्य है वह यथार्थ के ऐसे रूप से हमें परिचित न करा पाए जो हमारे सामान्य कल्पनाओं की क्षमता से बाहर हो।

यथार्थ को बरतने का उनका यह अलहदा तरीका ही उन्हें समकालीन कथा-कहानियों की दुनिया में विशिष्ट शैली का कहानीकार बनाता है। 'टावर ऑफ़ साइलेंस' का नायक, टेम्पटन दस्तूर जो बचपन में अपनी उँगली से निकले हुए ख़ून को फिर से वापस अपने ख़ून में मिलाना चाहता है लेकिन उसके मुँह में घूमता हुआ वह कतरा जैसे उसके पूरे शरीर और उसकी प्रक्रिया से अलग हो जाता है। लगभग वैसे ही मनोज रूपड़ा की कहानियों के पात्र समकालीन कहानियों की दुनिया के पात्र होते हुए भी उससे अलग और बेचैन-से घूमते दिखाई देते हैं। अपने परिवेश के साथ लेकिन उससे बहुत अलग 'टावर ऑफ़ साइलेंस' सिर्फ़ पारसी जीवन शैली की कहानी नहीं बल्कि उस पूरे 'पारसी धर्म' के मूल मन्तव्य की कहानी

बन जाती है कि किस तरह प्रकृति की सबसे ज़रूरी और अहम चीज़, आग, को जलाए रखने के लिए अपने पूरे जीवन को किस कदर होम कर दिया जाना चाहिए। यह आग जो मनुष्य की सब तरह की आग को शान्त करनेवाली आग है, वह आग जो पवित्र है, आराध्य है, आकांक्ष्य है, वह आग जो जीवन की गति को चलाए रखती है, जो मनुष्यता को बचाए रखती है, जिसके लिए प्रमथ्यू अभी तक शापित है, वह आग जो धीरे-धीरे हमारी ज़िन्दगी से ग़ायब होती जा रही है। उस आग को बचाने की ज़िद सिर्फ़ एक व्यक्ति की ज़िद नहीं बल्कि एक पूरी सांस्कृतिक विरासत की ज़िद है जिसका प्रतिनिधित्व टेम्पटन दस्तूर करता है। यह कब अपने पूरे फैलाव में भारत में पारसियों के आगमन, उनके उद्देश्य, उनकी ज़िद और जिजीविषा की कहानी बन जाती है, उसकी एक विराट दास्तान बन जाती है जिसमें दादाभाई नौरोजी, फिरोज शाह मेहता, जमशेदजी नुसरवानजी टाटा से लेकर टेम्पटन दस्तूर तक सब एक पूरे सांस्कृतिक बोध के साथ मनुष्यता से धीरे-धीरे छीज रही इस आग को बचाने के बड़े रूपक में तब्दील हो जाते हैं कि हम आश्चर्यचकित रह जाते हैं।

ऊपर मनोज रूपड़ा की जिन कहानियों का जिक्र किया गया, उन कहानियों का कथ्य बता पाना शायद किसी पाठक, आलोचक के लिए मुमकिन नहीं। इनमें कथ्य कोई इकहरा बयान नहीं है, कोई घटना ऐसी नहीं है जो एकरैखिक दिशा में चलती रहे। यह सब कुछ एक ऐसा अँधेरा है जिसमें यदि आप प्रवेश करते हैं तो अपने किसी अनुभवों के सहारे, अपनी किसी स्मृति के सहारे, आप यथार्थ, अयथार्थ दुनिया, आभासी दुनिया, संसार-प्रतिसंसार का अपना कोई चरित्र बनाने की कोशिश कर रहे होते हैं। यह सत्य की व्याख्या के अनेकान्तवादी दर्शन से उपजी व्याख्या भी नहीं है कि सबका सत्य अलग हो सकता है। यह उतना ही सत्य है जितनी कि दुनिया लेकिन उतना ही असत्य है जितनी कि दुनिया। यथार्थ और माया, भ्रम और विभ्रम, वास्तव-अवास्तव, संसार-प्रतिसंसार के रसायनों से तैयार मनोज रूपड़ा की कहानियों की दुनिया प्रत्येक पाठक को कहानी का अलग-अलग स्वाद दे सकती है। इन अर्थों में यह कहानी की संरचना में कहानी होते हुए भी वास्तविक अर्थों में सिर्फ़ एक पाठ है जिनका लगातार विखंडन करते हुए अपने भीतर के आस्वाद की क्षमताओं को बढ़ाते हुए हम इन कहानियों के मर्म तक पहुँचने की एक बेचैन

कोशिश कर सकते हैं। इस तरह की कहानियों के लिखे जाने में जितने श्रम की गुंजाइश रहती है, पढ़े जाने में भी ये शायद उससे कम श्रम की माँग नहीं करतीं। ये कुछ कहानियाँ सिर्फ़ एक बड़े कहानीकार के वृहत्तर कथा संसार की बानगी भर हैं वरना इस कहानीकार की प्रत्येक कहानी उसकी प्रतिनिधि कहानी है। 'युयुत्सु', 'अमाज़गाह', 'लाइफलाइन', 'रद्दोबदल', 'प्रेतछाया', 'आग और राख के बीच' इन सबमें किस कहानी को उनकी प्रतिनिधि कहानी ना माना जाए? चयन और सम्पादन के तौर पर उनकी कहानियों से कुछ कहानियों को चुनना और छाँटना एक मुश्किल और दुष्कर कार्य था, क्योंकि उनकी सब कहानियाँ अपनी उपस्थिति में एक विलक्षण पाठ हैं, जिसमें प्रवेश करने के लिए आपको अलग-अलग तैयारी करनी पड़ सकती है। कभी राजेन्द्र यादव ने कहा था कि प्रियंवद और मनोज रूपड़ा के भीतर सम्भवतः अपने भीतर के नरक का सन्धान करने की प्रवृत्ति बहुतायत में है लेकिन यह सिर्फ़ उनके अपने भीतर के नरक का सन्धान नहीं है। यह समूची मनुष्यता के भीतर पल रहे नरक का न सिर्फ़ सन्धान है बल्कि एक मुकम्मल आख्यान भी है। इन कहानियों से गुजरते हुए आप अपनी बनी बनाई सुखद दुनिया के या एक त्रासद दुनिया के महफ़ूज़ परिवेश से बाहर निकलकर एक ऐसे अन्तर में प्रवेश करते हैं जो आपके लिए बिलकुल अबूझ और अनजानी साबित होनेवाली है। पहली पंक्ति से ही आप आनेवाले चक्रवात का अनुमान लगाते हुए सिहर उठते हैं। और दूसरे तीसरे पैराग्राफ तक जाते-जाते आप इस हद तक उसकी जद में आ जाते हैं कि चाहकर भी लम्बे समय तक इसके असर से बाहर निकलने को छटपटाते रह सकते हैं। इन कहानियों की भाषा, इनके चरित्र, ये घटनाएँ, ये रचाव एक ऐसे गैर-परम्परागत कहानीकार का रचनात्मक प्रमाण है जिसका जोड़ समकालीनता में शायद ही मिल पाए। मनोज रूपड़ा निजी जीवन में जो व्यवसाय करते हैं उसमें उनका रिश्ता मनुष्य के स्वाद से जुड़ता है। अपनी कहानियों में भी वे शायद वही करते हैं—हमारे परम्परागत स्वाद को चुनौती देते हुए अपना एक आस्वाद रचते हैं और हमें उसके आदती और मुरीद बनाते हैं। वे मूलतः एक टेस्टमेकर कहानीकार हैं।

—राकेश मिश्र

क्रम

दफ़न

बढ़ गई रात। बुझ गईं बत्तियाँ। कुछेक सिगरेटें और कई बीड़ियाँ। रेत के जहाजों की जलती मशालों का चुक गया तेल...बन्द हो गया मुकादम और मजदूरों का खेल...चले गए खोंचेवाले...कबाबवाले...दारूवाले...मटकावाले। ग्राहकों को रिझाते थक गईं रंडियाँ...ठंडी पड़ गई जाँघों के बीच कशमकश... जलकर बुझ गए चमड़े के कोठे...ढिबरियों-कुप्पियों ने हार मान ली अँधेरे से...झोपड़ियों-फुटपाथों पर करवटें बदल रही हैं सोने की कोशिशें...बदस्तूर जारी हैं गली-नुक्कड़ों में भूखे कुत्तों का रुदन...

वातावरण में अगर सिर्फ़ कुत्तों की लोरी होती तो कब के सो गए होते लोग। पर आज इन लम्बी डरावनी लोरियों के साथ एक औरत की दर्द-भरी रुलाई भी लिथड़ी है जो बस्ती की मुकम्मिल नींद को आरे की तरह काटकर टुकड़ा-टुकड़ा झपकियों और जम्हाइयों में बदल रही थी।

ग़ाफ़िल बस्ती अँधेरे की चादर ओढ़े रात-भर महसूस करती रही कि उसकी छह रुपये बारह आने की नौटांक मदहोशी को छीन रही है ये रुलाई... कि उसके मीठे-मीठे सपनों को तोड़ रही है ये रुलाई...कि बहकी-बहकी सोचों को झिंझोड़ रही है यह रुलाई...। पर बस्ती के किसी मुर्दे ने उठकर नहीं देखा कि किस झोंपड़ी में कौन रो रहा है? कि इतनी रात गए किसी के यूँ चीख़-चीख़कर रोने की क्या वजह हो सकती है? सब अपने-अपने कोने-अन्तरे में पड़े रहे। सन्तुष्ट..ख़ुदपरस्त सूअर की तरह...

लिहाजा उस औरत की दर्द-भरी चीत्कारें बस्ती की तमाम झोंपड़ियों की भुसभुसी दीवारों पर सेंध लगाती रहीं...उसकी पीड़ा-भरी पुकारें बहरे कानों के पर्दे हिलाती रहीं...समय बहता रहा। रात गहराती रही। रात के

ढलने के साथ-साथ रोने की आवाज़ क्रमशः धीमी होते-होते आख़िरी पहर में एकदम बुझ गई...

जिस खोली में रुलाई फूट रही थी वहाँ से सुबह एक आदमी बाहर निकला। खोली के बाहर गली है। गली से लगी सड़क है। सड़क के दाएँ-बाएँ गन्दे-गन्दे चायखाने हैं वह आदमी एक चायखाने के पास रुका। भीतर सिगड़ी से उठता धुआँ है। धुएँ में गुम पहचान है। गन्दी-गन्दी मेजें हैं, मेजों पर भिनकती मक्खियाँ हैं। चिपचिपी बेंचें हैं, बेंचों पर बैठे आदमी हैं। आदमियों में छोटे-छोटे मज़ाक़ हैं, लम्बे-लम्बे कहकहे हैं।

कुछ देर बाद धुआँ छँटा। धुएँ में छुपी पहचान बाहर आई।

"अरे सुक्खू इधर आ अन्दर...।"

वह आदमी अन्दर दाख़िल हुआ।

"चाय पिएगा?" बुलाने वाले ने पूछा।

आदमी ने इनकार में मुंडी हिला दी।

"यार सुक्खू...! कल तेरी खोली से रोने की आवाज़ कायकू आ रही थी? माई की तब्यत जास्ती बिगड़ गई क्या?"

जवाब में सिर्फ़ ओंठ फड़फड़ाए हैं...और आँखें थोड़ी-सी नम हो गई हैं!

"ओह...! च...च...च।" आसपास खड़े चाय सुटकारते, बीड़ी के दम लेते लोगों के मुँह से अफ़सोस का कलमा निकल गया। चायख़ाने की रुटीन में थोड़ा-सा व्यवधान आया...हँसी-मज़ाक़ के क्रम में थोड़ा-सा विराम आया...और फिर...वही व्यस्तता...वही आपाधापी...काम पर जाने की जल्दबाज़ी। जल्दी न पहुँचने पर एक जून की रोज़ी कटने की...काम न मिलने की आशंका...मुअत्तिल कर दिए जाने का डर।

आदमी आस्तीन से आँखें पोंछकर काम पर जाते लोगों को रोकता है, "सुनो...माई कू मशान ले के जाने का है...कफन-काठी का जुगाड़ भी करने का है...अपन इधर नया-नया आएला है...मालमच नई किधर क्या मिलता करके...इसलिए तुम लोगों कू मेरे साथ चलना माँगता मदद का वास्ते..."

"तेरे कू तो मालमच है कि अपुन रोज कुआँ खोदने वालों में से हैं... एक दिन काम पे नई जाने से छटनी हो जाएगी...फिर नया काम मिलना मुश्कल...," आदमी की बात ख़त्म होने से पहले ही कल्लन ने अपनी मज़बूरी जता दी।

"मेरे कने आज जराय टैम नई...साब की छोकरी का आज लगन है। उधर नई जाने से भोंत बुरा हो जाएगा...।"

यह बाबू भाई था। किसी दफ़्तर का चपरासी।

"मेरे कू तड़ीपार कियेला है...मैं मशान की तरफ़ जाने नई सकता... उधर जाने से पोलीस पकड़ लेंगी।"

यह मुशीर था। कुर्ला का कुख्यात गुंडा।

"मेरे कू पाँच दिन से झाड़ा चल रया है, साला बन्द होने का नामच नई लेता...तब्यत ठीक होती तो कुछ भी करता मैं तेरे वास्ते।"

यह हरीलाल था। रेलवे का खलासी।

"कल म्युनिसपालटी वालों ने लावारिस कुत्तों कू जहर दिया था..."

"कुत्तों की लाशें उठाने की ज़िम्मेदारी इस बार हमारी है..."

"हमारा काम पे जाना भोंत ज़रूरी...नई जाने से लाश कू कीड़े लग जाएँगे...

"हो ना! फिर शहर वाले कल्ला कर देंगे! और साब हमारे ऊपर अंगार मूतेंगा।"

ये चारों बोदकू, नन्दू, रध्धू और बांगड़ थे, म्युनिसिपैल्टी के जमादार।

एक के बाद एक सब चले गए...अवश-सा देखता रहा आदमी पीठ फेरकर जाने वालों की पीठें। उनकी अभिशापित पीठों पर अभावग्रस्तता की मैली धारियाँ हैं...मालिकों की गन्दी गालियाँ हैं...खरोचों के सवालिया निशान हैं...विरसे में मिले एहसान हैं।

आदमी ने सबको दोष-मुक्त कर दिया और बाज़ार की तरफ़ निकल पड़ा। बाज़ार में दुकानें हैं...ग्राहक हैं...सौदा है...सौदेबाजी है...औकात नापते हाथ हैं। सामर्थ्य तोलती आँखें हैं।

बाज़ार से लौटते आदमी के हाथ में सफ़ेद कपड़ा है और उसकी जेबें तहों तक खाली हैं। उसके क़दम सड़क पर हैं लेकिन मस्तिष्क कपड़े की दुकान पर। कुछ देर पहले जब वह कफन के लिए कपड़ा देख रहा था तभी कार से एक फैशनेबल आभिजात्य जोड़ा दुकान के पास उतरा। जोड़े के अन्दर आते ही ग्राहकों को दो स्तरों में बाँटती एक विभाजन रेखा खिंच गई दुकान में एक तरफ़ उम्र और हालात के हाथों पिटा आदमी, दूसरी ओर जवानी

की रंगीनियों से तलाबल वह युगल। एक हिस्से में ऊँची से ऊँची चीज़ें दिखाने की 'फरमाइश', दूसरे में सस्ते से सस्ता माल दिखाने का आग्रह।

दुकान के सभी कर्मचारियों का ध्यान उस खेमे में चला गया जहाँ सम्पन्नता और सामर्थ्य हाथों में हाथ लिये खड़े थे। आदमी उपेक्षित-सा कोने में खड़ा रह गया। काउंटर पर थान के थान खुलते गए, रंग-बिरंगे कपड़ों का ढेर लगा दिया गया। और उन कपड़ों की चमक में दबकर रह गया एक सफ़ेद सादा झीना-सा सूती कपड़ा जो आदमी की ज़रूरत थी और जिस पर तरजीह कर दिए गए अमीराना शौक। उस जोड़े ने ढेर में से जाँच-परखकर पाँच कपड़े पसन्द किए, उन्हें मनमाने कटवाया, मुँह माँगे ख़रीदा। चेक से भुगतान किया। दुकानदार द्वारा मँगाई लिमका पी और प्रस्थान कर गए।

इस अन्धाधुन्ध ख़रीद-फ़रोख़्त से घबराकर आदमी ने मूल्यों के ख़िलाफ़ अपनी दोनों जेबों की ताक़त लगा दी थी लेकिन इसके बावज़ूद ज़रूरत से दस से.मी. कम कपड़ा ही हासिल हुआ। मन मसोस कर रह गया वह। चलते-चलते उसने खाली जेबों में उँगलियाँ फेरीं, दिमाग़ में एक अजीब-सा ख़याल आया—एय्याशी और मोहताजी नाम की चीज़ों का अगर कोई मूर्त रूप होता तो मैं दोनों को चीथकर रख देता। उसके दिलो-दिमाग़ में शोरे की तरह कुछ खौलने लगा...जेब में फैली उँगलियाँ सिकुड़कर मुट्ठी की शक्ल में बदल गईं...वैचारिक उन्माद की हवा में घूँसे मारने जैसी स्थिति में आदमी समुद्र भर नफ़रत के साथ मानसिक तौर पर अपने आसपास की तमाम आभिजात्य चीज़ों पर कालिख पोतने लगा। तमाम सम्मानित जगहों पर थूकने और मूतने लगा...उसके अन्दर का 'कुछ' बहुत तेज़ी से स्खलित होता जा रहा था।

फिर तभी विद्रूप आवेग का बहाव थम गया...उसके क़दम रुक गए। सामने से दास बाबू अपनी पंक्चर साइकिल घसीटते चले आ रहे थे।

"दास बाबू...! ओ दास बाबू...!"

दास बाबू अपनी ही उधेड़-बुन में खोए चले जा रहे थे। आवाज़ सुनकर चौंके, "अरे सुक्खू तू...काम पे नई गया क्या आज?"

"...बड़ी मुश्किल में पड़ गया हूँ।"

"कइसा मुश्कल?"

"माई खतम हो गई कल रात कू...।"

मौत की ख़बर सुनकर दास बाबू संजीदा हो गए। बोले कुछ नहीं पर चेहरे से लगा कि दुःखी होने के साथ-साथ डर भी गए हैं। "दास बाबू! तुम मेरे कू मदद देते क्या?" आदमी की आवाज़ में भीखमँगापन भर आया।

"हो हो ज़रूर...एइसा खराब टैम में मदद नई करेंगा तो कभी करेंगा..." दास बाबू का हाथ झट पतलून की जेब में रेंग गया, उँगलियाँ अन्दर-ही-अन्दर नोट गिनने लगीं।

"तुम ग़लत समझा...मेरे कू पइसे की मदद नई माँगता।"

"तो?"

"कन्धे की मदद होना। बोलो देते क्या?"

"कन्धे की?"

"हो! मैं बिलकुल अकेला हूँ, मशान चलने कू कोई तैयार नहीं।"

"ओ! एइसी बात है तो पहलेच क्यूँ नई बोला? बस्ती-पड़ोस वाले कहाँ गए सब?"

"वो सब काम पे गएला हैं। मैं उनको भोंत बोला रुक जाओ बोलके पन कोई रुकने कूच खाली नई।"

"हूँ...साले भड़वी के...बड़े काम-काज वाले हो गए हैं...।" दास बाबू बस्ती वालों के ख़िलाफ़ खौल गए। "असल में हमारी बस्ती के लोग इनसानियत छोड़ के कीड़ों की जून में घुस गए हैं...सब अपनी-अपनी परेशानियों और ज़रूरतों में बिझबिजाते रहते हैं। किसी कु दूसरोन की तकलीफ़ों से कोई वास्ता नई।"

"दास बाबू! तुम तो समझदार हो तुमीच चलो न मेरे साथ...!" आदमी ने बड़ी हलीमी से दास बाबू का हाथ पकड़ लिया।

दास बाबू पहले अचकचाए फिर सँभलकर बोले, "इनसानियत का तकाजा तो येइच कि मैं तेरे साथ चलूँ...पन आज मुश्कल है...दफ़्तर में इंस्पेकशन बैठेला है...सेक्रेटरी अगर फ़ाइल में हेर-फेर कर देंगा तो मेरी चउदा साल की सर्विस धूल में मिल जाएँगी।"

दास बाबू के चेहरे पर नौकरीपेशा बाबुओं की विवशता है। मातहतों की मोम-सी असमर्थता है।

"सुन! एक काम कर। तूँ तीन नम्बर बस से भायखला जा, उधर फयूनरल होम है...मैं तेरेकु पता लिख देता हूँ।" दास बाबू ने अपनी साइकिल के

कैरियर से डायरी निकाल कर एक काग़ज़ पर जल्दी-जल्दी कलम चलाई और पन्ना फाड़ कर उसे देते हुए बोले, "ये ले इस पते पर पहुँचने का है, सारी मालूमात वहीं हो जाएँगी।"

पुर्ज़े को मुट्ठी में भींचे वह सड़क दर सड़क भटकता रहा। पुर्ज़े में लिखे पते की तफ़सील बार-बार लोगों से पूछता दो घंटे बाद निश्चित ठिकाने पर पहुँचा।

सामने एक ख़ूबसूरत बंगला है। बोगनवेलिया की लतरों से लदा हुआ। बंगले के सामने लम्बा-चौड़ा अहाता है चहारदीवारी से घिरा हुआ। अहाते के बीचोबीच टीन का शेड है, कंक्रीट की दीवारों पर टिका हुआ। अन्दर लोहे की चीकट भट्ठी है...भट्ठी के मुहाने से लगा लोहे का गन्दा प्लेटफार्म है...प्लेटफार्म पर एक सिर कटी लाश है...लाश के आजू-बाजू कुछ लोग खड़े हैं...लोगों की आँखों में पानी है...सारे माहौल पर मातमी ग़िलाफ़ बिछा है। सब चुपचाप खड़े हैं सिवाय उस पुरोहित के जो ऊँची आवाज़ में मंत्रोच्चारण कर रहा था—

जातस्य हि ध्रुवो मृत्युध्रुवे जन्म मृतस्य च...

खट्ट...सहसा एक लीवर ऊपर उठता है...प्लेटफार्म आगे खिसकता है...शरीर से लिपटकर लपकने वाली लपटें नज़र आती हैं...भट्ठी के अन्दर—भीषण ताप...नीली लपटों वाली आग—मोम की तरह ग़लती लाश—भट्ठी के बाहर सिसकियाँ, दीर्घ साँसें...जहमत से छुटकारा पाने का सन्तोष...खट्टाक...भट्ठी का मुँह बन्द। पटाक्षेप।

अहाते के दर्दनाक मंजर को देख आदमी स्तब्ध रह गया। साँस में साँस आई तो बोझिल क़दमों से चलता हुआ वह इमारत के एक ऑफ़िसनुमा कमरे में दाख़िल हुआ। कमरे में सिर्फ़ एक आदमी था जो फ़ोन पर किसी से बातें करते हुए काग़ज़ पर कुछ लिख रहा था। कुछ देर बाद फ़ोन का चोगा नीचे रख वह बिना किसी भूमिका के आदमी पर सवाल दागने लगा। सारी पूछताछ के बाद उसकी अँगुलियाँ केल्कुलेटर के अंकों से खेलने लगीं। कुछ देर बाद इक्कवल मार्क पर पहुँचकर खेल रुक गया।

"सब मिलकर चार सौ चालीस रुपए लग जाएँगे।"

"चार सौ चालीस!" आदमी का मुँह खुला का खुला रह गया।

"हाँ! पंडित जी की दान-दक्षिणा अलग।"

आदमी चुपचाप उठकर बाहर निकल आया। उसे पहली बार अपनी औकात पर घृणा हुई, साथ ही दास बाबू पर भी ग़ुस्सा आया जिसने उसकी आर्थिक हालत जानते हुए भी उसे इस महँगे शवदाह गृह में भेजने की मूर्खता की थी।

दोपहर के तीन बज रहे होंगे, उसने सड़क पर रेंगती परछाइयों की लम्बाई देखकर अनुमान लगाया। अब क्या किया जाए? प्रश्न मुँह बाए खड़ा था और सोचना एक अनहद सुरंग में से गुज़रने जैसा हो गया था। हर तरफ़ नाउम्मीदों का अँधेरा। इस सिरे से उस सिरे तक काली दीवारों की तरह फैली मुकम्मिल नाकामी और इन अटकावों-भटकावों के बीच साँस तोड़ती जायज़-नाजायज़ तरकीबें...नतीजे तक पहुँचने की कोशिशें...

अन्धाधुन्धी के बीच अचानक बचपन के दोस्त दिनू की याद हो आई... उम्मीद की नन्हीं-सी रोशनी दिख गई हो जैसे...दिनू अपने ही गाँव का आदमी है—कोई-न-कोई राह ज़रूर निकालेगा। एक बार आजमाने में क्या हर्ज है?

उसके क़दमों में फिर जान आ गई। बड़े-बड़े डग भरता वह इंडस्ट्रियल इस्टेट की ओर बढ़ने लगा। वहीं किसी फर्म में काम करता है वह। बहुत बड़ा साहब हो गया है कहते हैं गाँव वाले।

साहब होगा अपनी कम्पनी का, अपना तो बचपन का यार है...बचपन के वे मस्ती भरे दिन वह भूल थोड़े ही गया होगा। उसकी आँखों में बचपन की यादों के साथ अपना नन्हा-सा प्यारा गाँव उभर आया—वह लँगड़ी कबड्डी, वह भौरा बाँटी...वह बगीचा...वह आमों की लूट...सिंघाड़े की चोरी और बेरों की छीना-झपटी...उसकी और दिनू की जोड़ी गाँव-भर में बदनाम थी। एक ही डंडे से गिल्लियाँ उछालते एक ही गुलेल से ब्राम्हन चिड़िया और गिरगिटों का निशाना साधते वे न जाने कब बड़े हो गए थे। तब से अब तक कितने साल हो गए? सारा कुछ यूँ—चुटकी बजाते हवा में खो गया है। इतने लम्बे अर्से की अलहेदगी के बाद भी उसे बचपन की कई घटनाएँ और दिनू से जुड़े कड़वे-मीठे प्रसंग याद हैं, मँडई की उस खट्ट-मीट्ठी कुल्फी का स्वाद अभी तक उसकी जबान से नहीं उतरा जिसे दिनू ने एक भोंदू लड़के से छीनकर उसे दी थी। होली का वो दिन भी याद है जब उन दोनों ने फाग गाती टोली पर केवाँच मिला हुआ गुलाल

छिड़क दिया था और अपने से कम उम्र के लड़कों पर ज़र्बदस्ती पेशाब की पिचकारी मारी थी। उन तमाचों की छाप अभी तक उसके गालों से नत्थी है जो दिनू से दोस्ती करने के अपराध में उसके बाप ने उसके गाल पर रसीद किए थे।

मिडिल स्कूल तक वे दोनों साथ थे। आठवीं से निकलते ही दिनू के बाप ने उसे शहर पढ़ने भेज दिया था। शहर की हवा कुछ ऐसी लगी कि उसने परम्पराओं की वसीयत ही फाड़ डाली और अपनी चाल को छलाँग में बदल दिया, धोती-पगड़ी दिखते ही उसे कोफ़्त होने लगती। गाँव उसे गोबर का डबरा और गाँव वाले सब ढोर नज़र आने लगे। गाँव से ही नहीं, अपने परिवार से भी रफ़्ता-रफ़्ता विघटन चलता रहा। बाप की खूँखार धमकियों के बावज़ूद उसने अपने प्यार को 'फेविकोल' की तरह इस्तेमाल किया और एक गुजराती लड़की को पत्नी के बतौर पा लेने में कामयाब हो गया।

दिनू का बाप दानेश्वर दुबे आज भी बूढ़े गिद्ध की तरह गाँव की मुर्दा साँसों पर मँडराता है, आज भी उसके खेतों में गुलाम मज़दूर जानवरों की तरह हाँके जाते हैं। आदमी के बाप ने अपनी सारी उम्र उनके खेतों में एक मूक बैल की तरह गुज़ारी थी। बाप के मरने के बाद दुबेजी ने गुलामी का वही जुआ आदमी के कन्धों पर डालने की कोशिश की, लेकिन बाप की बेसूद ज़िन्दगी से सबक लेकर उसने जान लिया था कि बेगारी नाम की बाँझ के साथ सारी उम्र सोते रहने पर भी जीवन का लक्ष्य-शिशु नहीं मिलेगा... इसलिए बाप के मरते ही उसने बोरिया-बिस्तर समेटना शुरू कर दिया और एक रात किसी को बिना बताए वह माई के साथ गाँव से भाग निकला।

इस महानगरी में शुरुआत के कुछ दिन बहुत तकलीफ़देह थे। न काम का ठिकाना, न रहने का ठिकाना। कई दिन फुटपाथ पर गुज़ारे, कई बार भुखमरी के भी हालात आए। छोटे-छोटे काम के लिए मिन्नत-मजामत की, लानत-मलामत सही...ईंट-गारा उठाया...सड़क पर पत्थर बिछाए...दीवारों पर रंग-रोगन किया...रिक्शा खींचा...माल ढुलाई की। भौतिक जवाबदेहियों से उसने कभी कन्नी नहीं काटी, परिस्थितियों के घमासान में डटा रहा। तब कहीं जाकर ज़िन्दगी के लावारिस भटकाव को एक ढर्रा मिला। लेकिन ठहराव की स्थिति आते ही माई की मौत ने फिर सब कुछ हचमचा कर रख दिया।

दो महीने पहले एक हड़काए कुत्ते ने माई के पैर को काट खाया था।

माई ने उस ज़हरीले घाव के साथ भी साधारण घाव जैसा सलूक किया। हल्दी-चूना और गुड़ की पुलटिस बाँधकर उसने पाँच दिनों में घाव को सुखा दिया। ये माई का देशी नुस्खा था, कई बार आजमाया हुआ। कई दिनों तक माई की तबीयत सामान्य रही तो उसे इत्मीनान हो गया। पर ये इत्मीनान ज़्यादा दिन न रहा। एक सुबह उसने देखा माई गूदड़ में पड़े-पड़े कच्चे फ़र्श को कुरेद रही थी...पंजा मार-मारकर...किसी जानवर की तरह। मुँह से चूती लार...आँखों की पनीली चम...गले में घुरघुराती हुँकार, बाहर लटकती जुबान...हाँफती साँसें...इतना काफी था यह समझने के लिए कि कुत्ते के दाँत का जहर माई की आँत में घुस चुका है...

बस्ती वालों ने देखा तो तुरन्त उसे अस्पताल पहुँचाने की हिदायत दी। वह रिक्शा लाया तब तक माई की हरकतों का वहशीपन और बढ़ गया था...नतीजे में उसका चेहरा जगह-जगह से छिल गया। जैसे-तैसे वे सरकारी अस्पताल पहुँचे डॉक्टर ने जाँच करने के बाद दवाइयों और इंजेक्शन के नामों से भरी फेहरिस्त उसके हाथों में थमा दी। माई को जनरल वार्ड में दाख़िल किया गया। दवाइयाँ तो बाज़ार में मिल गईं पर इंजेक्शन के लिए वह दो दिन शहर में भटकता रहा। इस बीच माई के बचने की सम्भावना धीरे-धीरे मरती रही। तीसरे दिन डॉक्टर ने साफ़ कह दिया, "ख़ून की एक-एक बूंद में रेबीज़ घुस गए हैं...अब इसका बचना मुश्किल है...वापस घर ले जाओ..."

और कल रात-भर दर्द से छटपटाने-रिरियाने के बाद आख़िरी पहर में माई ने दम तोड़ दिया।

सामने एक पहचाना हुआ बोर्ड दिखाई दिया तो वह पुराने प्रसंगों से बाहर निकल आया। सड़क पर परछाइयाँ ज़रा और लम्बी हो गई थीं। उसकी अधीरता बढ़ गई, बेसब्री में लोहे के फाटक को धकेलकर अन्दर घुसा। तभी एक नेपाली गार्ड केबिन से बाहर निकल आया।

"ए...रुको...किधर जाने का है ? किससे मिलना माँगता?"

"दिनू से...! मेरा मतलब दिनेशचन्द्र दुबे से...!" आदमी हकला गया।

"दुबे साब अभी मीटिंग में बैठता है...पंद्रा मिनट बाद मिलेगा।"

सिवाय इन्तज़ार के और कोई विकल्प न था। पन्द्रह मिनट की जगह तीस मिनट बाद मीटिंग ख़त्म हुई। थोड़ी देर बाद चपरासी उसे रिटायरिंग चेम्बर

में ले गया। दिनू सोफ़ा-कम-बेड में अधलेटा-सा पड़ा था। आँखें बन्द किए हुए। चपरासी उसके क़रीब जाकर बहुत अदब से बोला—

"सर! आपसे कोई मिलने आया है।"

दिनू ने आँखें खोलीं। कुछ देर चेहरे को देखता रहा, "कहिए कैसे आए?" एकदम औपचारिक लहज़े में पूछा।

"यह मैं हूँ...सुक्खू...पहचाना नहीं?"

"कौन?" उसकी पेशानी पर सलवटें पड़ गईं। पहचान न पाया हो जैसे।

"मैं सुक्खू धरमपुरा गाँव का...तुम्हारा बचपन का दोस्त...।"

"ओह, हाँ-हाँ तुम, अरे आओ बैठो, बहुत बदल गए हो, मैं तो पहचान ही नहीं पाया।"

आदमी सकुचाता-सिमटता-सा कुशनदार कुर्सी पर बैठ गया।

"और सुनाओ कैसे हो? गाँव के ढोर-डंगरों का क्या हाल है?"

"सब ठीक है...।"

"शहर किस सिलसिले में आए? कोई मामले-मुकदमे का काम तो नहीं आ पड़ा?"

"नहीं, गाँव छोड़ दिया मैंने...यहीं रहता हूँ आजकल।"

"यहाँ क्या करते हो?"

"रेत के जहाजों में मजूरी कर रहा हूँ।"

"कोई पक्की नौकरी नहीं मिली?"

"नहीं।"

"ठीक है परसों मिलना। यहाँ नई भर्ती होने वाली है।"

कमरे में घुसने से पहले उसने सोचा था कि अपनी सारी व्यथा तुरन्त दिनू से कह देगा और तत्काल उससे सहायता माँगेगा, पर अन्दर आने के बाद मन में रटे हुए तमाम जुमले ज़बान से चिपककर रह गए। उसके भीतर ढेर-सी बेचैनी और घबराहट दौड़ने लगी...पूरी बात के निर्णय के बाद जिन वाक्यों को उसे बोलना था वे वाक्य और शब्द आश्चर्यजनक ढंग से उसकी चेतना से अनुपस्थित हो गए थे।

"अच्छा तो मैं चलता हूँ। तुम परसों मिलना," दिनू खड़ा हो गया।

आदमी को ख़ुद पर ग़ुस्सा आने लगा। 'दिनू की प्रकट आत्मीयता के बावज़ूद मैं चुप क्यों हूँ ?' उसने स्वयं को एक अचरज-भरी दयनीयता में पाया।

दिनू कमरे से बाहर जा चुका था। वह भी अव्यवस्थित मन लिये बाहर निकला। सामने स्टैंड पर दिनू को स्कूटर स्टार्ट करते देख वह फक्क-सा रह गया...कहीं दिनू भी हाथ से निकल न जाए...वह हड़बड़ी में स्टैंड की ओर लपका। उसके पाँव में बेसँभाल तेज़ी और चेहरे पर अपनी बात को तुरत-फुरत में कह देने की जल्दबाजी भर आई...

"सुनो दिनेश भाई...! एक बात कहनी है...।"

"क्यों क्या हुआ?" दिनू की आँखें हैरानी से उसके चेहरे पर फैल गईं।

"बात ये है कि..."

आदमी के फेफड़े ख़ुश्क हैं...हथेली पसीने से तर है।

"हाँ-हाँ बोलो, क्या बात है?" आदमी हलक में फँसी साँसों को बाहर निकालने की कोशिश करते हुए आहिस्ते से बोला, "कल रात को माई मर गई...लाश अभी तक पड़ी है...कोई उठाने को तैयार नहीं...फूनरल होम वाले चार सौ चालीस रुपए माँग रहे हैं...तुम तो जानते हो मेरी माली हालत, इतनी बड़ी रकम मैं कहाँ से लाऊँ?"

"ओह...! बड़ी बुरी ख़बर है, दुःख हुआ सुनकर," दिनू की एक्सीलेटर पर कसी उँगलियाँ ढीली पड़ गईं। जेब में हाथ डालते हुए बोला, "लेकिन इस वक़्त मेरे पास ज़्यादा कैश नहीं होगा। तुम अगर सुबह आते तो कुछ जुगाड़ कर देता...अब तक तो बैंक भी बन्द हो चुकी होगी।"

"तुम्हारी जान-पहचान तो होगी...किसी से कह-सुनकर काम करवा दो"

"देखो सुक्खू! पहचान की पूजा गाँव में होती है, यहाँ पहचान का उपयोग सिर्फ़ काम साधने के लिए होता है...वैसे मेरे कई से सम्पर्क हैं, पर ऐसे मौक़ों पर कोई साथ नहीं देता। और फिर मेरी हस्ती ही क्या है? गाँव वाले कोई बड़ा अफ़सर समझते हैं मुझे, उन्हें नहीं मालूम मशीनों के इस पेचीदा जंगल का मैं मामूली-सा-पुर्जा भर हूँ," दिनू के शब्दों में सीधी-सपाट असलियत है...अपनी स्थिति का खुलासा है...

पर आदमी को लगा कि इन शहरवालों ने अपने लिए बहुत से बहाने गढ़ लिये हैं जिन्हें वे वक़्त ज़रूरत पर इस्तेमाल में लाते रहते हैं। "बुरा मत मानना...मेरे पास अभी इतना ही है," दिनू ने जेब से एक सौ का नोट निकालकर उसकी हथेली पर रख उसकी मुट्ठी बना दी, "ले लो यार...! माई मुझे भी बेटा कहती थी...।"

"मैं कोई भिखमंगा नहीं हूँ..." उसने चीख़कर कहना चाहा पर ज़रूरत की आजिज़ी से आवाज़ कातर हो गई, निःश्वास छोड़ते हुए बोला, "ठीक है यही सही। लेकिन शर्त यह है कि लौटाऊँगा तो इनकार नहीं करोगे।"

"लौटाने की बाद में सोचना, अभी अपना काम निबटाओ।"

दिनू ने स्कूटर स्टार्ट कर दिया है। उससे समय पूछा गया...साढ़े चार बज चुके हैं। अब सिर्फ़ डेढ़ घंटा बचा है, इस डेढ़ घंटे में किसी भी तरह फ़ारिग होना है। हिन्दूशास्त्र के अनुसार साँझ ढलने के बाद अग्नि-संस्कार नहीं करना चाहिए...गाँव में किसी पुरोहित का कहा हुआ वाक्य दिमाग़ में किसी हथौड़े की तरह बजने लगा। फाटक से बाहर आकर उसने सड़क पर तेज़ी से गुजरते एक खाली टेम्पो को हाथ दिखाकर रुकवाया। ड्राइवर को विस्तार से सब कुछ समझाया, थोड़ी देर की चिकचिक के बाद ड्राइवर राजी हो गया। टेम्पो नेशनल रोड पर दौड़ने लगा।

आदमी ने खिड़की से बाहर देखा, साये अब अजगर जैसे हो गए थे... लम्बे-चौड़े। स्कूल-कॉलेजों, फैक्ट्रियों, दफ़्तरों से निकल-निकलकर लोग सड़क पर आ गए थे और एक-दूसरे का कन्धा छीलते अपने गन्तव्य की ओर बढ़े जा रहे थे।

कितना बड़ा शहर है...कितने सारे लोग हैं...फुसफुसाहटों की धुन्ध में एक-दूसरे को नकारते लोग...पहचानी चीज़ों पर अपरिचय से कटते लोग... आग की तरह भभकते लोग...मोम की तरह पिघलते लोग...मशीनों, कारखानों, फैक्ट्रियों के जंगल में फुफकारते, नोंचते, खीझते लोग...मौत की सीलन से लड़ते और शफ़्फ़ाक मकानों में दुबके लोग...हज़ारों-लाखों लोग...लाखों-लाख कन्धे...मगर कोई कन्धा खाली नहीं...सब किसी अनदीखते बोझ से लदे हुए...लोग इनसानियत छोड़कर कीड़ों की जून में घुस गए हैं...सब अपनी-अपनी ज़रूरतों-परेशानियों में बिझबिजाते रहते हैं...।

दास बाबू के कहे हुए शब्दों के अर्थ मूर्त होकर दिमाग़ में कीड़ों की तरह रेंगने और उसके आदमी होने के बोध को खाने लगे।

सड़क पर भीड़ जिस तेज़ी से बढ़ती जा रही थी, उसी अनुपात में टेम्पो की स्पीड कम होती जा रही थी। और स्पीड का कम होना आदमी के अन्दर की तिक्तता को और बढ़ाए जा रहा था।

एक चौराहे पर ट्रैफ़िक जाम हो गया। हड़ताली मजदूरों का जुलूस

सड़क पार कर रहा था। उसके दिमाग़ में जुलूस और भीड़ के ख़िलाफ़ हज़ारों कीड़ों की खदखदाहट बजने लगी...चेहरा लाल भभूका हो गया... गले की नसें खिंच आईं...मुँह में थूक बलबलाने लगा...घृणा से सना हुआ। उसने खिड़की से मुंडी बाहर निकाली...बलबलाते थूक को होंठों के पास इकट्ठा किया और आसपास जमा लोगों पर थूकने की पूरी मानसिक तैयारी कर ली...पर ऐन मौक़े पर रुक जाना हुआ, सोचने पर लगा कि भीड़ पर थूकना आसमान पर थूकने जैसा है...चाहे कितने भी ज़ोर से थूको आख़िर लौटकर अपना थूक अपने चेहरे पर गिरता है।

टेम्पो बस्ती में दाख़िल हुआ तब तक शाम उतर आई थी। खोली के पास टेम्पो के रुकते ही आसपास मजमा जुट गया।

कमरे में घुसते ही एक सड़ी हुई बदबू ने आदमी के नथुनों पर वार किया। लाश गन्दे फ़र्श पर पड़े-पड़े गन्धा गई थी। चींटियों की फ़ौज ने चारों तरफ़ से लाश की घेरेबन्दी कर दी थी। आदमी ने चींटियों और बदबू को नज़रअन्दाज़ कर दिया और चूल्हे के पीछे से चाकू उठाकर अपनी झुर्रा खाट की रस्सी काटनी शुरू कर दी। तीन टुकड़े काटे। उन्हें आपस में जोड़ा। साथ लाया हुआ कपड़ा शव पर लपेटा और शव को रस्सी से गाँठने लगा।

खोली के मुहाने पर भीड़ और बढ़ गई थी। सहानुभूति के कुछ लिसलिसे शब्द छनकर आदमी के कानों तक पहुँच रहे थे। हमदर्दी के ये तयशुदा शब्द बुझे ग़ुस्से की राख कुरेद गए।

"चलो जाओ भीड़ हटाओ यहाँ से...सालों...डुक्कर की अउलादों... जब मदद माँगी तब अपनी पीठ बता दी सबने, अब तमासा देखने आए हैं...यहाँ क्या रंडी का नाच हो रहा है?"

आदमी के पूरे बर्ताव में विकृत हिंस्रता भर आई। गाली खाकर लोग पीछे हट गए लेकिन टले नहीं वहाँ से।

धूप ज़रा और ढल गई थी। ड्राइवर ने लाश के दोनों पैर पकड़े, उसने हाथ और टाँग-टोली करते हुए टेम्पो की पिछली सीट पर डाल दी। ड्राइवर ने जेब से रूमाल निकालकर नाक पर रखा और टेम्पो आगे बढ़ा दिया।

शमशान पहुँचते-पहुँचते धूप उतर गई थी। आसमान में सिर्फ़ पीला गन्दलापन रह गया था। टेम्पो से उतरकर फाटक के पास पहुँचते ही एक

जोरदार झटका लगा आदमी को। फाटक पर ताला लग चुका था।

"अब?" वह ड्राइवर की ओर देखने लगा प्रश्नातुर नहीं हतप्रभ!

"हूँ" ड्राइवर जो पीठ फेरे सिगरेट पी रहा था कुछ चौंका, "मैं क्या बोलूँ? तुमीच बोलो क्या करना, किधर जाना?"

"यहाँ आसपास कोई शमशान है?"

"शमशान तो होने कू है, मगर खुला होंगा या बन्द ये नई मालूम।"

आदमी असमंजस में खड़ा रहा। अँधेरा कुछ ज़्यादा ही तेज़ी से पास आने लगा था।

"सुनो" तभी ड्राइवर ने उसके कन्धे पर धौल जमाते हुए कहा, "चलो उधर वाले क़ब्रस्तान में ट्राय मारकर देखें, इधर से फकत तीन माइल दूर गिरता।"

"क़ब्रस्तान बोले तो?"

"अरे वहीं जहाँ मुसलमानों के मुर्दे गाड़े जाते हैं।"

"पर मैं मुसलमान नई हिन्दू हूँ।"

"इससे कोई फरक नहीं गिरता..किस हरामी कू इत्ता टैम है कि तेरी जात-अड़कात की मालूमात करे।"

"ऐ फालतू बात नई करने का...मैं इतना हरामी नई कि अपनी माँ की लाश कीड़ों-मकोड़ों की खुराक के वास्ते गड्ढे में फेंक दूँ...एइसा करने से भोंत पाप पड़ेगा अपन कू।"

"हश्शाला...! पूरी दुनिया हलकत हो गई और तूँ अभी तलक पाप-पुन्न के लफड़े में फसेला है...।" आदमी के चेहरे पर नापसन्दगी है...ड्राइवर के लहज़े में चेतावनी है..."देख जास्ती सोचने का नई...कल तलक लाश और ख़राब हो जाएँगी...कीड़े-गिड़े लग गए तो और आफत...फिर तो धर्मादा वाला भी नई बोल देंगा...।"

वह निराश हो गया। अन्दर एक दमघोट कशमकश चलने लगी। एक तरफ़ माँ की सड़ती लाश...क़ब्रिस्तान में दफ़न करने का मशविरा। दूसरी ओर धर्म-संस्कार की बाध्यता...कर्मकांड की जकड़नें। एक लम्बी उकता देने वाली चुप्पी के बाद आख़िरकार उसने हार मान ली।

"ठीक है। चलो वहीं चलें!" टेम्पो एक बार फिर सड़क पर घरघराने लगा। सड़क की बत्तियाँ जल चुकी थीं।

"ज़रा और तेज़ भगाओ।" आदमी ने बेचैनी से पहलू बदला। दिन-भर की दौड़भाग और आपा-धापी के बाद उस पर तात्कालिकता हावी हो गई थी। क़रीब आध घंटे के बाद टेम्पो एक उजाड़ इलाक़े में स्थित क़ब्रिस्तान के लोहे के फाटक के सामने रुकी। फाटक अन्दर से बन्द था। बहुत देर तक वे फाटक को पीटते रहे। जवाब नदारद...उस पर निराशा छा गई। एक व्यक्ति उधर से गुज़र रहा था उसने बताया कि अन्दर आदमी दूर रहता है। अतः ज़ोर से दरवाज़ा खटखटाया गया। एक बार फिर वे जंग खुर्दा फाटक पर टूट पड़े, दूर से कहीं एक आवाज़ सुनाई दी। उसने चैन की साँस ली। थोड़ी देर में अन्दर से कुंडी खुलने की आवाज़ आई फाटक खुला, वे अन्दर दाख़िल हुए। मुजाविर हाथ में कंदील लिये हैरान-परेशान खड़ा था। इससे पूर्व कि वह कोई प्रश्न करता ड्राइवर ने स्थिति सँभाल ली—

"बाबा, इसकी अम्मा खलास हो गई...गाँव का रहने वाला है। इधर इसका कोई रिश्तेदार नई होने से मैयत बकायदा डोले में आने के बजाय टेम्पो में आई है...लाश कू इसी टैम दफ़न करने का है...हाँ बोले तो उतार दूँ...?"

मुजाविर के चेहरे पर एक पल के लिए बिलकुल वैसे ही भाव उभरे जैसे कोई बड़ा ग्राहक मिल जाने पर किसी टुटपूँजिए दुकानदार के चेहरे पर उभरते हैं। लेकिन अपनी आवाज़ को वह गमगीन बना कर बोला, "हाँ हाँ ले आयो मय्यत को अन्दर...अल्लाह की पनाह में जाने वालों को रोकने वाला मैं कौन होता हूँ।"

लाश अन्दर लाई गई। आदमी ने सौ का नोट टटोलकर जेब से बाहर निकाला। "कितना भाड़ा हुआ?" पूछा ड्राइवर से।

"पिछत्तर दे दो...वैसे सौ लगता है इतनी रनिंग का पर...।"

"कुछ कम नई होगा...बात ये है कि इस बखत मेरे पास फकत सौच रुपया है और अभी भोंत खर्चा बाकी है..."

ड्राइवर ने उड़ती नज़र से नोट को देखा फिर उसके चेहरे पर आँखें धँसा दीं—ग़ुस्सा...दया...घृणा...क्षोभ...करुणा...न जाने क्या-क्या डूब-उतर रहा था आँखों में। आदमी के चेहरे पर एक लिसलिसी विवशता छिपकली की कटी पूँछ की तरह छटपटाने लगी। ड्राइवर की मुट्ठियाँ भिंच गईं...वह पलटा...पैर पटकता हुआ टेम्पो तक गया। बोनट पर एक भरपूर मुक्का मारा। न जाने क्यों...आसमान की ओर देखकर भद्दी गाली दी...पता नहीं किसे...

फिर सीट पर बैठा। इंजन चालू किया और पाँव के दबाव से एक्सीलेटर पर पूरा ग़ुस्सा उतार दिया।

आदमी भीगा-भीगा सा खड़ा रह गया। एक बोल नहीं फूटा मुँह से ड्राइवर पूरी तरह सराबोर कर गया था उसे। यों रास्ते-भर उसकी जबान से हमदर्दी का एक शब्द नहीं निकला था, न उसके गाँव-ठाँव के बारे में कोई सवाल किया, न माई की मौत के बारे में कुछ पूछा। सारा वक़्त नाक में रूमाल लगाए बैठा रहा तटस्थ। लेकिन इस तटस्थता में भी कहीं आत्मीयता थी जो उसके चले जाने के बाद प्रकट हुई।

दूर सड़क में धुएँ के गुबार में धमकती टेम्पो की पिछली बत्तियों को देखकर आदमी का सिर एहसानमन्दगी में झुक गया।

मुजाविर तब तक एक और आदमी को अन्दर से बुला लाया। उसका बदन गठा हुआ था, उसने हाथ में फावड़ा-कुदाली और सिर पर घमेला (तसला) उठा रखा था। "चलो जगह बता दो मकान (क़ब्र) कहाँ तैयार करना है।"

वह गठीले बदन वाला जवान आगे बढ़ गया। उसने नज़रें उठाकर देखा—दूर-दूर तक क़ब्रों की फसल फैली थी और बीच में एक मजार की शान्त इमारत किसी मचान की तरह खड़ी थी। थोड़ी दूर जाकर दो क़ब्रों के बीच की एक सँकरी-सी खाली जगह में खुदाई का सामान उतार दिया गया। फिर तुरन्त बाद कुदाली की धम-धप्प और खोदने वाले की हुँकार क़ब्रिस्तान के सन्नाटे में गूँजने लगी। मुजाविर ने कंदील की लौ ऊँची कर उसे ज़मीन पर रख दिया और एक पुरानी उजड़ी हुई क़ब्र पर जमी गर्द को फूँककर बुहारकर उस पर बैठ गया काँखते हुए।

"उफ! साली उमर अपना असर दिखा रही है...अब ज़्यादा बखत खड़ा नहीं रहा जाता...आओ तुम भी बैठो...घंटा-डेढ़ घंटा लग जाएगा खुदाई में!"

मुजाविर ने इतने सहज ढंग से उसे क़ब्र पर बैठने को कहा जैसे कोई मेजबान घर आए मेहमान से कुर्सी पर बैठने का इसरार करता है। थकान और पाँव में उठती टीसों के बावज़ूद वह उस जगह पर बैठने की हिम्मत नहीं जुटा पाया।

"किसी इमाम को साथ नहीं लाए? जनाजे की नमाज कौन पढ़ेगा?" मुजाविर ने उससे पूछा।

आदमी इस प्रश्न के लिए कतई तैयार नहीं था बल्कि इमाम का शब्द ही पहली बार उसके कान से गुज़रा था।

"कौन इमाम?" उसने पूछा।

मुजाविर का तेवर बिगड़ गया, "तरस आता है आजकल के लौंडों की अक्ल पर...साला मुसलमान होकर इमाम के माने पूछ रहा है...तुम्हीं जैसे बददिमाग़ लौंडे इस्लाम की बुनियाद कमज़ोर करते हैं...।"

आदमी की टाँगें लरज गईं...कहीं उसके हिन्दू होने का भेद खुल न जाए...इस बूढ़े को थोड़ी-सी भनक लग गई तो स्थिति को सँभालना मुश्किल हो जाएगा।

"दरअसल, मैं इस शहर में बिलकुल अजनबी हूँ, मुझे मालूम नहीं कहाँ क्या मिलता है...और फिर सब कुछ इतनी हड़बड़ी में हुआ कि..."

"अबे तो कम से कम इस्लाहुल कमेटी वालों को इत्तिला दे देता। कमेटी वालों कू मालूम पड़ता तो डोले से लेकर इमाम तक का बन्दोबस्त कर देते। और तो और, किराये के कन्धा देने वाले भी जुटा देते...खैर छोड़ो। रकात दो रकात नमाज ही तो पढ़नी है। हम पढ़ देंगे।"

आदमी ने राहत महसूस की, बात बिगड़ते-बिगड़ते रह गई थी। तभी ज़मीन खोदने वाले ने कमर सीधी की।

"कबर सन्दूकी बनाना है कि बगली?"

फिर एक पेचीदा सवाल। आदमी की उँगलियाँ खोपड़ी खुजाने लगीं... ये सन्दूकी और बगली क्या बला है? क्या होती है इन शब्दों की परिभाषा? उलझ कर रह गया वह।

"बगली खोद दूँ? सन्दूकी के लायक जगा नई है..."

"जैसा तुम ठीक समझो।"

"साठ रुपए लगेंगे।"

"कोई बात नई, मंजूर है।"

वह फिर झुक गया और खोदी हुई मिट्टी तसले में भरने लगा।

हवा बिलकुल थम गई थी। थमी हुई हवा में किसी मरी हुई चीज़ की सड़ी बदबू थी। चहारदीवारी के अन्दर नीम और पीपल बेआवाज़ उदास

खड़े थे। अगर कुदाली का घबकारा न होता तो ख़ामोशी बहुत ख़ौफ़नाक साबित हो सकती थी।

तभी एक कुत्ता खुले फाटक से दौड़ता हुआ अन्दर दाख़िल हुआ। जुबान निकाले हाँफता हुआ वह उन्हें कुतूहल से देखने लगा, फिर इधर-उधर कुछ सूँघने-टोहने के बाद आदतन अपनी पिछली टाँग उठाकर उसने एक क़ब्र पर धार छोड़ दी।

"हो-हो-हो-हो" मुजाविर ने ऊँचा कहकहा लगाया।

"साले ने मूतने के लिए क्या मुनासिब जगह चुनी है ही-ही-ही-हा, हा-हाहा..." बेतहाशा हँसी।

कुछ देर तक हँसने और खाँसने के बाद उसने बताया।

"वो मन्नान की कबर थी जिस पे कुत्ता अभी मूत गया...कुछ ही दिन हुए उसे मरे...बहुत पहुँचेला आदमी था...एक नम्बर का गुंडा। अव्वल दर्ज़े का एय्यास। भोंत बड़ा दानचोर था। शहर के छँटे हुए बदमाशों की नकेल उसके हाथ में थी। हमने अपने दीदों से नही देखा लोग बताते हैं कि दारू पीने के बाद साला कातिक का कुत्ता हो जाता था...अब जिस आदमी पर इतने अजाब लगे हों वह चैन की मौत कैसे मरता? बुरे काम का बुरा नतीजा वाली मिसाल हुई। हमने तो अपने दीदों से नहीं देखा लोग बताते हैं कि इसकी लाश स्टेशन पार वाले नाले में मिली थी। अधखाई हुई। मुंडी अलग...धड़ अलग...आँखें फूटी हुईं...उँगलियाँ कुचली हुई... अब ऐसे हकीरों-गलीजों की कबर पर कुत्ते नहीं मूतेंगे तो क्या घी के चिराग जलेंगे? मैं तो कहता हूँ इसकी लाश पर कोई मुश्तजनी करे तो मैं भी नहीं रोकूँगा उसे...।"

क़ब्र पर बैठकर बुराइयों का ढेर उकेरता वह बूढ़ा किसी ऐसे आदिम मसीहा की तरह लग रहा था जो सारी दुनिया को एक बीभत्स शाप दे रहा हो।

मुजाविर की सारी बातें उसे अप्रासंगिक लगीं। लिहाजा कोई प्रतिक्रिया ज़ाहिर न की।

"क्यों भई मकान तैयार हो गया?" मुजाविर ने खोदने वाले से पूछा।

"हाँ, बस थोड़ा-सा काम बचा है।"

"जल्दी हाथ चलाओ भई...रात गहरा गई है।" मुजाविर ने जम्हाई लेते हुए कहा। थोड़ी देर चुप्पी छाई रही।

"ये सामने वाली मजार किसकी है जानते हो?" मुजाविर की जुबान में फिर खुजली उठी।

"नहीं।" एक शब्द का जवाब था उसका।

"ये बाकी बिल्लाह की मजार है...बड़े नामी बाबा थे। उनकी दुआओं में वो असर था कि बाँझ की कोख भर जाती थी...उम्रजदा बेवाओं को शौहर मिल जाते थे...पागलों की अक्ल ठिकाने लगाना और लाइलाज बीमारियों को जड़ से मिटाना उनके दाएँ हाथ का खेल था...सिफली इलम वालों की तो उनका नाम सुनते ही पेशाब छूट जाती थी...।"

बूढ़ा बाकी बिल्लाह की तारीफ़ में ऊल-जलूल बकता रहा। उसने ध्यान नहीं दिया।

"चलो मकान तैयार है।" तभी खुदाई करने वाला गड्ढे से बाहर निकल आया। उसने हाथ-पैर की धूल झाड़ी, फिर वे दोनों जाकर लाश उठा लाए।

मुजाविर ने आदमी के सिर पर रूमाल बँधवाया और नाभि पर दोनों हाथ रखकर खड़े होने को कहा और ख़ुद मय्यत के मुक़ाबिल खड़े होकर नमाजे-जनाजा की नीयत बाँधी, "नीयत की अदा मैंने, करने चार तकबीर नमाज जनाजे के वास्ते, अल्लाह तआला के दुआ के वास्ते, इस मय्यत के पीछे इस इमाम के, मुँह मेरा तरफ़ काबे शरीफ...अल्ला हो अकबर।"

इतना पढ़कर रुक जाना हुआ। मुजाविर ने आदमी को घुड़की लगाई, "क्यों, अल्ला का नाम लेने में जबान घिसती है क्या?"

"म...मैं समझा नहीं...।"

"तुम्हारी समझ पर तो ताला पड़ गया है...ज़रा होशो-हवास में रहो, ये जनाजे की नमाज है कोई हँसी-ठट्ठा नहीं...अब आगे ध्यान रखना। मैं कलमा पढ़ते-पढ़ते जहाँ रुकूँ वहाँ अल्लाह हो अकबर कहना...समझे कि नहीं?"

"ज-जी समझ गया..."

मुजाविर फिर बुदबुदाने लगा। एक अपरिचित भाषा में "सुबहानकल्ला हुम्मावविहमिका: व जल्ला सन्नाओका: बलाइलाह: गैरोक..."

"अल्ला हो अकबर..." आदमी भरी हुई आवाज़ में बोला। मुजाविर सन्तुष्ट भाव से दरूद पढ़ने लगा।

"अल्ला हुम्मा सल्ले अल्ला मुहम्दिन..."

मुजाविर की जुबान से झरते ठेठ मुसलमानी शब्दों ने आदमी के हिन्दू

दिमाग़ में गुत्थमगुत्थी शुरू कर दी...उसके जी में आया कि दोनों हाथों से अपने कान बन्द कर लें और चिल्ला के पढ़े वह मंत्र जो ऐसे मौक़ों पर गाँव का पुरोहित पढ़ा करता था...परिस्थितियों के दबाव से हालाँकि उसकी जबान नहीं खुली पर अवचेतन में बरबस ही अधभूले...अपभ्रंश श्लोक झंकृत होने लगे—

...नैनं छिन्दंति शस्त्राणि नैनं दहति पावक:
न चैनं क्लेदयन्त्यापो...

मुजाविर ने ठेठ इमामी लहज़ा पकड़ लिया था,

लिहय्येना मय्यतेना व शाहिदो गई बेना...

एक तरह का भाषा-युद्ध छिड़ गया दोनों के बीच...

वासांसि जीर्णानि यथा विहाय...
सगारिना व कबोरिना व जग:रिना व उनसाना...
...नवानि गृह्णाति नरोऽपराणि...
अल्लाहुम मन अहयेतहमिन फतबफह अललइमान...

मुजाविर का कलमा ख़त्म हो गया पर आदमी अभी तक श्लोक के सम्मोहन में डूबा था।

...तथा शरीराणि...विहाय जीर्णा...,

"अल्ला हो अकबर...!" मुजाविर उसे सचेत करने के लिए इतनी ज़ोर से चीख़ा मानो गाली दे रहा हो।

"अल्ला हो अकबर..." आदमी धीरे से बोला, माफी माँग रहा हो जैसे। मुजाविर ने घूरकर देखा उसे फिर हाथ उठाकर सलाम फेर दी। आदमी ने राहत की साँस ली मानो किसी लम्बे सन्त्रास से उबर गया हो।

दुआ माँगने के बाद आदमी को क़ब्र में उतरने को कहा गया। वह पहले सकुचाया फिर हिम्मत करके नीचे उतर गया।

"इत्र-कपूर साथ लाए हो?" मुजाविर ने पूछा।

"नहीं।"

"सन्दल और अहदनामा?"

"जी नहीं।"

"तो फिर यहाँ क्यों आए हो?" ग़ुस्से में मुजाविर की झुर्रियाँ थरथराने लगीं, "रस्मो-रिवाज़ नहीं निभाते तो क़ब्रस्तान आने की ज़रूरत क्या थी—फेंक आते इस लोथ को किसी कुएँ-बेरे में..."

आदमी का सिर ज़मीन में गड़ गया। अपराधी की मुद्रा गें। कुछ देर बाद लाश उठाकर उसके हाथों में थमा दी गई, उसने आहिस्ते से लाश नीचे लिटा दी और आदेशानुसार मुट्ठी-भर मिट्टी लाश के सिरहाने रखकर बाहर निकल आया। फिर लकड़ी के फट्टों और बारदानों से लाश ढाँक दी गई। फावड़े की खच-खच मिट्टी पर बजने लगी और माई नाम की 'चीज़' हमेशा के लिए शाश्वत अन्धकार के हवाले कर दी गई।

आमतौर पर ऐसे क्षणों में आँखें नम हो जाती हैं। पर आदमी की आँखों में नमी की जगह सूखा विषाद है...उसके डबडबाए मन में माँ के प्रति वफ़ादारी न निभा पाने का क्लेश है...अपने धार्मिक और सामाजिक मूल्यों के खंडित होने का क्षोभ है...ग़लत फैसले की हताशा है...पापबोध है...।

मुजाविर ने आदमी की चुप्पी को सदमे की ख़ामोशी समझा। निहायत संजीदगी से उसने आदमी का कन्धा थपथपाया। पीठ सहलाई। और बाँह पकड़कर उसे क़ब्र से दूर ले जाने लगा।

चालीस क़दम दूर जाकर दोनों खड़े हो गए। अब दुआएँ माँगने के सिवाय कुछ नहीं बचा था। मुजाविर फातिहा पढ़ने लगा, आदमी ने भी मुजाविर की तरह दोनों हथेलियाँ आसमान की ओर उठा दी...लेकिन दुआ माँगने के लिए नहीं, चाँद-सितारों से अपना चेहरा छुपाने के लिए।

साज़-नासाज़

उस शाम मैं नरीमन प्वाइंट की उस फैंस पर लेटा था जो कई किलोमीटर लम्बी है और समुद्र तथा शहर को अपनी-अपनी सीमा का अहसास करवाती है। उस फैंस पर मेरे अलावा मेरे-जैसे कई और लोग भी बैठे थे। उनमें से कुछ लोग शहर की तरफ़ पीठ फेरकर बैठे थे और कुछ समुद्र की ओर लेकिन मैंने दोनों पहलुओं पर टाँगें फैला रखी थीं और पीठ के बल लेटकर आसमान को देख रहा था। मेरी दाईं ओर समुद्री लहरों के थपेड़े थे और बाईं तरफ़ तेज़ रफ़्तार से बहती मुम्बई।

मैं समुद्र और शहर से तटस्थ होकर मानसून के बादलों की धींगा-मुश्ती देख रहा था और सोच रहा था कि काश, इस शहर में मेरा भी कोई दोस्त होता! मुम्बई आने से पहले मैंने अपने शहर में दोस्ती-यारी की एक बहुत जीवन्त और सक्रिय हिस्सेदारी वाली ज़िन्दगी गुजारी थी और यहाँ—जिस्मों की इतनी लथपथ नज़दीकियत के बावज़ूद कोई भी चीज़ मुझे छू नहीं पा रही थी।

मैं जब महानगरीय जीवन-शैली और अपनी क़स्बाई ज़िन्दगी के बीच कोई सन्तुलन बनाने की कोशिश कर रहा था तभी मुझे सेक्सोफ़ोन की आवाज़ सुनाई दी। सेक्सोफ़ोन शुरू से मेरा सबसे प्रिय वाद्य रहा है। रेडियो या रिकॉर्डों पर सेक्सोफ़ोन की धुनें सुनते हुए मुझे जिस भरे-पूरे आनन्द का अहसास होता है, उसकी तुलना किसी भी तरह हार्दिक और शारीरिक मेल-मिलाप से की जा सकती है।

मैं तुरन्त उठ बैठा जैसे मुझे दोस्त ने पुकारा हो। मैंने गर्दन फेरकर पीछे देखा। मुझसे थोड़ी दूर एक बूढ़ा सेक्सोफ़ोनिस्ट समुद्र और डूबते सूरज को

एक करुण धुन सुना रहा था। उसके कन्धे पर एक चितकबरा कबूतर बैठा था। उसकी सफ़ेद दाढ़ी और लम्बे बालों की एक लटकती हुई लट पर सूरज की अन्तिम सुनहरी किरणें पड़ रही थीं। उसके साज़ का गोल किनारा भी एक सुनहरे तारे की तरह टिमटिमा रहा था। यह दृश्य इतना सिनेमैटिक था कि मैं उसे देखता ही रह गया।

जो धुन वह बजा रहा था वह कुछ जानी-पहचानी-सी लगी। स्मृति पर ज़ोर देने पर याद आया, वह पेटेटेक्स की धुन 'ब्लू सी एंड डार्क क्लाउड' बजा रहा था। पहले मुझे लगा यह बूढ़ा कोई विदेशी है क्योंकि किसी देशी के हाथ और फेफड़े पर शहनाई और बाँसुरी के मामले में तो भरोसा किया जा सकता है पर सेक्सोफ़ोन पर ऐसी धुन तो कभी एक शक्तिशाली लहर की तरह उठती है और पत्थरों से पछाड़ खाकर दूधिया फेन में तब्दील हो जाती है, तो कभी बादलों की तरह घुमड़कर बरस पड़ती है; कोई भी भारतीय इतने साफ़ ढंग से बजा सकता है—इसमें मुझे सन्देह था। यह सिर्फ़ बिटनिक लोगों के उन्मत्त और उद्दाम फेफड़ों के बूते की बात थी जो किसी घराने के शास्त्रीय नियमों के दास नहीं होते।

मैं ज़रा और पास गया और मैंने देखा—उस बूढ़े के कपड़े और उसका शरीर ख़ुद अपने प्रति की गई बेहरम लापरवाही से ग्रस्त और त्रस्त था। उसकी हालत मानसिक रूप से विक्षिप्त किसी ऐसे लावारिस आदमी जैसी थी जो महीनों से नहाया न हो जिसके सिर और दाढ़ी के बेतरतीब बाल आपस में चिपककर जटाओं में बदल जाते हैं, जिसके शरीर पर मैल की मोटी पर्तें जम जाती हैं और कपड़े इतने चिक्कट हो जाते हैं कि उसका असली रंग तक पहचान में नहीं आता।

मेरे अलावा अब कुछ और लोग भी वहाँ जमा हो गए। चूँकि वह कोई लोकप्रिय फ़िल्मी धुन नहीं बजा रहा था इसलिए लोगों की दिलचस्पियाँ दूसरे आकर्षणों की तरफ़ फिसल गईं। लोगों के आने-जाने और पल-दो-पल के लिए ठिठककर खड़े होने का यह क्रम काफी देर तक चलता रहा।

कुछ देर बाद हवा अचानक सपाटे से चलने लगी। फिर वह सपाटेदार हवा एक तूफ़ान में बदल गई। उधर आसमान में मानसूनी बादलों का काला दल तेज़ी से आगे बढ़ा और इससे पहले कि कोई कुछ सोच पाता, मौसम की पहली बारिश ने मुम्बई के चेहरे पर एक तमाचा जड़ दिया। मैंने इतनी

अचानक आक्रामक बारिश पहले कभी नहीं देखी थी, सिर्फ़ सुना था कि मुम्बई में बरसात किसी को माफ़ नहीं करती।

अगले ही पल लोग इधर-उधर भागने लगे, जैसे अचानक लाठी-चार्ज शुरू हो गया हो। मैं लोगों ही हड़बड़ाहट में शामिल नहीं हुआ, क्योंकि वहाँ दूर-दूर तक न कोई शेड था, न सुरक्षित ठिकाना। इसलिए न तो भागने का कोई अर्थ था, न भीगने से बचने का कोई उपाय।

हवा और पानी के इस घमासान से हर चीज़ अस्त-व्यस्त हो गई लेकिन वह बूढ़ा अभी तक उसी तन्मयता से सेक्सोफ़ोन बजा रहा था। मौसम के इस बदले हुए मिज़ाज का उस पर कोई असर नहीं हुआ, सिर्फ़ धुन बदल गई। पहले वहाँ साहिल को सहलानेवाली छोटी-छोटी लहरें थीं, पर अब उसके फेफड़ों से अंधड़ उठ रहे थे जैसे वह बाहर के तूफ़ान का सामना अन्दर के तूफ़ान से कर रहा हो। जैसे-जैसे बारिश रौद्र रूप धारण कर रही थी, हवाएँ दहाड़ती हुई अपने चक्रवाती घेरे का विस्तार कर रही थीं और समुद की लहरें अपनी पूरी ऊँचाई, गति और ताक़त से साथ नरीमन प्वाइंट से उस पथरीले किनारे को ध्वस्त कर देने के लिए बिफर रही थीं, वैसे-वैसे उस बूढ़े की धमनियों से उसकी निरंकुश और प्रतिघाती भावनाएँ ख़ून को खौलाती हुई बाहर आ रही थीं। मुझे लगा, अगर यह तूफ़ान कुछ देर और नहीं थमा तो यहाँ ख़ून-ख़राबे की नौबत आ सकती है।

और हुआ भी वही। हवा के एक तेज़ झपाटे के साथ एक बहुत ऊँची और खार खाई हुई लहर आई और पथरीले किनारे को रौंदती हुई सड़क पर चढ़ गई—पूरे मेरिन ड्राइव पर समुद्री पानी का झाग ददोरे की तरफ़ फैल गया। जब लहर वापस लौटी, तब मैंने देखा—वह बूढ़ा लहर की पछाड़ खाकर सड़क पर लुढ़क गया था। मैं तुरन्त उसकी तरफ़ लपका। मैंने उसे उठाना चाहा मगर उसका शरीर इतना श्लथ हो गया था कि उठाते नहीं बना।

और तब मैं भी वहीं सड़क पर बैठ गया। मैंने अपनी जाँघ पर उसका शरीर खींच लिया। वह बहुत बुरी तरह हाँफ रहा था। मैंने उसके लम्बे छितराए हुए बालों को उसके चेहरे से हटाया और ग़ौर से उसके चेहरे को देखा। वहाँ मुझे कुछ और नहीं, सिर्फ़ सूजन दिखाई दी—एक ऐसी सूजन, जो उन लोगों के चेहरों पर तब दिखाई देनी शुरू होती है जब वे अपने हर दुख और पीड़ा का इलाज शराब से करने लगते हैं।

मैं कुछ देर यूँ ही बैठा रहा। मुझे कुछ समझ में नहीं आ रहा था। उसकी साँसें अभी तक तेज़ थीं और हर साँस के साथ शराब के भभाके उठ रहे थे। मैंने उसके गाल को थपथपाया। उसने आँखें नहीं खोलीं। मैंने उसके कन्धे झंझोड़े, मगर कोई बात नहीं बनी। मैं यह सोचकर घबरा उठा कि कहीं वह मेरी बाँहों में दम न तोड़ दे। मैंने इधर-उधर नज़रें दौड़ाईं। सड़कछाप लोगों को पनाह मिलना मुश्किल था और सड़क पर टैक्सियों और कारों का कारवाँ इतनी तेज़ी से गुजर रहा था कि मैं तो क्या, कोई जलजला भी उसे रोक नहीं सकता था।

मेरे पीछे समुद्र अभी तक पछाड़ें खा रहा था और ऊपर आसमान में बादलों की एक और टुकड़ी किसी बड़े आक्रमण की तैयारी के साथ आगे बढ़ रही थी, मगर मैं उस बूढ़े को बाँहों में लिये चुपचाप बैठा रहा। मैंने एक बार फिर उसके चेहरे पर नज़र डाली और मुझे लगा यह चेहरा जवानी में बहुत सुन्दर रहा होगा। उम्र, कठिन हालात और खराब आदतों ने हालाँकि उसके चेहरे का सौन्दर्य छीन लिया था, लेकिन फिर भी वह अर्थपूर्ण था और अभी सृजनात्मकता से रिक्त नहीं हुआ था।

चार-पाँच मिनट की बेहोशी के बाद उसने आँखें खोलीं। कुछ देर तक झिपझिपाने के बाद उसकी आँखें मेरे चेहरे पर स्थिर हो गईं। उसकी पलकें खूब भारी थीं और आँखों के अन्दर मरण और क्षरण से लिपटी एक काली और अशुभ छाया साफ़ दिखाई दे रही थी। मेरे चेहरे पर के मित्र-भाव ने उसे राहत दी होगी, तभी तो वह मन्द-मन्द मुस्काया और अपना हाथ मेरे कन्धे पर रखकर उठ बैठा। कुछ ही देर में वह इस तरह बातें करने लगा जैसे कुछ हुआ ही न हो। मुझे उम्मीद नहीं थी कि वह यूँ चुटकियों में सहज और सजग हो जाएगा।

आमतौर पर पहली मुलाकातों में लोग 'क्या करते हो?' 'कहाँ रहते हो?' या 'कहाँ के रहनेवाले हो?' जैसे औपचारिक सवाल करते हैं, लेकिन उसने कुछ अजीब सवाल किए, 'तुम्हें बारिश में भीगना अच्छा लगता है?'

'तुम हवा से बात कर सकते हो?'

'क्या तुम्हें शराब पीने के बाद अपने भीतर एक दुखभरी ख़ुशी महसूस होती है?'

मैंने इन तमाम सवालों का जवाब 'हाँ' में दिया तो वह ख़ुश हो गया।

"तब तो तुम्हें संगीत से भी लगाव होगा, है न?"

"हाँ।" मैंने कहा, "ख़ासतौर से सेक्सोफ़ोन मुझे बेहद पसन्द है।"

"अरे वाह! तब तो अपनी खूब जमेगी," उसने बड़ी गर्मजोशी से अपना दायाँ हाथ ऊपर उठाया और मेरी हथेली से टकराकर एक पुरजोर ताली बजाई।

"आप बहुत अच्छा बजाते हैं। भारत में भी इतने परफ़ेक्ट सेक्सोफ़ोन प्लेयर हैं यह मुझे मालूम नहीं था।"

अपनी तारीफ़ सुनकर ख़ुश होने के बजाय उसने कड़वा-सा मुँह बनाया और मेरी तरफ़ से ध्यान हटाकर गरजते-लरजते समुद्र को देखने लगा। बारिश की तेज़-रफ़्तार बूँदें समुद्र के ठोस पानी से टकराकर धुआँ-धुआँ हो रही थीं।

उस धुँधवाते पानी को वह कुछ देर तक यूँ ही देखता रहा। फिर कुछ सोचकर अचानक मेरी तरह मुँह फेरा, "सुनो, तुम्हारे पास कुछ रुपए हैं?"

मैं उसके इस अप्रत्याशित सवाल से ज़रा चौंका। अपनी जेब में हाथ डालते हुए मैंने सोचा—कहीं यह कोई मन्तरबाज तो नहीं है? लेकिन जब मैंने देखा कि पैसा माँगते हुए उसके चेहरे पर किसी भी तरह की हीनता का बोध, कोई शर्म, झेंप या लालच नहीं है तो मैं थोड़ा आश्वस्त हुआ। मैंने जेब से पर्स निकालकर पूछा, "कितने रुपए चाहिए?" उसने मेरे हाथ से पर्स ले लिया—उतनी ही सहजता से, जैसे मेरे पुराने दोस्त मेरे हाथ से सिगरेट का पैकेट ले लेते थे। उसने पर्स खोलकर सौ-सौ के चार-पाँच नोट निकाल लिए और पर्स मेरे हाथ में थमाकर बिना कुछ कहे जाने लगा।

"सुनो...!" मैं उसके पीछे लपका। उसने मुड़कर मुझे देखा।

"अगर ज़रूरत है तो और ले लो," मैंने पर्स की तरफ़ इशारा करते हुए कहा, "लेकिन एक शर्त है—आज की शाम...और हो सके तो रात भी तुम्हें मेरे साथ गुजारनी पड़ेगी।"

"मैं कोई रंडी नहीं हूँ।"

उसने ये शब्द इतने कड़क लहज़े में कहे कि मैं सकपका गया। मैंने कहा, "नहीं-नहीं, दरअसल इस शहर में मेरा कोई दोस्त नहीं है। मैं तुम्हारे साथ थोड़ा वक़्त गुज़ारना चाहता हूँ।"

"मेरी दोस्ती इतनी सस्ती नहीं है। बहुत बड़ी क़ीमत चुकानी पड़ेगी।"

"मैं कोई सौदा नहीं कर रहा हूँ। सिर्फ़ तुम्हारे साथ थोड़ा वक़्त गुज़ारना चाहता हूँ।"

"क्यों? सिर्फ़ मेरे साथ क्यों?"

"इसलिए कि शराब पीने के बाद मुझे अपने भीतर एक दुखभरी ख़ुशी महसूस होती है। मुझे बारिश में भीगना अच्छा लगता है, मैं हवा से बातें कर सकता हूँ, मुझे संगीत से प्यार है और ख़ासतौर से पेटेटेक्स का मैं मुरीद हूँ।"

इस बार उसने ज़रा आश्चर्य से मुझे देखा। फिर मेरे कन्धे पर हाथ रखकर मुस्काया और मेरे गले में गलबहियाँ डालकर चलने लगा। उसने पूछा, "तुम पेटेटेक्स को कब से जानते हो?"

"पाँच साल पहले मैंने रिकॉर्ड पर वह धुन सुनी थी जिसे कुछ देर पहले तुम बजा रहे थे।"

"नहीं, मैं उस धुन को नहीं बजा रहा था।" उसने तुरन्त मेरी बात का खंडन किया, "वह धुन ही मुझे बजा रही थी।"

"मैं समझा नहीं?"

"तुम समझोगे भी नहीं। इस बात को समझने में वक़्त लगता है।"

उसके इस बुजुर्गाना लहज़े से मुझे थोड़ी कोफ्त हुई। फिर मुझे लगा—भले ही वह मेरे गले में हाथ डालकर चल रहा है, लेकिन आख़िरकार वह उम्र में मुझसे दोगुना बड़ा है, इसलिए उसके इस रवैये से मुझे कोई आश्चर्य या आपत्ति नहीं होनी चाहिए। मैंने चलते-चलते यूँ ही पूछ लिया, "आपने सेक्सोफ़ोन बजाना कब से शुरू किया?"

"पच्चीस साल पहले गोवा में एक हिप्पी ने मुझे इस मीठे जहर का स्वाद चखाया था। फिर धीरे-धीरे मुझे इसकी लत लग गई।"

"क्या तुमने सारी ज़िन्दगी इसी नशे में गुजार दी?"

"नहीं, पहले मैं थोड़ा होश में रहता था और तब मैं सेक्सोफ़ोन के साथ वही सलूक करता था जो एक बदमिजाज घुड़सवार अपने घोड़े के साथ करता है। लेकिन जब से मैं नशे में रहने लगा हूँ तब से यह मेरे ऊपर सवार हो गया है। तुम शायद नहीं जानते—बदला लेने के मामले में इसके जितना शातिर और माहिर दूसरा कोई साज़ नहीं है। अभी कुछ ही देर पहले तुमने देखा होगा, वह मुझे कितनी बुरी तरह बजा रहा था। अगर समुद्र की ऊँची लहर ने मुझे उससे छुड़ाया न होता तो आज वह मेरी जान ही ले लेता।"

"फिर तुम इस ज़हरीले नाग को हमेशा अपने साथ क्यों रखते हो?"

उसने सेक्सोफ़ोन को बहुत अजीब नज़रों से देखा, फिर मुस्कराने लगा, "कहानी ज़रा उलझी हुई है। चलो कहीं बैठकर बात करते हैं।"

उसने मेरा हाथ अपने हाथ में थाम लिया। पटरी पर पैदल चलनेवालों में केवल हमीं दो थे जो पानी से लिथड़ी हवा और हवा से लिपटे पानी से संसर्ग से रोमांचित हो रहे थे। उस गीली हवा ने अचानक हमारे भीतर प्यास जगा दी—एक ऐसी कुड़कुड़ाती प्यास, जो सिर्फ़ शराब से बुझाई जा सकती थी।

बूढ़े के हाथ की पकड़ अचानक मजबूत हो गई। सड़क क्रॉस करने के लिए वह आगे बढ़ा और समुद्र-किनारे की पटरी को छोड़कर सामने उस पटरी पर चढ़ गया जो मचलते हुए शहर की हलचलों के किनारे-किनारे काफी दूर तक फैली थी।

कुछ ही देर बाद दोनों एक बीयर बार के सामने खड़े थे। दरवाज़े पर खड़े दरबान ने तपाक से सलाम बजाकर दरवाज़ा खोलने के बजाय ज़रा झिझकते हुए परेशान निगाहों से हमारे गीले लबादों को देखा, ख़ासतौर से बूढ़े के कीचड़ से सने फचफचाते जूतों और चिक्कट कपड़ों ने उसकी नाक-भौंह को सिकुड़ने के लिए मजबूर कर दिया, मगर चूँकि हम ग्राहक थे, कोई भिखारी नहीं, इसलिए मजबूरन उसे दरवाज़ा खोलना पड़ा।

हम अन्दर दाख़िल हुए और फ़र्श पर बिछे ख़ूबसूरत कालीन पर बिना कोई तरस खाए अपने जूतों के बदनुमा धब्बे पीछे छोड़ते हुए हॉल के बीचोबीच पहुँच गए। हम जैसे ही कुर्सी पर बैठे, एक बहुत सजी-धजी लड़की हमारे पास आई। उसने पेशेवर मुस्कराहट के साथ मुझसे हाथ मिलाया और बूढ़े के नज़दीक बैठकर उसकी गर्दन में अपनी बाँह डाल दी।

"हलो भाऊ अंकल! कहाँ थे इतने दिन? हमको भूल गए क्या?"

"मस्का मत मार!" बूढ़े ने अपनी गर्दन से उसका हाथ हटा दिया, "जा जल्दी रम लेकर आ।"

वह थोड़ी बनावटी नाराज़गी ज़ाहिर करती हुई उठकर जाने लगी। फिर अचानक एक ख़ास अदा से अपने बाल पीछे की ओर झटकते हुए मुझसे मुख़ातिब हुई, "क्या आप भी रम लेंगे?"

मैंने 'हाँ' में गर्दन हिला दी। उसने एकाबारगी बहुत गहरी निगाहों से मुझे देखा, जैसे मुझे पूरे-का-पूरा एक ही बार में निगल लेना चाहती हो। मैंने नज़रें झुका लीं।

शराब के आने का इन्तज़ार करना बूढ़े ने ज़रूरी नहीं समझा। वह बिना किसी भूमिका के अपनी कहानी बताने लगा। उसके लहज़े, बोलने के लिए चुने हुए शब्दों और अभिव्यक्ति में कोई तारतम्य नहीं था। एक सिलसिलेवार तरतीब से बोलने-बताने के बजाय वह यहाँ-वहाँ और जहाँ-तहाँ से टुकड़े बटोर रहा था। सेक्सोफ़ोन के बारे में बोलते-बोलते अचानक वह बार में काम करनेवाली लड़कियों के बारे में बोलने लगा। लड़कियों को फटकारने-पुचकारने के बाद उसने शराबनोशी पर अपना संक्षिप्त मगर सारगर्भित व्याख्यान समाप्त होते ही वह अचानक एक क़ब्रिस्तान में घुस गया। अपने एक दोस्त की क़ब्र के सामने थोड़ी देर चुपचाप खड़े रहने के बाद वह लगभग भागते हुए बाहर निकला और फिर हाथ पकड़कर मुझे अपने पीछे खींचते हुए दादर की एक चाल में ले गया जहाँ बीस-पच्चीस साल पहले वह अपने कुछ साज़िन्दे साथियों के साथ रहता था। वे सब फ़िल्मों के लिए बैकग्राउंड म्यूज़िक कम्पोज करते थे उस वक़्त की बेहतरीन आमदनी को बदतरीन ढंग से ख़र्च करते थे।

एक घंटे की बातचीत के बाद कुल मिलाकर जो ग्राफ़ बना, वह कई तरह के उतार-चढ़ाव वाला ग्राफ़ था। उस पर और उसके तमाम साथियों पर कोई-न-कोई धुन सवार थी। वे उस तरह के धुनी लोग थे जो न तो दुनिया का कोई लिहाज करते हैं, न अपने-आपको कोई रियायत देते हैं; वे अपने लिए कोई संकीर्ण सीमा निर्धारित नहीं करते। उनमें कोई एक केन्द्रीय भाव या विशेष गुण नहीं होता। वे गुणों और दुर्गुणों के बीच के फ़र्क़ को मिटाते हुए अपनी एक अलग और अजीब-सी हालत बना लेते हैं।

उसके उस दौर के लगभग सभी साथी संगीत और ख़ब्त के शिकार थे। उनमें से कुछ जो समझदार थे, बाद में फ़िल्मों में संगीत-निर्देशक या ए ग्रेड के आर्टिस्ट बन गए। बाकी सब वहीं-के-वहीं रहे; लेकिन उन दिनों काम लगातार मिलता था और आमदनी अच्छी होने के करण वे नए आकर्षणों और ललचाने वाले कामुक और सजीले बाज़ार के सामने अपने-आपको ख़र्च करने से नहीं रोक पाए। वे सब शराबी थे, जुआरी थे, वेश्यागामी और उधारखोर थे, मगर शुरू से आख़िर तक कलाकार थे। यही वे साज़िन्दे थे, जिन्होंने भारतीय फ़िल्म संगीत को परवान चढ़ाया था। इसी पीढ़ी ने आज़ादी के बाद के भारतीय 'मन' की गहराइयाँ-ऊँचाइयाँ नापी थीं। इन्हीं

बेसुरे पियक्कड़ों ने भावनाओं के सभी तार छेड़कर और साँस के साथ साँस मिलाकर अपने युग की धड़कनों को लय दी थी।

डेढ़-दो घंटे बाद जब हम बार से बाहर निकले तब आसमान में बादलों के बीच फिर कानाफूसी चल रही थी, लेकिन चूँकि हम पहले ही एक बड़े आँधी-तूफ़ान का सामना कर चुके थे और सिर्फ़ बाहर से ही नहीं, भीतर से भीग चुके थे, इसलिए अब किसी भी तरह के गीलेपन से हमें गुरेज नहीं था।

मेरा बूढ़ा दोस्त शराब के तीन प्यालों के बाद ज़रा कड़क हो गया था। उसने अपनी पीठ सीधी कर ली और सीना तानकर इतने गर्व से चलने लगा जैसे पूरे मुम्बई का मालिक हो। उसके इस मालिकाना रवैये में दारू पीकर भड़ास निकालनेवाले किसी कमज़ोर और कायर आदमी की झूठी अकड़ नहीं बल्कि एक मौलिक विरोध पर आधारित आक्रामकता थी।

हम दोनों चलते जा रहे थे बिना यह तय किए कि जाना कहाँ है। न उसे कहीं पहुँचने की जल्दी थी, न मुझे। हमारी उद्‌देश्यहीनता इस शहर की उद्‌देश्यपरक व्यस्तताओं के साथ टक्करें ले रही थी। फुटपाथ पर वी.टी. की तरफ़ जानेवालों की एक तेज़ रफ़्तार भीड़ में हम दोनों किसी गीले लबादे की तरह उलझ गए थे। भीड़ की चुस्ती और फुर्ती के बरअक़्स हमारा ढीलापन सिर्फ़ थकान या नशे की वजह से नहीं था बल्कि यह एक प्रतिक्रिया थी। मुझे अब यह पक्का भरोसा हो गया कि मेरा यह बूढ़ा दोस्त भी उस चुस्त-दुरुस्त और फटाफट कामयाबी के ख़िलाफ़ है जो मनुष्य से उसका निर्दोष आनन्द छीन लेती है।

मैंने चलते-चलते उसके चेहरे पर निगाह डाली। वह मदमस्त था। उसकी चाल में बदलाव आ गया था। चलते-चलते वह एक दुकान के सामने अचानक रुक गया। दुकान के अगले हिस्से में एक बड़ा शो-केस था जिसमें तरह-तरह के वाद्य-यंत्र रखे गए थे। उनके बीच एक बहुत बड़ा इलेक्ट्रॉनिक की-बोर्ड पड़ा था। वह बूढ़ा उस की-बोर्ड को बड़े ग़ौर से देखने लगा। मैंने सोचा—शायद उसमें कोई ग़ौर करने लायक विशेषता होगी, पर मैंने देखा—बूढ़े के चेहरे पर अचानक एक बड़ी लहर आई और एक ही पल में उसका मिज़ाज बदल गया। वह उस वाद्य की तरफ़ कुछ ऐसे अन्दाज़ में देख रहा था मानो वह कोई उपकरण नहीं बल्कि एक

जीता-जागता शत्रु हो। एक ख़तरनाक तनाव और तीखी घृणा से उसका चेहरा कँपकँपाने लगा।

"तुम इसे जानते हो?" उसने की-बोर्ड की तरफ़ इशारा करते हुए मुझसे पूछा।

"हाँ," मैंने कुछ सोचते हुए कहा, "यह एक जापानी सिंथेसाइजर है।"

"नहीं," उसने ऊँची आवाज़ में कहा, "यह एक तानाशाह है! हत्यारा है! इसी की वजह से दास बाबू और फ्रांसिस की जान गई...यही हम सबकी बदहाली का एकमात्र ज़िम्मेदार है।"

मैंने बहुत आश्चर्य से शो-केस की तरफ़ देखा। उस कई पुश-बटनों और पियानो जैसी चाबियोंवाले वाद्य में मुझे कोई ऐसी ख़तरनाक ख़ासियत नज़र नहीं आई।

शो-केस से नज़रें फेरकर जब मैंने बूढ़े की तरफ़ देखा तो मुझे अपने चेहरे पर एक अजीब-सी ऐंठन नज़र आई। उसका शरीर कुछ इस तरह काँप रहा था मानो उसे तेज़ बुखार हो। उसकी इस अस्वाभाविक उत्तेजना से मुझे बेचैनी महसूस हुई। मैंने उसके कन्धे पर हाथ रखा और उसे फुसलाते हुए आगे ले चलने की कोशिश की। पहले तो वह टस-से-मस नहीं हुआ लेकिन फिर जैसे कोई दौरा पड़ गया हो, उसने लपककर फुटपाथ से एक ईंट का अद्धा उठा लिया। मैंने तुरन्त उसका हाथ पकड़ लिया और बड़ी मुश्किल से उसे काँच फोड़ने से रोका। मेरे इस हस्तक्षेप से वह और भी बिफर गया। उसने मुझे एक तरफ़ झटक दिया और फुटपाथ की भीड़ को बहुत वाहियात तरीक़े से धकेलते हुए आगे बढ़ा। उसके मुँह से अनर्गल वाक्यों और गालियों की बौछार लग गई। उसके अन्दर उठे इस चक्रवाती तूफ़ान के रुख और गति का अनुमान लगाना मुश्किल था। सिर्फ़ इतना साफ़ समझ में आ रहा था कि उस चक्रवाती घेरे के केंद्र में वही इलेक्ट्रॉनिक इंस्ट्रूमेंट था जिसे वह भी नकलचोर कहता था तो कभी हरामख़ोर।

फिर वह उन संगीत-कम्पनियों को गालियाँ देने लगा जिन्होंने ऐसे नकली वाद्यों और साउंड रिकार्डिंग की नई और चालाक तकनीकों के सहारे भोंडे फ़िल्मी गीतों के ऑडियो कैसेट का होलसेल मार्केट फैला रखा था। बाद में वह उन लोगों को भी कोसने लगा जिन्होंने ऐसे वाद्यों का निर्माण किया था, जो दूसरे तमाम वाद्यों की हू-ब-हू नकल करने में सक्षम थे। बाज़ार में आते

ही संगीत के ठेकेदारों ने उसे तुरन्त अपना लिया था और उन साज़िन्दों को काम मिलना बन्द हो गया जो अर्से से केवल इसी काम या हुनर या कला के सहारे ज़िन्दगी बसर कर रहे थे।

"अब इन हरामज़ादों को आख़िर कौन समझाने जाए? उनको तो सिर्फ़ अपना धन्धा-फ़ायदा नज़र आता है। कला और कलाकार जाएँ भाड़ में! किसे ख़बर है कि पुराने साज़िन्दे कहाँ हैं? किसे फ़िक्र है कि अगर वे बजाएँगे नहीं तो क्या करेंगे? जिस आदमी ने ज़िन्दगी-भर वायलिन बजाई हो, क्या वह टमटम चला सकता है? क्या तबला बजानेवाले हाथ मसाज का काम कर सकते हैं? पियानो पर थिरकनेवाली उँगलियों से अगर कसाई की दुकान में मुर्गियों की आँतें छँटवाई जाएँ तो कैसा लगेगा?"

वह पता नहीं किससे सवाल कर रहा था। थोड़ी ही देर में वह यह भी भूल गया कि मैं उसके साथ हूँ। मुझे उसके चेहरे पर पागलपन के चिह्न साफ़ दिखाई दिए। वह अचानक फुटपाथ से उतरकर सड़क क्रॉस करने लगा। वहाँ न तो जेब्रा क्रॉस था, न पैदल चलनेवालों के लिए कोई सिगनल। चालू ट्रैफ़िक में उसके यूँ अचानक घुस जाने से एक-साथ कई वाहनों का सन्तुलन बिगड़ गया। एक सिटी बस की चपेट में आने से वह बाल-बाल बचा, मगर उसे बचाने के चक्कर में एक टैक्सी मार्ग-विभाजक से टकरा गई और टैक्सी के अचानक रुकते ही पीछे तेज़ रफ़्तार से आती कई कारें और टैक्सियाँ असन्तुलित हो गईं। टैक्सियों और कारों के ड्राइवर ग़ुस्से से फनफनाते हुए नीचे उतरे और बूढ़े को घेर लिया। ट्रैफ़िक हवलदार ने बूढ़े को जब उस घेरे से बाहर निकाला तो मैंने देखा—उनकी नाक और जबड़े से ख़ून बह रहा था। मगर वह ख़ून पोंछने या घाव को सहलाने के बजाय चेतावनी-भरे शब्दों में पता नहीं किसे गालियाँ बक रहा था। हवलदार ने उसका कॉलर पकड़ा और घसीटते हुए उसे सड़क के दूसरे किनारे तक ले गया।

ट्रैफ़िक नियंत्रित होने में थोड़ा समय लगा। इस बीच मेरी नज़रें बराबर बूढ़े का पीछा करती रहीं। वह लड़खड़ाते हुए फुटपाथ पर चढ़ा और मेरे देखते-ही-देखते अगले सर्कल में दाईं तरफ़ मुड़ गया।

पैदल चलनेवालों के लिए जैसे ही ट्रैफ़िक खुला, मैं तेज़ी से उस सर्कल की तरफ़ भागा। सर्कल का मोड़ मुड़ने के बाद मैंने नज़रें दौड़ाईं। उस लम्बे-गीले रास्ते में छतरियों के झुंड के बीच उसका भीगता और भागता

हुआ शरीर मुझे दिखाई दिया। मैं बहुत मुश्किल से उसके क़रीब पहुँच पाया। मैंने झपटकर उसका कन्धा पकड़ लिया। उसने मुड़कर मुझे देखा—उसके चेहरे पर घूँसों और थप्पड़ों के दाग उभर आए थे। नाक से भी अभी तक गाढ़ा लाल ख़ून टपक रहा था और आँखों में अजीब-सी अजनबीयत-सी थी। चौराहे के एक रेड सिगनल की रौशनी में उसका भावहीन, पथराया-सा चेहरा मुझे भयानक लगा।

"तुम्हारा घर कहाँ है?" मैंने पूछा।

क़रीब से गुजरते वाहनों के हॉर्न की वजह से शायद उसे मेरी बात समझ में नहीं आई।

"तुम्हारा घर कहाँ है?" मैंने इस बार उसके कान के पास अपना मुँह ले जाकर पूछा। उसके चेहरे पर अब भी ठोस संवेदनहीनता छाई रही। तीसरी बार वही सवाल पूछने के बाद भी जब उसने उन्हीं भावशून्य आँखों से मुझे देखा तो मैं समझ गया कि बात हद से गुज़र गई है और अब शराब, ख़ून और बारिश से भीगी हुई उसकी देह को अकेले भटकने के लिए छोड़ देने से बड़ा कोई गुनाह नहीं हो सकता।

मैं बहुत परेशान हो गया। समझ में नहीं आ रहा था कि क्या करूँ। वह अगर सिर्फ़ बीमार होता तो भी मैं उसे सँभाल लेता, मगर मामला दिमाग़ का था और उसके पागलपन में अगर मुझे वह युक्तिसंगत व्यवस्था न दिखती, जिसे हम 'जीनियस' कहते हैं तो शायद मैं उसे वहीं छोड़कर चला जाता क्योंकि मुझ पर समाज-सेवा का दौरा कभी नहीं पड़ा था और न ही मेरे अन्दर कोई ऐसा मदर टेरेसाई नर्म कोना था जिसमें मैं ऐसे पागलों और लावारिसों को पनाह देता।

मैं तेज़ी से सोच रहा था कि क्या करूँ। अचानक मुझे ख़याल आया कि शायद उस बीयर बारवाली लड़की को बूढ़े के घर का पता मालूम हो। मैंने तुरन्त एक टैक्सी रुकवाई। बूढ़े को सहारा देकर टैक्सी में बैठाया और ड्राइवर को सेंडहर्स्ट रोड ले चलने को कहा।

जब हम वापस सेंडहर्स्ट रोड के बार में पहुँचे तब रात के साढ़े ग्यारह बज चुके थे। ड्राइवर ने जैसे ही ब्रेक लगाया, बूढ़े का श्लथ शरीर मेरी गोद में लुढ़क गया। वह या तो सो रहा था या बेहोशी के आलम में था। मैंने उसे सँभालकर सीट पर लिटा दिया।

"तुम पाँच मिनट यहीं रुको, मैं अभी आता हूँ," मैंने ड्राइवर से कहा और टैक्सी से नीचे उतर आया। ड्राइवर ज़रा पसोपश में पड़ गया। उसे सन्देह था कि कहीं मैं बिना किराया दिए इस मुसीबत को उसके गले न मढ़ जाऊँ। मैंने पचास का एक नोट उसके हाथ में थमा दिया और सीढ़ियाँ चढ़कर बार में अन्दर दाख़िल हुआ।

दरवाज़ा खुलते ही संगीत की बहुत तेज़ आवाज़ ने मुझ पर हमला किया। वह खोपड़ी को सनसना देनेवाला संगीत था। मैंने ध्वनियों का इतना भयंकर इस्तेमाल पहले कभी नहीं सुना था। कुछ देर की चकराहट के बाद हल्की नीली रौशनी में मैंने उस लड़की को खोजना शुरू कर किया। वह डांसिंग फ्लोर पर कुछ और लड़कियों के साथ नाच रही थी। मैंने आगे बढ़कर उसका ध्यान अपनी ओर आकर्षित करने की कोशिश की। वह एक मालदार आदमी को रिझाने के लिए बार-बार अपने बाल लहरा और कूल्हे मटका रही थी। सामने की कुर्सी पर बैठा वह अधेड़ एय्याश जिसके गले और उँगलियों में सोना बहुत अश्लील ढंग से चमक रहा था, उस लड़की की हर अदा पर सौ-सौ के नोट निछावर कर रहा था।

बहुत कोशिश और इशारे करने के बाद भी जब लड़की ने मेरी तरफ़ ध्यान नहीं दिया तो आख़िरकार मुझे भी जेब से नोट निकालने पड़े। नोट हाथ में आते ही मैंने देखा—बार के हर वेटर, स्टूअर्ट और डांसर्स का ध्यान अब मेरी तरफ़ था। लड़की की तरफ़ मैंने सिर्फ़ एक नज़र से देखा और वह मुस्कराती हुई मेरे पास आ गई। नोट उसके हाथ में देने से पहले मैंने दो-तीन बार ऊँची आवाज़ में कहा, "मुझे तुमसे कुछ ज़रूरी बात करनी है।"

दूसरी आवाज़ों के कारण उसे मेरी बात समझ में नहीं आई। वह हाथ पकड़कर मुझे पिछले दरवाज़े की तरफ़ ले गई। दरवाज़े के उस तरफ़ रेस्तराँ का किचन था।

"हाँ बोलो जल्दी, क्या बात है? मैं अपना कस्टमर छोड़कर आई हूँ।"

"शाम को मैं जिस बूढ़े के साथ आया था, क्या तुम उसे जानती हो?"

"हाँ-हाँ, वो मेरा रेगुलर कस्टमर तो नहीं है, पर आता है तो सबकी तबीयत ख़ुश कर देता है।"

"उसकी तबीयत खराब है...क्या तुम उसके घर का पता जानती हो?"

"पक्का पता नहीं मालूम, लेकिन शायद वह दादर के कबूतरखाने के आसपास किसी चाल में रहता है। क्या तो नाम है उस चाल का...याद नहीं आ रहा अभी।"

"देखिए, मैं इस शहर में नया हूँ। मुझे यहाँ के रास्तों के बारे में कुछ नहीं मालूम। क्या आप इस मामले में मेरी मदद कर सकती हैं?"

"नहीं।" उसने साफ़ मना कर दिया, "आप समझते क्यों नहीं? मैं अपना कस्टमर छोड़कर नहीं जा सकती।"

मैं चुप हो गया। बार से बाहर निकलते ही मैंने टैक्सी के पास जाकर खिड़की से अन्दर झाँका। बूढ़ा अभी तक ज्यों का त्यों लेटा था—किसी लाश की तरह। मैंने दरवाज़ा खोला और अन्दर सीट में धँस गया।

"दादर ले चलो!" मैंने ड्राइवर से कहा। मुझे अपनी आवाज़ बहुत थकी-हारी-सी जान पड़ी।

ड्राइवर ने तुरन्त चाबी घुमाकर इंजन स्टार्ट किया। थोड़ी दूर जाकर एक यू टर्न मारा और लम्बी-चौड़ी सड़क पर टॉप गियर में टैक्सी दौड़ा दी।

मैंने एक सिगरेट सुलगा ली और अपने विचारों को ख़ामोशी से चबाने लगा। यहाँ तक कि मेरी कनपटियाँ दुखने लगीं। उन चबाए हुए विचारों की लुगदी में से पता नहीं कब शून्य निकला और उस शून्य के बोझ से दबकर जाने कब मेरी आँखें मुँद गईं।

ड्राइवर ने जब कन्धा थपथपाकर मुझे नींद से जगाया तो कुछ देर तो कुछ समझ ही नहीं आया। मैंने अपना सिर ज़ोर से झटककर ख़ुमारी और नींद को दूर हड़काया और बूढ़े को होश में लाने के लिए हिलाया-डुलाया, लेकिन सिर्फ़ हूँ-हूँ करने के अलावा उसने कोई हरकत नहीं की। आख़िर नीचे उतरकर मैंने उसकी बाँहों के नीचे हाथ डालकर उसे दरवाज़े से बाहर खींच लिया। मैं जब बूढ़े के शरीर को घसीटते हुए सड़क के किनारे ले जा रहा था तब मैंने देखा कि बावज़ूद बेहोशी के बूढ़े ने अपने बैग को नहीं छोड़ा था। उसका पूरा शरीर बेहोश था लेकिन वह पूरी तरह होश में था जिस हाथ से उसने बैग से बाहर झाँकती सेक्सोफ़ोन की गर्दन को पकड़ रखा था।

मैंने उसकी देह को कबूतरखाने की ग्रिल से टिका दिया। पलटकर टैक्सी का भाड़ा चुकाया और रिस्टवॉच की तरफ़ देखा। सवा तीन बज रहे थे। यह रात और सुबह के बीच की ऐसी घड़ी थी जब न तो मैं कुछ कर सकता था, न कहीं जा सकता था। कुछ देर तक इधर-उधर की सोचने के बाद मैं भी बूढ़े के पास ग्रिल से पीठ टिकाकर बैठ गया।

रात के उस आख़िरी पहर में जब सारी हरकतें सो चुकी थीं और कहीं से कोई आवाज़ नहीं आ रही थी, मुझे अपने दिल की धड़कनें सुनाई दीं। मैं अपने बारे में सोचने लगा। अपने बाप की दौलत से दुश्मनी मोल लेने के बाद मैं जिस तरह तुच्छ आमोद-प्रमोद में ज़िन्दगी को ख़र्च कर रहा था, उसमें किसी समझदार अनुराग की कोई गुंजाइश नहीं थी। अपनी स्वतंत्र अप्रतिबद्धता की शेखी, जिसके लिए मैंने अपने कैरियर तक को लात मार दी थी, को कायम रखने के लिए मैं हमेशा जिस सूखी अकड़ का इस्तेमाल करता था, उसमें बारिश, शराब, ख़ून और सेक्सोफ़ोन की एक करुण धुन ने नमी ला दी थी। मैं उस नमी के नर्म आगोश में एक थके हुए बच्चे की तरह सो गया।

एक-साथ कई पंखों की फड़फड़ाहट ने मुझे नींद से जगाया। मैंने आँखें मलते हुए इधर-उधर देखा—बूढ़ा नदारद था। एक बार फिर पीठ के पीछे पंखों की फड़फड़ाहट सुनाई दी। मैंने पलटकर देखा, वह बूढ़ा कबूतरखाने के बीचोबीच लेटा था और उसके जिस्म पर कई कबूतर चहलकदमी कर रहे थे, इतने अधिक कि उसका पूरा शरीर उनसे पट गया था। यहाँ तक कि चेहरा भी ठीक से दिखाई नहीं दे रहा था। मुझे सन्देह हुआ, कहीं वह मर तो नहीं गया, लेकिन मुझे अपने इस बेवकूफ़ाना सन्देह पर तुरन्त शर्म आई क्योंकि मरे हुओं पर कौए मँडराते हैं, कबूतर नहीं।

मैं कबूतरखाने की ग्रिल फाँदकर अन्दर कूदा। मेरी इस कूद-फाँद से घबराकर सारे कबूतर उड़ गए। मैं बूढ़े के क़रीब पहुँचा और तब मुझे उसका चेहरा दिखाई दिया—स्वस्थ और मुस्कराता हुआ चेहरा जिसमें कहीं पिछली रात के उपद्रव के चिह्न नहीं थे। उसके चेहरे और तमाम कपड़ों पर बाजरे, ज्वार और मकई के दाने चिपके हुए थे। शायद उसने ख़ुद अपने ऊपर कबूतरों का चारा फैला रखा था।

उसने स्नेह से मेरी तरफ़ हाथ बढ़ाया। मैंने जैसे ही उसके हाथ में हाथ

दिया, एक कबूतर आकर फिर उसके हाथ पर आ बैठा, वहीं चितकबरा कबूतर, जिसके पैर में काला धागा बँधा था, जो कल शाम बूढ़े के कन्धे पर बैठा था।

"तुम चुपचाप खड़े रहना। मेरा हाथ छुड़ाने की कोशिश मत करना। फिर देखना, यह धीरे-धीरे तुम्हें भी अपना दोस्त बना लेगा।"

मैंने बूढ़े की बात पर सहमति में गर्दन हिलाई और ख़ुशी-भरे आश्चर्य के साथ देखा—वह कबूतर, जो हम दोनों के हाथों के 'मिलन' पर बैठा था, उसने झटके से गर्दन उठाकर सीधे मेरी आँखों में देखा। उसकी आँखों में कौतूहल और अजनबीपन था। कुछ देर तक मुझे देखते रहने के बाद उसने गर्दन झुकाई और दो-तीन क़दम आगे बढ़कर बूढ़े के हाथ से मेरे हाथ पर आ गया। मुझे उसके पंजे के खुरदरे स्पर्श से हल्की-सी सिहरन हुई लेकिन मैंने अपने हाथ को काँपने नहीं दिया। उसने गर्दन उठाकर फिर मेरी तरफ़ देखा और ज़रा झिझकते हुए दो क़दम और आगे बढ़ा। कुछ देर तक मेरी विश्वसनीयता को आजमाने के बाद तीन-चार क़दम आगे बढ़कर मेरी कलाई और बाँह के बीच पहुँच गया। अब उसकी आँखों में कोई डर नहीं था। अगले ही पल वह झपटकर मेरे कन्धे पर आ बैठा। मैंने धीरे-धीरे अपना हाथ आगे बढ़ाया और उसके पंखों को सहलाने लगा।

"यह पहले रॉबर्ट का दोस्त था," बूढ़े ने मेरे कन्धे पर बैठे कबूतर को बड़े प्यार से देखते हुए कहा।

"उसे गए कितने दिन हो गए?" मैंने कबूतर की देह पर हाथ फेरते हुए पूछा।

बूढ़ा कुछ देर चुप रहा। वह उस क्षण की याद से थोड़ा ग़मगीन हो गया। एक-दो पल की चुप्पी के बाद उसने बड़ी मुश्किल से मुँह खोला, "आज उसकी पहली बरसी है।"

मैंने देखा, पिछली रात की वह यातना और हताशा फिर उसके चेहरे पर मँडराने लगी। मैंने उसे उस सिकनेस से बाहर निकालने के लिए ज़ोर लगाकर उसके हाथ को अपनी ओर खींचा और उसकी बाँह में अपनी कलाई डालकर उसे खड़ा कर दिया। कहा, "चलो तुम्हें घर तक छोड़ दूँ।"

उसने ज़रा आश्चर्य से मेरी तरफ़ देखा—"तुम्हें कैसे मालूम हुआ कि मैं यहाँ रहता हूँ?"

"कल जब तुम होश खो बैठे थे, तब मैं फिर उसी बार में गया था।"

"लेकिन वहाँ तो मुझे कोई नहीं जानता, सिवाय उस लड़की के..."

"हाँ, उसी लड़की ने मुझे पता दिया।"

"क्या वह मेरे बारे में कुछ कह रही थी?"

"नहीं, वह बहुत बिज़ी थी।"

बूढ़े ने एक गहरी साँस ली। फिर उसके चेहरे का भाव बिगड़ गया, जैसे उसने कोई कड़वी चीज़ पी ली हो। वह मेरे कन्धे का सहारा लेकर आगे बढ़ा। हम सड़क पार करके बाईं ओर से एक गली में मुड़ गए। उसने मेरी तरफ़ देखे बग़ैर पूछा, "जानते हो वह लड़की कौन थी?"

मैंने इनकार में सिर हिलाया और जिज्ञासा से उसकी तरफ़ देखा। वह कुछ कहना चाहता था, पर कहते-कहते रह गया। उसके चेहरे पर फिर कड़वेपन को निगलने का कष्ट उभर आया।

आगे जाकर वह एक और पतली गली में मुड़ गया। वह मुश्किल से आठ-दस फुट चौड़ी गली थी, जिसके दोनों तरफ़ चालें थीं। लकड़ी के बरामदों और सीढ़ियोंवाली बहुत पुरानी गली और सीली हुई चालें जिनके हर कोने में ठहरी हुई बासी हवा, उमस, ऊब और अँधेरे ने स्थायी क़ब्ज़ा कर लिया था।

चरमराती हुई सीढ़ियों पर रेलिंग के सहारे चढ़ने के बाद हम दूसरे माले की चौथी खोली के पास पहुँचे। उसने बहुत ज़ोर-ज़ोर से हाँफते हुए अपनी जेब से चाबी निकाली और दरवाज़े का ताला खोल दिया।

"मैं अब चलता हूँ," मैंने उससे विनम्र शब्दों में इज़ाज़त ली।

उसने ज़रा प्यार-भरी नाराज़गी से मुझे देखा, "मैं अभी इतना गया-गुज़रा नहीं हूँ कि तुम्हें एक कप चाय भी ना पिला सकूँ।" वह हाथ पकड़कर मुझे अन्दर खींच ले गया।

अन्दर सामान के नाम पर सिर्फ़ एक पलंग और एक मेज़ थी। पलंग के ऊपर एक बहुत गन्दा बिस्तर बिछा हुआ था जिसके सिरहाने-पैताने का कोई ठिकाना नहीं था। कमरे की दीवारों पर जब मेरी नज़र गई तो मुझे बहुत आश्चर्य हुआ। दीवारों पर जगह-जगह कीलें गड़ी हुई थी और उन पर तरह-तरह के वाद्य टँगे थे। सबसे पहले मेरी नज़र तबले पर गई, उसका चमड़ा उधड़ गया था और उसके अन्दर चिड़ियों ने घोंसला बना लिया था।

तबले की बगल में एक टूटा हुआ वायलिन था जिसके तार नदारद थे। दीवार के कोने में सारंगी थी मकड़ी के जाले से घिरी हुई। सारंगी के ऊपर बाँसुरी लटक रही थी जिसके छेदों में फफूँद जम गई थी और उसके माउथपीस को दीमक ने चाट लिया था। नीचे फ़र्श पर हारमोनियम पड़ा था जिसकी हड्डी-पसली एक हो गई थीं।

मैं तब तक इन अवशेषों का अवलोकन करता रहा था जब तक बूढ़ा बरामदे में जाकर किसी 'छोकरे' को चाय के लिए आवाज़ देकर लौट नहीं आया। चाय लेकर जो छोकरा आया, उसने चाय की प्यालियाँ हमारे हाथ में थमाने के बजाय अपनी जेब से एक छोटी-सी नोटबुक और कलम निकाली। बूढ़े ने दोनों चीज़ें हाथ से ले लीं। वह उस उधार-खाते के गन्दे पन्नों को उलटने लगा। फिर एक पन्ने पर कुछ लिखने के लिए जैसे ही उसने कलम आगे बढ़ाई, लड़के ने बीच में टोक दिया, "अभी की दो कटिंग मिला के सत्तर चाय हो जाएँगी। सेठ मेरे ऊपर बोम मार रेला है। जभी पइसा देंगा तभी चाय देना—अइसा बोलेला है..."

बूढ़े ने केवल एक बार उस लड़के की तरफ़ देखा। फिर जेब से रात के पानी में भीगे हुए नोट निकाले। एक पचास और एक सौ का नोट निकालकर लड़के के हाथ में थमाया, उधार-खाते को फाड़कर गैलरी से बाहर खुली सड़क पर फेंक दिया और चाय की प्यालियाँ उसके हाथ से छीनकर चाय मोरी में बहा दी।

लड़के पर उसके इस व्यवहार को कोई असर नहीं पड़ा। वह चुपचाप गिलास उठाकर चला गया।

कुछ देर तक वहाँ ख़ामोशी छाई रही। फिर अचानक उसके ऊपर दौरा पड़ गया—"तुम बैठे रहना...मैं अभी आता हूँ।"

उसने कड़वा-सा मुँह बनाया और गैलरी पार कर धड़ाधड़ सीढ़ियाँ उतर गया।

बुढ़ापे की तुनकमिज़ाजी कई बार बचपने की नादानी से भी बदतर साबित होती है और फिर इस बूढ़े का मामला तो और भी गड़बड़ था। मुझे लगा कि इस बखेड़ेबाज आदमी के साथ अगर मैं ज़्यादा देर तक रहा तो कभी भी किसी बड़े झंझट में फँस सकता हूँ। एक पल के लिए मुझे यह ख़याल आया कि चुपचाप यहाँ से खिसक जाऊँ लेकिन मेरी जिज्ञासा अभी

शान्त नहीं हुई थी। मैं और ज़्यादा गहराई में जाकर इस आदमी के भीतर के उस 'स्वर' को सुनना चाहता था जो दुनिया के कई अंगड़-खंगड़ प्रलापों के नीचे दबा हुआ था।

मुझे एक डर यह भी था कि कहीं उस स्वर को खोजते-खोजते मैं इतना नीचे न चला जाऊँ कि वापस ऊपर आना मुश्किल हो जाए क्योंकि नीचे काई थी, उलझी हुई करुणा थी और कई पथरीले कटाव थे, जिनमें उलझ-फँसकर मैं डूब सकता था। लेकिन बावज़ूद इस डर के, मेरी मनःस्थिति उस लालची गोताखोर जैसी थी जो दक्षिणावर्त शंख पाने के लिए ज़िन्दगी-भर गोते लगाते रहता है, बिना जान की परवाह किए, बिना यह जाने कि जो चीज़ वह पाना चाहता है, उसकी असली पहचान क्या है।

जब पिछली बातें याद करता हूँ तो मुझे अपनी चरम जिज्ञासा के कारण अपने-आपको दोष देने का कोई कारण नज़र नहीं आता। मेरी उत्कंठा के पीछे छुपी हुई नीचता नहीं थी। मै बस थोड़ा-सा उलझ गया था और चूँकि यह उलझन बहुत नाज़ुक थी इसलिए अपनी तमाम तटस्थता के बावज़ूद मैं इस चिपचिपाहट से ख़ुद को छुड़ा नहीं पा रहा था।

उसके अजायबघर में उसका इन्तज़ार करते-करते आख़िर मैं थक गया। रात की निशाचरी के कारण मेरा सिर भी सनसना रहा था। कुछ ही देर में मुझे झपकी लग गई।

एक हल्की आहट से जब मेरी आँखें खुलीं तो मैंने देखा, वह मेरे सामने दो प्याले लेकर खड़ा था लेकिन उसमें से चाय की ख़ुशबू नहीं, देशी शराब के भभके उठ रहे थे। उसने एक गिलास मेरी तरफ़ बढ़ाया और दूसरा अपने होंठों से लगा लिया। एक ही साँस में पूरा गिलास खाली करने के बाद उसने शर्ट की बाँह में मुँह पोंछा और बहुत अजीब नज़रों से मुझे देखा। उसकी सुर्ख आँखों और उसके अराजक तरीक़ों से स्पष्ट था कि वह कल की तुलना में आज ज़्यादा फॉर्म में है। उसका वह हाथ काँप रहा था जिस हाथ में उसने मेरे लिए शराब का प्याला थाम रखा था।

"यह मेरा नहीं, रॉबर्ट मास्टर का कमरा है। तुम अभी मेरे नहीं, रॉबर्ट मास्टर के मेहमान हो। रॉबर्ट-घराने की सुबह की शुरुआत दारू से होती है। अगर तुम्हें इस घराने के अदब-कायदों को सीखना है तो गिलास मुँह से लगा लो।"

मैं धीरे-से मुस्काया और उसके हाथ से गिलास लेकर एक ही साँस में खाली कर दिया।

"वेरी गुड...वेरीगुड! तुम भी हमारी लाइन के आदमी हो। जमेगी... अपनी-तुम्हारी खूब जमेगी!"

उसने ख़ुशी से चहकते हुए फिर दो गिलास तैयार किए और हमने उस दिन का आगाज़ एक ऐसे ढंग से किया जिसका अंजाम कुछ भी हो सकता था।

शराब का पहला प्याला किसी बाज की तरह झपटते हुए मेरे सीने में उतरा था, दूसरे प्याले की शराब ज़रा धीरे-धीरे किसी चील की तरह मँडराने लगी। मैं धीरे-धीरे बहुत ऊपर उठता चला गया लेकिन नीचे की तमाम चीज़ें मुझे उतनी ही साफ़ नज़र आने लगीं। दूसरा गिलास ख़त्म करने के बाद मैंने दीवार पर लटकते वाद्यों को गहरी नज़र से देखा। इस बार मेरे देखने में कुछ फ़र्क़ था। कुछ ही देर पहले मेरे लिए ये चीज़ें बेजान थीं, लेकिन अब उनमें से कोई अर्थ ध्वनित हो रहा था।

"मुझे अपने इन दोस्तों से नहीं मिलवाओगे?" मैंने वाद्यों की तरफ़ इशारा करते हुए पूछा।

बूढ़ा अपने गिलास में कँपकँपाती शराब को बड़े ग़ौर से देख रहा था। उसने भौंहें उठाकर मेरी तरफ़ देखा, फिर सीधे दीवार की तरफ़ नज़रें उठा दीं। वह बड़े अजीब ढंग से मुस्काया। गिलास खाली करके उसने मेज़ पर रखा और दीवार के पास चला गया। सबसे पहले तबले पर हाथ रखा, "ये रफ़ीक खान है। उस्ताद सलीमुद्दीन खाँ साहब का सबसे छोटा और सबसे आवारा लौंडा। पहले कांग्रेस हाउस में किसी बाई के मुजरे में तबला बजाता था। बाद में फ़िल्म-लाइन में आ गया।" तबले को पीछे छोड़कर उसने सारंगी पर उँगली रखी, "और यह सलीम भी उसी का जोड़ीदार था। इनकी संगत में बाद में ये वासुकी प्रसाद और ये जमुनादास भी बिगड़ गए (उसका इशारा बाँसुरी और शहनाई की तरफ़ था)। ये चारों अपने फन और धुन के पक्के थे मगर उनके जीवन में कोई लय-ताल नहीं थी। बहुत बेसुरे और बेताले थे चारों-के-चारों। मगर थे बहुत ईमानदार, इसमें कोई शक नहीं।" एक बार चारों वाद्यों को बहुत नाज़ और प्यार से देखने के बाद उसने ज़मीन पर पड़े हारमोनियम पर नज़र डाली, "यह नीतिन मेहता का हारमोनियम है। यह लौंडा सबसे ज़्यादा चालू था। पाँच साल पहले हमारे पास

सा-रे-गा-मा सीखने आया था और आज बहुत पॉपुलर म्यूज़िक डायरेक्टर है क्योंकि इसकी उँगलियाँ हारमोनियम से फिसलकर तुरन्त सिंथेसाइजर पर चली गई थीं और नीयत संगीत से उचटकर धन्धे पर लग गई थी। हर तरह के चांस और स्कोप में अपनी टाँगें घुसेड़ते हुए उसने एक ऐसा धँधरा घोर मचाया कि कुछ समझना मुश्किल हो गया। बाद में उसे एक सिंधी पार्टनर मिल गया। उसने संगीत के धन्धे को बहुत बड़े पैमाने पर इन्वेस्टमेंट किया। पुराने साज़ और साज़िन्दों की जगह नए यंत्र आ गए। पहले रिकॉर्डिंग के दौरान डेढ़-दौ सौ साज़िन्दें जमा होते थे, पर अब तमाम साजों की आवाज़ों और उनके अलग-अलग इफ़ेक्ट्स के लिए केवल एक ही इलेक्ट्रॉनिक यंत्र काफी है। उस यंत्र के ख़िलाफ़, मैंने और रॉबर्ट ने कई बार आवाज़ बुलन्द की। कई बार हमने 'फ़िल्म आर्टिस्ट एसोसिएशन' को दरख़्वास्त दी कि इस यंत्र पर पाबन्दी लगा दी जाए मगर अफ़सोस...न तो इस मामले में किसी ने हमारा साथ दिया और न आर्टिस्ट एसोसिएशन ने कोई क़दम उठाया..."

अपने कुछ साथियों का परिचय देने और गुज़रे हुए हालात की लम्बी तफ़सील पेश करने के बाद उसने सिगरेट का पैकेट जेब से निकाला, एक सिगरेट अपने होंठों के बीच रखकर उसने पैकेट मेरी तरफ़ बढ़ाया। मैंने भी चुपचाप सिगरेट सुलगा ली।

दो-तीन गहरे कश खींचने के बाद वह बहुत ग़ौर से और कुछ-कुछ सहानुभूतिपूर्ण नज़रों से वायलिन को देखने लगा—"सबसे ज़्यादा मुझे दास बाबू पर तरस आता था...बेचारे ए ग्रेड के आर्टिस्ट होते हुए भी सी-ग्रेड की ज़िन्दगी जीते थी। बहुत शर्मीले और संजीदा आदमी थे। ट्रैज़िक धुनों के लिए उन्हें ख़ासतौर से बुलाया जाता था। नीतिन मेहता जैसे हरामियों ने उनका बहुत मिसयूज़ किया। वह एक ही सिटिंग में उससे चार-पाँच धुनें रिकॉर्ड करवा लेता था। फिर उन धुनों को काट-छाँटकर अलग-अलग गानों और सिचुएशंस में इस्तेमाल करता था। अपनी धुनों की इस दुर्गति से दास बाबू बहुत उदास हो जाते थे मगर कभी किसी से शिकायत नहीं करते थे...

"एक बार एक गाने की कम्पोजिंग के दौरान वे वायलिन बजाते-बजाते रोने लगे। उस गाने के अन्त में मुझे एक लम्बा पीस बजाना था मगर मैं उठ गया और दास बाबू की बाँह पकड़कर स्टूडियो से बाहर निकल आया।"

सिगरेट के ठूँठ को तिपाई पर पड़ी ऐश-ट्रे में मसलकर उसने कुर्सी

नज़दीक खींच ली और अपने लड़खड़ाते हुए पाँव को सन्तुलित करते हुए कुर्सी पर बैठ गया, फिर बोला, "उस रात जब पूरी चाल सो गई, तब आधी रात के बाद मुझे दास बाबू की खोली से वायलिन की आवाज़ सुनाई दी और मैं देखे बग़ैर यह जान गया कि दास बाबू सिर्फ़ वायलिन नहीं बजा रहे थे, रो भी रहे थे। कुछ देर तक मैं चुपचाप सुनता रहा। मैंने पहले कभी दर्दनाक स्वर नहीं सुने थे। आख़िर मुझसे रहा नहीं गया। मैंने अपना सेक्सोफ़ोन उठाया और उसकी पीठ सहलाने के लिए एक भारी स्वर उनकी खिड़की की तरफ़ उछाल दिया। मेरी हमदर्दी से पहले वे ठिठक गए, फिर उनका वायलिन एकदम फफक पड़ा। मैंने उसे रोने दिया। सेक्सोफ़ोन के चौड़े सीने पर सिर रखकर रोती वायलिन की उस धुन को मैं कभी नहीं भूलूँगा... वह बहुत लम्बी, घुमावदार और इतनी कातर धुन थी कि सेक्सोफ़ोन जैसा दिलेर भी कुछ देर के लिए विचलित हो गया। लेकिन इससे पहले कि मैं अपना सन्तुलन खो देता, पियानो के हलके स्पर्श ने मुझे ढाँढ़स बँधाया। रॉबर्ट का एक पुराना नोट हमारे स्वरों की तरफ़ बाँहें फैलाते हुए आया और हम तीनों बगलगीर हो गए।...

"फिर हमारी यह तिकड़ी आगे बढ़ी लेकिन कुछ ही देर बाद पीछे से सारंगी की आवाज़ आई और वह बहुत हड़बड़ी में हमारी तरफ़ दौड़ती चली आई जैसे हम उसका साथ छोड़कर कहीं जा रहे हों। हमने अपनी स्वरयात्रा में उसे भी शामिल कर लिया। हम उसे छोड़ नहीं सकते थे क्योंकि वह बहुत भावुक थी और बात-बात में दुखी हो जाना उनके स्वभाव में शामिल था।...

"फिर बाँसुरी और शहनाई की भी नींद खुल गई। उन दोनों की अलसाई-सी, अँगड़ाइयाँ लेती आवाज़ें पहले बहुत सुस्त क़दमों से बाहर आईं, फिर यह देखकर कि हम बहुत दूर निकल गए हैं, दोनों ने एक साथ अपनी चाल तेज़ कर दी और कुछ ही देर में वहाँ स्वरों का तूफ़ान घुमड़ने लगा। बिना किसी उद्देश्य और बिना किसी रिहर्सल के ख़ुद-ब-ख़ुद वहाँ एक ऐसा आर्केस्ट्रा शुरू हो गया, जिसका कोई पूर्वनिर्धारित 'शो' नहीं था, जिसे सुननेवाला कोई 'रसिक श्रोता' नहीं था क्योंकि यह कोई कम्पोजीशन नहीं, कुछ आवारागर्दों की अराजकता थी। हम सब एक-दूसरे के साथ धींगा-मुश्ती कर रहे थे। हर स्वर अपने प्रतिद्वंद्वी स्वर को पीछे छोड़ आगे निकल जाना चाहता था। पियानो मदमस्त हाथी की तरह सबको कुचल रहा

था। सारंगी पियानो की टाँगों के बीच से निकलकर उसे छकाती हुई आगे बढ़ गई। शहनाई की बेहद तेज़ और पतली धारवाली आवाज़ ने सारंगी के तार काट दिए मगर साँस लेने के लिए जैसे ही शहनाई रुकीं, बाँसुरी ने उस अन्तराल में एक लम्बी छलाँग लगाई और सबसे आगे निकल गई।...

"मैंने बाँसुरी को सबक सिखाने के लिए सेक्सोफ़ोन होंठों से लगाया मगर अकस्मात् मेरा ध्यान इस बात पर गया कि वायलिन की आवाज़ कहीं बिछड़ गई है। कुछ देर तक मैं ध्यान देकर सुनता रहा कि शायद दूसरी तेज़ आवाज़ों के कारण वायलिन की आवाज़ दब गई होगी लेकिन नहीं, वह कहीं सुनाई नहीं दे रही थी। बाकी सब बहुत मस्ती में थे, इसलिए उन्हें कुछ पता नहीं चला, लेकिन मैं थोड़ा सजग था। ज़रा और ध्यान देने पर मुझे यह आभास हुआ कि संगीत की संगत में कहीं कुछ असंगत हो रहा है... मुझे किसी चीज़ के तोड़े जाने की आवाज़ सुनाई दे रही थी...ये स्वराघात बहुत भयानक थे। उनमें किसी चीज़ को हमेशा के लिए ख़त्म कर देनेवाला हत्यारापन था। दो-तीन बड़े आघातों के बाद वह आवाज़ बन्द हो गई। मैं सोच में पड़ गया। मुझे हालाँकि यह समझ में नहीं आया कि वह किस चीज़ के पटकने या पीटने की आवाज़ थी मगर यह तो साफ़ ज़ाहिर था कि वह आवाज़ दास बाबू की खोली से ही आई थी। मैंने सेक्सोफ़ोन मेज़ पर रख दिया और दरवाज़ा खोलकर बाहर गैलरी में निकल आया। सामने की चाल में सब खिड़की-दरवाज़े बन्द थे। दास बाबू की खोली के दरवाज़े की दरारों से बल्ब की पीली रौशनी की लकीरें चमक रही थीं। बीच-बीच में उन चमकती लकीरों को कोई परछाईं काट देती थी। वे लकीरें जब बार-बार और बहुत तेज़ी से कटने लगीं तब मुझे मालूम हुआ कि अन्दर कोई छटपटा रहा है...मैं तेज़ी से सीढ़ियाँ चढ़ गया। दास बाबू की खोली के बन्द दरवाज़े के सामने पहुँचकर मैंने अपने धड़धड़ाते सीने को एक हाथ से थामा और दूसरे हाथ से दरवाज़े को धकेला। अन्दर दास बाबू फ़र्श पर गिरे पड़े थे। वायलिन के टुकड़ों के बीच फ़र्श पर वे अपना सीना थामे छटपटा रहे थे। मैंने लपककर उन्हें अपनी बाँहों में ले लिया। मुझे देखकर उनके चेहरे पर हल्की-सी राहत आई मगर अगले ही पल किसी अज्ञात शक्ति ने उनके चेहरे पर पोंछा मार दिया।"

दास बाबू के जीवन के अन्तिम क्षणों का जो भयानक वर्णन बूढ़े ने

किया, वह काफी देर तक एक फ़िल्म की तरह मेरी कल्पना में घूमता रहा। बूढ़े के चुप हो जाने के बावज़ूद उसके शब्द मेरे कानों में गूँजते रहे। मैं उस सन्त्रस्त कर देने वाले असर के जब बाहर आया, तब मैंने देखा, बूढ़ा किसी गहरी सोच में डूबा था। मैंने उसके मौन पर कोई दरार नहीं पड़ने दी।

हम दोनों पता नहीं कितनी देर चुप रहते अगर हमारे मौन के बीच वह चितकबरा कबूतर न चला आया होता। वह पहले कमरे की दहलीज पर बैठा कौतूहल-भरी आँखें मटकाते हुए बारी-बारी से हम दोनों को देखता रहा, फिर उड़कर बूढ़े की गोद में जा बैठा। बूढ़ा हालाँकि किसी ख़याल में खोया था लेकिन उसके हाथ आदतन कबूतर के पंखों को सहलाने लगे।

"वे इतने परेशान क्यों रहते थे?" मैंने ज़रा संकोच से पूछा।

"कौन?" बूढ़े ने मेरी तरफ़ देखकर पूछा।

"दास बाबू?" मैंने कहा।

बूढ़ा इस सवाल से फिर अपसेट हो गया। उसने फिर कड़वा-सा मुँह बनाया और अचानक खड़ा हो गया। उसका हाथ फिर काँपने लगा। उस कँपकँपाहट को काबू में करने के लिए उसने मुट्ठी भींच ली। उसके चेहरे से लग रहा था कि वह फिर बिफर उठेगा मगर वह कुछ नहीं कर पाया। अपने तशद्दुद से फड़फड़ाते होंठों से उसने दाँतों में भींच लिया।

उसकी हालत देखकर मैं भी सहम गया और कबूतर भी। उसने भयभीत नज़रों से बूढ़े को देखा और तुरन्त पर फड़फड़ाते हुए कमरे से बाहर उड़ गया।

कुछ देर बाद मुझे पेट में मरोड़ हुई। मैं काफी देर से अंडकोष के दबाव को भी टाल रहा था लेकिन जब सहन नहीं हुआ तो मैं उठा और बीच में लटकते पर्दे को सरकाकर कमरे के दूसरे हिस्से में चला गया। वहाँ एक छोटी-सी रसोई थी और रसोई से लगा एक टीन का दरवाज़ा। रसोई के प्लेटफ़ॉर्म पर बहुत-सी अंगड़-खंगड़ चीज़ें बेतरतीब पड़ी थीं। मैंने किसी चीज़ पर ध्यान नहीं दिया। मेरा ध्यान सिर्फ़ उस टीन के दरवाज़े पर था जिसके पीछे मेरी तात्कालिक यंत्रणा का निकास था।

संडास से बाहर आने के बाद मैंने ध्यान से सब चीज़ों को देखा। उन चीज़ों की अलग-अलग पहचान नहीं थी। वे सब एक संयुक्त कबाड़ में बदल चुकी थीं। आकार में बड़ा होने के कारण सिर्फ़ पियानो अलग से पहचान में आ रहा था। मैं उसके पास गया, उसके ऊपर पड़े सामान को इधर-उधर

किया और ग़ौर से देखा, उसके दोनों फुट-पैडल टूटे हुए थे। की-बोर्ड की अधिकांश चाभियाँ भी उखड़ गई थीं। मैंने उसकी अन्दरूनी हालत देखने के लिए लकड़ी के ढक्कन को ऊपर उठाया और अगले ही पल मुझे ढक्कन बन्द कर देना पड़ा। अन्दर कुछ भी नहीं था। न गद्दियाँ, न स्ट्रिंग्स, न फैल्टहेमर। सिर्फ़ ख़ालीपन था और उस खालीपन में से एक अजीब-सी बू आ रही थी। वहाँ कुछ मर गया था, जो सड़ रहा था...

पर्दा हटाकर मैं वापस कमरे के अगले हिस्से में आ गया।

"यह पियानो क्या रॉबर्ट मास्टर का है?" मैंने बुढ़ऊ से पूछा। उसने हाँ में सिर हिलाया और चेहरा झुका लिया।

"वह इतना घायल क्यों है?" मैंने फिर एक मूर्खतापूर्ण सवाल कर डाला, मैं नहीं जानता था कि मेरा यह सवाल कितना ग़ैरवाजिब और ग़ैरज़रूरी था। उसने झल्लाई हुई नज़रों से मुझे देखा, फिर कुर्सी से उठा, कमरे से बाहर निकला, तेज़ क़दमों से गैलरी पार की और धड़ाधड़ सीढ़ियाँ उतरने लगा। मैं पहले तो हतप्रभ रहा गया, फिर किसी अज्ञात ताक़त से वशीभूत होकर मैं भी उसके पीछे भागा। मैं जब तक सीढ़ियाँ उतरकर गली में आया, तब तक वह गली पार कर चुका था और जब मैं गली से बाहर निकला तब वह सड़क क्रॉस कर रहा था। मैंने अपनी रफ़्तार तेज़ की, आते-जाते वाहनों से ख़ुद को बचाते हुए सड़क पार की और दौड़कर उसके पास पहुँच गया।

"सुनो!" मैंने उसके कन्धे पर हाथ रखकर हलके दबाव से उसे अपनी ओर खींचा।

मेरी इस रुकावट से उसकी चाल लड़खड़ा गई—"क्या है?" उसका स्वर बहुत बिफरा हुआ था—"क्यों मेरे पीछे पड़े हो? जाओ रास्ता नापो... मुझे किसी की हमदर्दी की ज़रूरत नहीं है।"

"लेकिन तुम जा कहाँ रहे हो?"

"मैं कहीं भी जाऊँ, तुम कौन होते हो पूछनेवाले? तुम्हें क्या मतलब है?"

"मतलब है।" मैंने इस बार ज़रा कड़ी आवाज़ में कहा, "तुम क्या मुझे कोई चूतिया समझते हो?" मैंने उसकी शर्ट को अपनी दोनों मुट्ठियों में भींच लिया।

मेरी इस अकस्मात् चिड़चिड़ाहट से वह ज़रा ढीला पड़ गया। उसने मुँह बिचकाकर एक नि:श्वास छोड़ा और मैंने अपनी मुट्ठियाँ और कस

लीं, "मैं जानता हूँ कि तुम बिलकुल गए-गुजरे और नाकाम आदमी हो और इस भ्रम में जी रहे हो कि तुम्हारे जैसा तीसमारखाँ इस दुनिया में और कोई नहीं है। मैं यह भी जानता हूँ कि तुम ज़्यादा दिन जीनेवाले नहीं हो क्योंकि तुम चाहते हो कि तुम्हारी मौत इतने दर्दनाक ढंग से हो कि दुनिया चौंक जाए। तुम इस तरह जो बदहाल ज़िन्दगी जी रहे हो, वो इसलिए नहीं कि तुम बदहाल हो, इसलिए कि लोगों को अपनी तरफ़ आकर्षित कर सको... तुम अपने शरीर पर इन चिथड़ों को उसी तरह सजाकर रखते हो जिस तरह रंडियाँ अपने चेहरों को सजाती हैं..."

नशे में चूँकि मैं भी था, इसलिए थोड़ा लाउड हो जाना स्वाभाविक था, "गो एंड फ़क योर आर्ट।" मैंने चिल्लाकर कहा, फिर तेज़ी से पलटकर तेज़ क़दमों से चौराहे की तरफ़ जाने लगा। कबूतरखाने के पास जाकर मैं स्टेशन की तरफ़ जानेवाली सड़क पर मुड़ने ही वाला था कि मुझे अपने कन्धे पर उसके हाथ का दबाव महसूस हुआ।

मैंने मुड़कर देखना ज़रूरी नहीं समझा।

"तुम्हें परेशान करने का मेरा इरादा नहीं था।" उसकी आवाज़ में हलका कम्पन था, "तुम मेरी वजह से बहुत परेशान हो गए...जाओ अब कभी मेरे जैसे घनचक्करों के फेर में मत पड़ना।"

मैंने पलटकर उसके दोनों कन्धों पर अपने हाथ रख दिए, "देखो, मैं जानता हूँ रॉबर्ट और दास बाबू के बिना जीने में तुम्हें कितनी तकलीफ़ हो रही है, लेकिन शराब और व्यर्थ के चुतियापों में डूबकर क्या तुम उस महान् दुःख का अपमान नहीं कर रहे हो? क्या उस दुःख को तुम सेक्सोफ़ोन के स्वरों के साथ सब्लीमेट (उदात्तीकरण) नहीं कर सकते?"

उसने बहुत विवश निगाहों से मुझे देखा और नकारात्मक ढंग से सिर हिलाने लगा, जैसे मैंने उससे किसी मरी हुई चीज़ को ज़िन्दा करने का आग्रह किया हो। मैं उसके आसक्ति-शून्य चेहरे को देखता रहा। वहाँ कोरी शून्यता थी। न कोई चाव था, न कोई भाव। अपने चेहरे को मेरी नज़रों से बचाने के लिए उसने मुँह फेर लिया और कबूतरों के झुंड को देखने लगा।

वे सब चुग्गा चुग रहे थे—शहर की भाग-दौड़, आपा-धापी और परेशानियों से निर्लिप्त और बेख़बर। वह धीरे-धीरे आगे बढ़ा और लोहे की ग्रिल के पास जा खड़ा हुआ। अन्दर उस गोल घेरे में फड़फड़ाते असंख्य

सलेटी, सफ़ेद और चितकबरे पंखों के शान्त सौन्दर्य में से वह कुछ खोज रहा था, कोई ऐसी चीज़ जो उसकी तात्कालिक तकलीफ़ को ढँक दे।

वह काफी देर तक यूँ ही खड़ा रहा। इस बीच उसने कमीज की बाँह से दो बार अपनी आँखें पोंछी। उसकी पीठ मेरी तरफ़ थी इसलिए देख नहीं पाया कि उसने अपनी आँखों में से क्या पोंछा था। कुछ देर बाद वह पलटा और सीधे मेरी आँखों की तरफ़ अपनी आँखें उठा दीं। उसने बहुत प्यार से मेरी तरफ़ देखा, फिर आगे बढ़कर अपनी बाँह मेरे कन्धे में डाल दी और वापस मुझे अपने घर की तरफ़ ले जाने लगा। घर पहुँचते ही वह किसी नदीदे की तरह चीज़ों पर टूट पड़ा। उसने एक पुराना कपड़ा उठाया और जो चीज़ हाथ में आई उसकी धूल झाड़ने लगा। फिर छत के कोनों में लटकते मकड़जालों पर झाड़ू फेर दिया। पूरे कमरे को अच्छे से झाड़ने-बुहारने के बाद उसने एक साफ़ कपड़े से तमाम वाद्यों को रगड़-रगड़कर चमका दिया। इस तमाम सफ़ाई-अभियान के दौरान वह लगातार सीटी बजाता रहा। उसकी फूँक में धीरे-धीरे वजन बढ़ता गया और कुछ ही देर में उसने अपनी देह और आत्मा के बिखरे हुए स्वरों को एक तरतीब में 'ट्यून' कर लिया।

कुछ देर बाद पर्दा हटाकर पीछे चला गया। उसके किचन-कम-बाथरूम से काफी देर तक पानी बहने की आवाज़ आती रही। इस बीच मैंने कमरे की नई व्यवस्था पर निगाह डाली। अब सारे साज़ अपनी ग़रीबी और फटेहाली के बावजूद पूरे सम्मान के साथ चमक रहे थे। सिर्फ़ साज़ ही नहीं, पूरा असबाब अपनी असली रंगत में निखर आया था सिर्फ़ एक एलबम को छोड़कर, जो कोने में पड़ी टेबल के एक किनारे उपेक्षित-सा पड़ा था। उसके कवर पर धूल जमी थी। मुझे उसकी बोसीदगी पर एतराज़ हुआ। मैंने कपड़ा उठाकर उसकी गर्द झाड़ दी और बिना कुछ सोचे-समझे उसे खोलकर देखने लगा। उसमें बहुत पुरानी तसवीरें थीं—उसके तमाम यार-दोस्तों की।

कुछ तसवीरें स्टेज प्रोग्राम के दौरान खींची गई थीं और कुछ रिकॉर्डिंग स्टूडियो में। कहीं-कहीं पर एकाध प्राइज़-डिस्ट्रीब्यूशन और पार्टी के भी चित्र थे। वे उन दिनों के चित्र थे जब बूढ़ा जवान था। वह उन चित्रों में ज़िन्दादिली और जवाँमर्दी की मिसाल की तरह मौजूद था।

लेकिन मध्यान्तर के बाद एलबम की तस्वीरें ज़रा शान्त, थोड़ी उदास और अन्त में बहुत पीड़ादायक होती चली गईं। एलबम में अन्तिम पृष्ठों में

दो पार्थिव शरीर शवयात्रा पर जाने से पहले की अन्तिम घड़ियों के ज़ोरदार विलाप के बीच शान्त पड़े थे। एक शरीर अरथी पर था, दूसरा ताबूत में। ताबूतवाले भाव के दोनों हाथ नदारद थे। मुझे बहुत आश्चर्य हुआ। क्या यह रॉबर्ट मास्टर की तस्वीर है? क्या उसके दोनों हाथ?...

इससे पहले कि मैं इस ख़ूनी अचम्भे के बारे में कुछ सोच पाता, बूढ़ा पर्दा हटाकर बाहर आ गया और इस बार मैं उसे देखते ही रह गया। उसके शेव किए हुए चेहरे पर गजब की रौनक थी। उसने स्वेड की भूरे रंग की पतलून और सफ़ेद शर्ट पहन रखी थी जिसमें कहीं कोई दाग-धब्बा नहीं था। उसकी इस सेहतमन्द, साफ़-सुथरी और पुरजोर एंट्री से मैं थोड़ा आश्वस्त हुआ। मुझे लगा कि वह अब स्थितियों को फेस करने की स्थिति में है।

वह पंखा खोलकर अपने लम्बे बाल सुखा रहा था। उसके सफ़ेद और मुलायम बाल उसके लम्बे और गोरे चेहरे पर सिर्फ़ लहरा ही नहीं बल्कि तैर-से रहे थे।

"तुम अब बिलकुल सही लग रहे हो," मैंने कहा।

उसने बालों पर ज़ोर-ज़ोर से उँगलियाँ चलाते हुए मेरी तरफ़ देखा—"क्या अब तक मैं ग़लत था?"

"नहीं।" मैंने मुस्कराते हुए कहा, "अब तक तुम ग़लत और सही के बीच थे।"

उसने सिर झटककर अपने बाल पीछे किए और बड़े ग़ौर से मेरी तरफ़ देखने लगा, "यार, तुम तो बड़े गुरू आदमी हो। तुम्हारे अन्दर जो बैलेंस है, मुझे उससे जैलेसी हो रही है।"

"मैं एक बनिये का बेटा हूँ।" मैंने हँसते हुए कहा, "इसलिए तराज़ू हमेशा साथ लेकर चलता हूँ, हालाँकि नाप-तोल से मुझे बहुत नफ़रत है। मैं तुम्हारी अनबैलेंस्ड और फक्कड़ ज़िन्दगी से आकर्षित हुआ था और तुम मेरी बनियागिरी से प्रभावित हो, यह बड़ी विचित्र बात है!"

थोड़ी देर तक वह मुझे निहारता रहा। फिर पहली बार उसने मेरे व्यक्तिगत मामले में दिलचस्पी दिखाई—और बहुत संजीदगी से पूछा, "तुम करते क्या हो?"

"मैं फ़िलहाल कुछ नहीं कर रहा हूँ," मैंने कहा।

"नहीं। मैं कैसे मान लूँ कि तुम फ़िलहाल कुछ नहीं कर रहे हो? तुम

फ़िलहाल और कुछ नहीं तो एक बूढ़े और सनकी आदमी को तो बर्दाश्त कर ही रहे हो न?" वह हँसने लगा।

"नहीं।" मैंने भी उसकी हँसी का साथ दिया, "मैं तुम्हें बर्दाश्त नहीं, एंज्वॉय कर रहा हूँ। तुम बहुत स्वादिष्ट और पचाने में उतने ही कठिन आदमी हो। तुम्हारे बाहर से कुरकुरे और भीतर से रसीले स्वभाव में एक ख़ास तरह का ज़ायक़ा है।"

वह और भी ज़ोर से हँसने लगा, फिर उसने अपना सेक्सोफ़ोन वाला बैग उठा लिया। मेज़ की दराज से एक गिफ़्ट पैकेट निकाला और मेरा हाथ पकड़कर घर से बाहर आ गया।

"तुम्हारा घर मुझे घर-जैसा कम, रिहर्सलरूम-जैसा ज़्यादा लगता है," मैंने जीना उतरते हुए का।

"दरअसल," उसने सीढ़ियों से नीचे उतरने के बाद मेरे कन्धों पर हाथ रखते हुए कहा, "यह कमरा हम सबने मिलकर किराए पर लिया था, रिहर्सल के लिए। लेकिन बाद में यह एय्याशी का अड्डा बन गया और उन लोगों के लिए तो इससे बड़ी कोई पनाहगाह नहीं थी जो घर से अलग हो गए थे या अलग कर दिए गए थे। मेरा और रॉबर्ट का खाना-पीना, नहाना-धोना, सोना-उठना सब यहीं होता था..."

वह एक बार फिर अपने विगत में लौट गया लेकिन इस बार की वापसी कुछ अलग तरह की थी। उसके लहज़े में किसी सदमे के तात्कालिक बयान की बौखलाहट नहीं, स्थिरता थी, एक व्यवस्थित प्रवाह था—

"बावजूद हर तरह की बदसलूकी के, हम सब आपस में एक थे। हमारे झगड़े कई बार मार-पीट की नौबत तक भी पहुँचते थे लेकिन जब 'संगत' होती थी तब सारी बातें भुला दी जाती थीं लेकिन एक अर्से बाद जब संगीत के धन्धे में चेंज आया तो सब कुछ बदल गया। हमारा ग्रुप बिखर गया। सिर्फ़ ए ग्रेड के कुछ आर्टिस्ट बच गए। लेकिन सीनियर होने के बावज़ूद मुझे और रॉबर्ट को काम के मौक़े बहुत कम मिलते थे, क्योंकि जिस तरह की कम्पोजिंग नए दौर में चल रही थी, उसमें नकल पर आधारित चुतियापों की बौछार थी और पियानो या सेक्सोफ़ोन जैसे गम्भीर वाद्यों की अकेले पीस के लिए कोई जगह नहीं थी।

चलते-चलते वह रुक गया। फिर मुझे खींचने लगा। उसने सड़क पार

की और हम एक कैफ़े में घुस गए। नाश्ते का ऑर्डर देने के बाद वह कुछ देर चुप बैठा रहा। फिर बिना मेरी ओर देखे कुछ बुदबुदाने लगा, जैसे मुझसे नहीं, ख़ुद से बातें कर रहा हो, "साले नीतिन मेहता, एक तुम्हीं होशियार निकले। बाकी सब बेवकूफ़ थे। अच्छा किया तुमने जो तबले-पेटी को लात मार दी। अगर तुमने नए साज़ और नए तौर-तरीक़े नहीं अपनाए होते तो तुम्हारा भी यही हाल होता। हम लोग चूतिये थे जो साज़ की आन और स्वरों की शुद्धता का राग अलापते रहे। रॉबर्ट तो अपने-आपको बहुत तीसमारखाँ समझता था क्योंकि उसके जैसा पियानो-मास्टर पूरे मुम्बई में कोई नहीं था। उसने तुम्हारे नए यंत्रों का मज़ाक़ उड़ाया था। वह उसे बच्चों का खिलौना और कम्प्यूटर गेम कहता था। लेकिन आज उसी बच्चों के खिलौने ने उसके 'हाथी' के चारों पाँव उखाड़ दिए। सिर्फ़ रॉबर्ट ही क्यों, उस समय तो ए ग्रेड का हर आर्टिस्ट इसी घमंड में रहता था कि उनके 'स्किल' को कोई मात नहीं दे सकता। लेकिन उनके 'स्किल' और मार्केट की ज़रूरत की बीच जो गैप आ गया था वो उन्हें दिखाई नहीं दिया।"

बूढ़ा अपनी रौ में बोल रहा था और बटर-ब्रेड के साथ कॉफ़ी की घूँट भी ले रहा था। मुँह के इस दोहरे इस्तेमाल के कारण उसके गले में ठसका लग गया। मैंने तुरन्त पानी का गिलास उठाकर उसके मुँह से लगा दिया। पानी के प्रवाह में गले में फँसा ब्रेड का टुकड़ा नीचे उतर गया। थोड़ी देर खाँसने-खखारने के बाद उसने गहरी साँस ली और बड़ी हिकारत से सिर हिलाया, "आख़िर उनका घमंड ही उनके लिए ख़तरनाक साबित हुआ। सब गए भाड़ में। कौन बचा अब पुरानों में? कौन कहाँ है और क्या कर रहा है कुछ पता नहीं। कभी मिल भी जाते हैं तो कतरा के निकल जाते हैं। एक बार मैंने वासुकी प्रसाद को चौपाटी में बाँसुरी बेचते देखा। उसने बाँस की पतली-पतली कमाचियों में बाँसुरियाँ सजा रखी थीं। वह बाँसुरी बेच भी रहा था और बजा भी रहा था। मैं उससे मिला नहीं। सिर्फ़ उसका बजाना-बेचना देखता रहा। अचानक मेरे भीतर से एक सवाल उठा कि अगर सेक्सोफ़ोन पीतल के बजाय बाँस का होता और उसकी लागत भी बहुत कम होती तो क्या मैं भी गली-गली में सेक्सोफ़ोन बेचता फिरता? मुझे अपने भीतर से हाँ या ना में कोई जवाब नहीं मिला...

"और लाजवाब होना मेरे लिए हमेशा घातक होता है। हारकर मैंने

खूब ज़्यादा शराब पी ली और मेरे पैर लड़खड़ाने लगे। ख़ुद को किसी तरह सँभालते हुए मैं चर्नी रोड के एक ओवरहेड रास्ते को पार कर रहा था। रास्ता पार करने के बाद मैंने सीढ़ियाँ उतरने के लिए जैसे ही पहली सीढ़ी पर पैर रखा, मुझे सबसे अन्तिम सीढ़ी पर रॉबर्ट मास्टर दिखाई दिया। उसने भी सहारे के लिए रेलिंग पकड़ रखी थी और नाराज़ नज़रों से सीढ़ियों की ऊँचाई को देख रहा था। वह अपनी नशे में डोलती लम्बी-चौड़ी देह, हाई-ब्लड-प्रेशर से धकधकाते सीने और थकान से चूर पैरों की बिखरी हुई ताक़त को बटोर रहा था। सीढ़ियाँ चढ़ना तो दूर, वह खड़े रहने लायक हालत में भी नहीं था; मगर मुझे भरोसा था कि वह सीढ़ी चढ़ जाएगा। वह हार माननेवालों में से नहीं था, चाहे जीत जानलेवा ही क्यों न साबित हो।...

"आख़िर उसने होंठ भींच लिये और एक-साथ दो-दो सीढ़ियाँ चढ़ने लगा। जब वह ऊपर आया तो मैंने हाथ बढ़ाकर उसे अपनी तरफ़ खींच लिया। और बहुत चिन्तित स्वर में पूछा, 'कहाँ से आ रहे हो? कहाँ थे इतने दिनों तक?'

"वह सिर्फ़ हाँफता रहा। उसकी नज़रें बैग में टँगे मेरे सेक्सोफ़ोन पर थीं। उसने पूछा, 'तुम स्टूडियो से आ रहे हो?'

"मैंने ना में सिर हिला दिया। अगर मैं हाँ कहता तो वह मेरी जेब में हाथ डालकर जबर्दस्ती मेरी दिन-भर की कमाई छीन लेता। मेरे पास रुपए इतने कम थे कि झूठ बोलने के सिवा कोई चारा न था। मगर झूठ बोलना हर किसी को नहीं आता। वह फ़ौरन समझ गया कि मेरी जेब खाली नहीं है। उसने हाथ से झपटकर मेरा कॉलर पकड़ लिया और दूसरे हाथ से मेरी जेब टटोलने लगा—'साले झूठ बोलता है? ला निकाल सौ रुपए।'

" 'कॉलर छोड़ पहले।' मैंने प्रतिरोध किया। उसका मेरे कॉलर पर कसा पंजा ढीला पड़ गया। मैंने पैंट की जेब से जितने रुपए थे उतने निकालकर बहुत ग़ुस्से और नफ़रत के साथ उसके हाथ में थमा दिए और अपना कॉलर छुड़ाकर बिना कुछ बोले सीढ़ियों की तरफ़ बढ़ा।

"उसने फिर झपटकर पीछे से मेरा कॉलर पकड़ लिया। रुपए वापस मेरी जेब में ठूँस दिए और मुझे एक तरफ़ धकेल दिया, 'साले, दोस्ती के लिहाज़ से उधार माँग रहा था। कोई भीख नहीं माँग रहा था। जा, आज के बाद कभी नहीं डालूँगा तेरी जेब में हाथ।'

मेरा ग़ुस्सा उसकी इस हरकत से और भड़क गया। मैंने सीढ़ी चढ़कर दोनों हाथों से उसकी कमीज़ को दबोच लिया और उसे रेलिंग तक धकेलते हुए ले गया। मैंने उसे ऊँची आवाज़ में फटकारा, 'दो साल से तेरी तानाशाही सह रहा हूँ। दो साल से न तू ख़ुद चैन से जी रहा है, न मुझे जीने दे रहा है। बोल, क्या चाहता है तू? तकलीफ़ क्या है तुझे—यह बता!'

"उसने बहुत नाराज़ नज़रों से मुझे देखा। फिर नाराज़गी कम हो गई और विवशता डबडबा आई। उसने सिर झुका लिया। बहुत देर तक वह यूँ ही खड़ा रहा। उसकी चुप्पी ने मुझे बेसब्र कर दिया। नशे और ग़ुस्से की रौ में मैंने उसे तीन-चार तमाचे जड़ दिए। मेरे इस आकस्मिक हमले से बचने की उसने कोई कोशिश नहीं की; केवल सिर लटकाए खड़ा रहा। वह अपने भीतर चकराती किसी चीज़ को पकड़ने की कोशिश कर रहा था। कुछ देर बाद उसने सिर ऊपर उठाया और मेरी बाँह पकड़कर मुझे घसीटने लगा।...

"हम जिस अटपटे ढंग से सीढ़ियाँ उतर रहे थे, उसमें कभी भी गिर पड़ने का ख़तरा था। न तो वह ख़ुद को सँभाल पा रहा था, न मुझे सँभलने का मौक़ा दे रहा था। आख़िर हम दोनों के पाँव एक-दूसरे से उलझ गए और उस उलझन ने हम दोनों को सरेआम तमाशा बना दिया—एक ऐसा तमाशा जिसे देखने की फ़ुरसत भी किसी को नहीं थी।...

"न उसने उस हास्यास्पद स्थिति की परवाह की, न मेरे सिर से बहते ख़ून की। वह फुर्ती से उठा, मेरी कमीज का कॉलर पीछे से पकड़कर मुझे खड़ा किया और भीड़ को धकेलते हुए मुझे बीच सड़क में ले आया। मैंने अपने-आपको छुड़ाने की बहुत कोशिश की, मगर रास्ते-भर वह मुझे घसीटता रहा और एक नाइट बीयर बार के सामने ले जाकर उसने मुझे ऐसे धकेला जैसे कोई हवलदार किसी मुजरिम को लॉकअप में धकेलता है।...

"बार के अन्दर बजते तेज़ संगीत की सनसनाहट और जलती-बुझती रंग-बिरंगी रोशनियों की चकाचौंध ने एक पल के लिए मेरे दिलो-दिमाग़ को चकरा दिया। हड़बड़ी में मैं एक वेट्रेस से टकरा गया। मैंने सहारे के लिए उस टेबुल के कोने को पकड़ लिया। कुछ देर के बाद मेरे सिर की चकराहट ज़रा कम हुई, मगर मुझे समझ नहीं आ रहा था कि रॉबर्ट मुझे वहाँ क्यों धकेल गया।...

"बाद में एक चीज़ मुझे सबसे पहले समझ में आई कि वहाँ डांसिंग

फ्लोर पर जिस पॉपुलर फ़िल्मी गाने पर मुजरा चल रहा था, उसकी धुन नीतिन मेहता ने कम्पोज की थी। वही नीतिन मेहता जिसके लिए रॉबर्ट के दिल में नफ़रत के सिवाय कुछ नहीं था।...

"तभी वह गाना ख़त्म हो गया। एक पल की ख़ामोशी के बाद एक बहुत तेज़ और धमाकेदार डिस्को गीत शुरू हुआ। यह गीत भी उसी फ़िल्म का था। नीतिन मेहता ने स्टीवी वंडर के एलबम से इसकी धुन लिफ़्ट की थी और उसमें राजस्थान का चोली-घाघरा, भोजपुरी की कामुक ठुमकी, गुजरात का गरबा और पंजाब के भाँगड़े को बहुत भोंडे और अश्लील ढंग से मिलाकर एक बहुत ही अजीब कॉकटेल तैयार किया था। बेहद असरदार और तुरन्त दिमाग़ पर हमला करने वाले हैवी मैटल के स्ट्रोक्स के साथ डांसिंग फ्लोर पर जो लड़की आई, उसे देखते ही हुल्लड़ मच गया। उसने बेहद तंग चोली और घाघरा पहन रखा था। चोली के पिछले हिस्से में कपड़ा नहीं था; सिर्फ़ एक पतली-सी डोर थी। दर्शकों की तरफ़ पीठ फेरे वह अपनी कमर और नितम्ब मटका रही थी। कुछ देर बाद ढोलक की एक तेज़ थाप के साथ उसने अपना मुँह घुमाया और उसका चेहरा देखते ही मैं सन्न रह गया। वह रॉबर्ट मास्टर की बेटी विनी थी। लोग उसे ललचाई नज़रों से देख रहे थे; हाथों में नोट निकालकर उसे अश्लील इशारों से अपने पास बुला रहे थे। वह नाचते-नाचते नोट दिखानेवाले के पास जाती और बड़ी अदा से मुस्कराकर रुपया ले लेती। नोट के आदान-प्रदान के दौरान दो हाथों के बीच जो एक लिजलिजी-सी चीज़ थी, उसे देखकर मेरे अन्दर से एक बहुत तिलमिला देने वाली और बेसँभाल उबकाई उठी। मैं बार से फ़ौरन बाहर निकला और भीतर का सारा कुछ सड़क पर उलीच दिया। उस उलटी के तुरन्त बाद मुझे यह समझ आ गया कि रॉबर्ट क्यों ख़ुद को चैन से जीने नहीं दे रहा है।"

एक लम्बी बातचीत के बाद जब हम कैफ़े से बाहर निकले, तब दिन करवट बदल रहा था। धूप की पारी समाप्त हो रही थी और शाम के लम्बे साये सड़कों पर फैलते जा रहे थे। रॉबर्ट की याद बूढ़े की ख़ुशमिज़ाजी पर फिर किसी काले साये की तरह छा गई। वह चुपचाप चलता चला जा रहा था। कुछ देर बाद वह अपने-आपमें इतना खो गया कि उसे ध्यान न रहा कि मैं उसके साथ हूँ। चलते-चलते वह बीच-बीच में कुछ बड़बड़ा भी रहा था। उसकी बड़बड़ाहट मेरी समझ से बाहर थी। साफ़ ज़ाहिर था—वह अपने

प्रतिसंसार में चला गया था—एक दूसरी दुनिया में, जिसमें सिर्फ़ स्मृतियाँ और काल्पनिक यथार्थ होता है, वर्तमान की ठोस वास्तविकता से एकदम परे।

वह पोर्चुगीज चर्च की लम्बी पटरी पर बहुत सुस्त क़दमों से चल रहा था। मैंने उसे चुपचाप चलने दिया। उससे कोई संवाद करने के बजाय मैं केवल उसकी आकृति को निहारता रहा। उसकी स्वेड की शानदार भूरी पैंट, सफ़ेद शर्ट और शर्ट के पीछे गेलिस की क्रॉस पट्टी, ब्लैक कैप और कैप के नीचे लहराते सफ़ेद बाल, कन्धे पर लटकता चमड़े का बैग और बैग से झाँकता सेक्सोफ़ोन का गोल मुँह। उसकी आकृति आज एस्थैटिकली इतनी रिच थी कि बीते हुए कल की चिक्कट कंगाली का कहीं कोई आभास नहीं था।

वह पटरी पार करके बाईं तरफ़ मुड़ गया। थोड़ी दूर जाकर उसने फूलवाले की दुकान से फूल ख़रीदे और नज़दीक के एक बस-स्टॉप के क्यू में खड़ा हो गया। मैंने उससे यह पूछना ज़रूरी नहीं समझा कि वह कहाँ जाना चाहता है। मैं भी उसके पीछे क्यू में खड़ा हो गया। थोड़ी देर बाद एक बस आई और हम दोनों उसमें फुर्ती से चढ़ गए। तीन-चार स्टॉप के बाद हम एक उजाड़ इलाके में उतर गए। बस-स्टॉप के ठीक सामाने एक सिमिट्री थी। वह सिमिट्री के अन्दर दाख़िल हुआ और सीधे उस क़ब्र के सामने जाकर खड़ा हो गया जिसके सफ़ेद पत्थर पर काले अक्षरों से रॉबर्ट के जन्म और मृत्यु के बीच का अन्तराल अंकित था।

उसने कन्धे से बैग उतारकर ज़मीन पर रख दिया और फूल क़ब्र के पत्थर पर रख दिए। कुछ देर के मौन के बाद उसने अपने बैग से सेक्सोफ़ोन निकाला और उसके बाद गिफ़्ट पैकेट। जब उसने पैकेट का रैपर खोला तो उसमें से पीटर स्कॉच की बोतल निकली। वह बोतल उसने एक अर्से से सँभाल रखी होगी, किसी ख़ास मौक़े के लिए। बोतल का ढक्कन जब वह खोल रहा था तब मैंने देखा, चेहरे पर वही कल वाली आक्रामक बेचैनी थी बल्कि उसका चिकना और साफ़-सुथरा चेहरा कल से भी ज़्यादा घातक परिमाणों के पूर्व का संकेत दे रहा था। ढक्कन खोलने के बाद उसने शराब और सेक्सोफ़ोन को आमने-सामने किया और पूरी बोतल सेक्सोफ़ोन में उड़ेल दी। शराब सेक्सोफ़ोन की पतली-दुबली रीप में से बहती हुई माउथपीस से बाहर निकली और पूरी क़ब्र पर फैलती गई।

खाली करने के बाद उसने पूरी ताक़त से बोतल सिमिट्री के एक कोने

में उछाल दी। बोतल हवा में लहराती हुई सीधे एक क़ब्र की सलीब से टकराई और काँच के टूटने-बिखरने की आवाज़ ने सिमिट्री के सन्नाटे को झकझोर दिया।

फिर एक पल की ख़ामोशी के बाद उसने अपने साज़ को ग़ौर से देखा। इस देखने में एक ऐसी चुनौती थी जो किसी प्रतियोगी की आँखों में अन्तिम राउंड के दौरान दिखाई देती है।

और अब उसने साज़ को होंठों से लगाया, तब पहली ही फूँक से जो आवाज़ निकली वह किसी भोंपू से निकली भौंडी भर्राहट से भी बदतर थी। बूढ़े ने गन्दी गाली बकते हुए साज़ को ज़ोर से झटक दिया। अन्दर बची हुई शराब की बूँदें बाहर छिटक गई। उसने माउथपीस को रूमाल से रगड़कर साफ़ किया और एक लम्बी फूँक लगाई जो सेक्सोफ़ोन की देह में अपना काम कर गई। उसने उस फूँक को सँभालकर सिमिट्री के सन्नाटे में आगे बढ़ाया और लय की एक लम्बी रेखा खींची। पहले नीचे से हलके और महीन, फिर ऊपर जाकर चौड़े और वज़नदार स्वरों का सीधा फैलाव जिसमें सम से सम पर लौटने की आवृत्तिमूलक मजबूरी नहीं थी, कहीं पीछे लौटने की गुंजाइश नहीं थी—सिर्फ़ आगे और किसी अज्ञात अन्त की तरफ़ बढ़ती अराजकता, न उसे कोई रोक सकता था, न थाम सकता था।

कुछ ही देर में मुझे मालूम हो गया कि वह बजा नहीं रहा है बल्कि क़ब्रिस्तान में भटकती किसी लय या बीते दिनों की, ख़ून-खराबे से सनी, यादों से अपने उत्तप्त और क्षुधित फेफड़ों को शान्त कर रहा है।

मेरे लिए यह ज़रूरी था कि तुरन्त उसे रोक दूँ मगर वह धुन न तो मुझे सुनाने के लिए बजाई जा रही थी, न मैं उसका एकमात्र श्रोता था। मेरे अलावा वहाँ उस संगीत कॉन्फ्रेंस में कुछ क़ब्रें थीं, कुछ सलीबें थीं और कुछ उजड़े हुए बूढ़े दरख़्त भी थे जो उसके असली श्रोता थे।

कुछ देर बाद जब साये लम्बाई की आख़िरी हद तक पहुँच गए, परिन्दे दरख़्तों पर वापस लौट आए और अँधेरा आहिस्ता-आहिस्ता कायनात को घेरने लगा, तब अचानक बूढ़े ने सेक्सोफ़ोन से मुँह हटा लिया। कुछ देर तक वहाँ सब-कुछ थम-सा गया, जैसे किसी छटपटाती हुई चीज़ ने अभी-अभी दम तोड़ा हो। बूढ़ा बहुत तेज़ी से हाँफ रहा था। उसकी नसें अभी तक तनी हुई थीं। वह बड़ी मुश्किल से चार-पाँच क़दम आगे बढ़ा और एक पेड़ के

तने से पीठ टिकाकर बैठ गया। मैं उसके नज़दीक गया तो उसने मुझे भी अपने पास बैठने का इशारा किया। मैं उसकी बगल में बैठ गया।

"यह एक बिटनिक धुन थी," साँस सँभलने के बाद उसने कहा, "रॉबर्ट बिटनिक के खूँखार कारनामों का भक्त था।"

"और तुम?" मैंने पूछा, "तुम कौन-से पन्थ के हिमायती हो?"

"मैंने जाज और इंडियन क्लासिकल के बीच का खाली रास्ता चुना था और आज भी उसी रास्ते पर चल रहा हूँ।"

"यह रास्ता कहाँ जाकर ख़त्म होता है?"

"वहीं जहाँ से वह शुरू होता है।"

"यानी?"

"यानी सम से सम पर।"

"तुम्हें इसलिए ऐसा नहीं लगता क्योंकि मेरा साज़ सेक्सोफ़ोन है और फेफड़ा ठेठ हिन्दुस्तानी। मेरा साज़ जाज के भड़काऊ प्रभावों में आकर कभी-कभी बहक जाता है, पर मेरा फेफड़ा उसे पकड़कर फिर वापस कायदे पर ले आता है।"

"लेकिन अभी तुम जो बजा रहे थे, उसमें कहीं हिन्दुस्तानी कायदे की पकड़ नहीं थी।"

"हाँ।" उसने स्वीकृति में सिर हिलाया। फिर किसी सोच में पड़ गया।

"क्या तुम्हें नहीं लगता कि तुम्हारी धुनें 'कायदे' से छुटकारा पाकर किसी ग़लत रास्ते में अटक गई हैं?"

उसने एक झटके से मेरी तरफ़ सिर घुमाया और कुछ आश्चर्य से मुझे देखने लगा। फिर नज़रें झुका लीं और बहुत संजीदगी के साथ कहा, "यह गड़बड़ी रॉबर्ट की मौत के बाद शुरू हुई...मैंने रेल की पटरी पर उसकी लाश देखी थी। उसके दोनों हाथ कट गए थे और एक हाथ को एक कुत्ता उठा ले गया था...उस दृश्य ने मेरी साँस को खरोंच डाला...मेरी फूँक में अब पहले जैसी सिफ़्त नहीं रही।"

"सिफ़्त है..." मैंने ज़ोर देकर कहा, "उतनी ही जितनी किसी कलाकार के भीतर होनी चाहिए। कोई भी हादसा कलाकार के अन्दर की ख़लिश को ख़त्म नहीं कर सकता, अगर उसके अन्दर जरा-सी भी ईमानदारी है।"

"ईमानदारी?" उसने घूरकर मुझे देखा।

"हाँ, जब हम अपनी कमज़ोरियों का दोष समय पर मढ़ने लगते हैं, तब हम किसी और के साथ नहीं, ख़ुद अपने साथ बेईमानी करते हैं।"

उसने ग़ुस्से से फनफनाते हुए मेरा कॉलर पकड़ लिया। चेहरे से लगा कि अभी मुझे तमाचा जड़ देगा, मगर अगले ही पल उसका हाथ शिथिल हो गया जैसे उसके भीतर से कुछ स्खलित हो गया हो और उस स्खलन में सिर्फ़ तात्कालिक उत्तेजना का ही नहीं बल्कि एक पूरी उम्र से अर्जित अकड़ का अन्त था।

"मुझे अब साँस लेने में तकलीफ़ होती है।" उसने बहुत विवश निगाहों से मुझे देखा, "मैं जितनी तेज़ी से साँस छोड़ता हूँ, उतनी ही तेज़ी से साँस खींच नहीं पाता..."

"अगर तुम खींचते कम हो और छोड़ते ज़्यादा हो तो खिंची हुई छोटी साँस एक लम्बी फूँक के रूप में कैसे बाहर आती है?" मैंने आश्चर्य से पूछा।

"मुझे मालूम नहीं यह कैसे होता। सिर्फ़ यह महसूस होता है कि हर फूँक के साथ मेरे भीतर से कुछ गलकर बह रहा है।"

और तब पहली बार मुझे उस पर दया आई। मैं देर तब उसका चेहरा देखता रहा। मुझे तुरन्त समझ में आ गया कि उसके भीतर से गल-गलकर क्या बह रहा है। मैंने उसके हाथ से सेक्सोफ़ोन ले लिया—"कुछ दिनों तक इसे मत बजाओ। केवल लम्बी साँसें लो। अपने-आपको पूरा समेटकर अपनी मैग्नेटिविटी को बढ़ाओ। फिर तुम देखना, सब-कुछ वापस भीतर आ जाएगा। जो कुछ गलकर बह गया है, वह रिकवर हो जाएगा। तुम कोशिश करो...मैं इस मामले में तुम्हारी मदद करूँगा।"

"मैं किसी भी तरह की मदद से बाहर हो गया हूँ और अब कुछ भी हासिल नहीं करना चाहता।

"क्या?...क्या चाहते हो तुम?" उसका स्वर ज़रा ऊँचा हो गया।

"मैं देखना चाहता हूँ कि..."

"क्या देखना चाहते हो? यह कि मैं कैसे दम तोड़ता हूँ? कि कैसे मेरे मुँह से ख़ून की उलटी होती है?"

"नहीं, मैं देखना चाहता हूँ कि तुम सेक्सोफ़ोन बजा सकते हो कि नहीं। अभी तक तो वह तुम्हें बजा रहा था।"

उसकी भौंहें फिर तन गईं। चुनौतीपूर्ण आँखों से कुछ देर तक वह मुझे

देखता रहा, फिर मेरे चेहरे से नज़रें हटाकर सेक्सोफ़ोन पर निगाह डाली। अपनी गोद में लेकर प्यार से उसे दुलराया, फिर वापस अपने बैग में रख दिया और उठ खड़ा हुआ। बैग को एक हाथ से कन्धे पर लटकाने के बाद उसने हाथ मेरे कन्धे में डाल दिया और हम दोनों सिमिट्री के बोसीदा अँधेरे से बाहर निकलकर शहर की जगमगाती रौनक में आ गए।

हम पटरी पर चल रहे थे। उसकी बाँह अब भी मेरे कन्धे पर थी। मुझे उसके हाथ का दबाव पहले की तुलना में कुछ नर्म-सा लगा। उसकी चाल में भी अब पहले जैसी अकड़ नहीं, ख़म था।

"घर की तरफ़ लौटते हुए मुझे ऐसा लग रहा है जैसे मैं अपने लक्ष्य की तरफ़ लौट रहा हूँ," उसने बहुत धीमी आवाज़ में कहा।

"तुम्हारा लक्ष्य क्या है?" मुझे उम्मीद थी कि वह अपनी किसी बहुत गहरी महत्त्वाकांक्षा को उकेरेगा या बरसों से सोए हुए स्वप्न को जगाएगा।

मगर उसका जवाब बहुत संक्षिप्त था—"सेक्सोफ़ोन बजाना।"

हालाँकि उसने यह बात बहुत सहज ढंग से कही थी मगर उसमें एक छुपा हुआ अर्थ था। मैंने उस अर्थ की गम्भीरता को बनाए रखा। रास्ते-भर मैंने उससे कोई बात नहीं की।

शहर की तमाम चीज़ें अब भी उतनी ही कठोर, निरुत्साही और अश्लील थीं लेकिन अब किसी भी चीज़ से उलझने-टकराने या उसे तोड़-मरोड़ देने की उसके भीतर कोई तलब नहीं थी। उसकी इस गम्भीरता से मैं ज़रा आश्वस्त हुआ। उससे विदाई लेते समय मुझे यह भरोसा था कि वह बिना किसी परेशानी के अपने घर पहुँच जाएगा।

(*हंस,* 1995)

टावर ऑफ़ साइलेंस

टेम्पटन दस्तूर जब छोटे थे तब उन्होंने अपने घर की छोटी-सी वीथि में सुबह-सवेरे एक कली को खिलते देखा था। वह गुलाब की कली थी—छोटी-सी और सुगठित। उसकी पंखुड़ियाँ आपस में गुँथी हुई थीं। हरी पत्तियों से घिरी उस मखरूती कली के ऊपरी हिस्से में एक बहुत बारीक-सा छिद्र था जिसे दस्तूर जी टकटकी लगाकर देख रहे थे। जैसे-जैसे धूप बढ़ती गई, वह छोटा-सा छिद्र नामालूम तरीक़े से खुलता गया और देखते ही देखते आपस में गुँथी हुई पंखुड़ियाँ एक-दूसरे से मुक्त होकर बाहर की ओर खुलने लगीं।

टेम्पटन दस्तूर बहुत अन्तर्मुखी थे। उनके बाल मन में बहुत उत्सुकता और कुतूहल था। कई दिनों से वे यह जानने के लिए व्यग्र थे कि फूल कैसे खिलता है। उस दिन जब कई घंटों की एकाग्रता, स्थिर दृष्टि और समझने की सच्ची लगन के बाद उन्होंने फूल को खिलते देखा तो वे भी खिल उठे। यह एक सुखद घटना थी। उस अत्यन्त मासूम, नाज़ुक और अनछुए सुख को वे छूना चाहते थे। थोड़ी शर्म और थोड़ी झिझक के बावज़ूद उनका हाथ अनायास सुख की तरफ़ बढ़ा और...और अचानक दर्द से कराहते हुए वे पीछे हट गए। उनके सफ़ेद दूध जैसे हाथ की गुलाबी उँगली पर रक्त की एक बूँद उभर आई।

वे काफ़ी देर तक दूसरे हाथ से उस उँगली को पकड़कर कराहते रहे। उनकी आँखों में आँसू उभर आए। फिर इस डर से कि कहीं कोई उन्हें देख न ले, उन्होंने काँटे के दंश से पीड़ित उँगली को अपने मुँह में डाल लिया।

इस चुभन और उससे होने वाली जलनदार पीड़ा ने टेम्पटन जी की

अवयस्क और अर्धविकसित चेतना पर एक अमिट छाप छोड़ दी। ख़ून की वह इकलौती बूँद, जिसे उन्होंने चूस लिया था, उनके भीतर घुल-मिल न सकी। वह बूँद उनके समूचे रक्त-प्रवाह से भिन्न थी। वह आश्चर्यजनक ढंग से कठोर, अलग और अकेली थी। पहले वह बूँद उनके ख़ून में इधर-उधर भटकती रही लेकिन बाद में उसमें अड़ियलपन आता गया और जैसे-जैसे वे बड़े होते गए, उन्हें अपने अन्दर एक तरह की खटक और चुभन निरन्तर बढ़ती हुई महसूस होती रही।

वे हालाँकि आनुवंशिक रूप से उतने ही शर्मीले, शान्त और एकान्तप्रिय थे, जितने उनके माँ-बाप, दादा-दादी और उनके पूर्वज लेकिन उस अलग तरह की आन्तरिक खटक और चुभन ने उस आनुवंशिकी में विचलन पैदा कर दी और विरासत में मिले एक समान स्वभाव में थोड़ी ख़ब्त और थोड़ी व्यग्रता भी शामिल हो गई।

अपने समुदाय के स्वाभाविक गुणों से भिन्नता के बावज़ूद जिस परिवेश में उनकी परवरिश हुई थी, उसका असर किसी-न-किसी रूप में उनके जीवन पर पड़ता रहा—धोबी तालाब, मरीन लाइंस, सन्तूक जी लेन, नवरोज़ डाबर लेन, सोहराबजी सन्तूक लेन, दादी अग्यारी लेन, कावशजी हरमुशजी स्ट्रीट, इंजीनियर हाउस, दस्तूर हाउस, दादी सन्तूक हाउस और आसपास फैली सैकड़ों चार मंजिली पत्थर की पुरानी इमारतों से घिरा आतश बेहराम (पारसियों का पूजास्थल)।

वे तब लिटिल फ़्लावर स्कूल में पढ़ते थे। सुबह अपने घर से प्रिंसेज़ स्ट्रीट तक जाते समय और स्कूल से दोपहर की भीड़भाड़ में लौटते समय उनकी नज़रें सड़कों पर नहीं, उन बरसों पुरानी पत्थर की इमारतों पर रहती थीं जिसमें लगभग सभी घरों में एक-जैसे लकड़ी के ज़ीने, एक-जैसी शीशम की रेलिंग और एक समान बड़ी-बड़ी बरोठेदार खिड़कियाँ थीं और उन खिड़कियों से उन्हें हर वक़्त कुछ बूढ़े चेहरे झाँकते दिखाई देते। इतने स्थिर और शान्त मानो उन्हें खिड़की के साथ ही मढ़ दिया गया हो। उन सब बूढ़ों का पहनावा एक-जैसा था। सबकी उम्र भी एक-जैसी थी और इसमें कोई सन्देह नहीं कि सबके चेहरे भी एक जैसे थे। वे कभी किसी से कुछ कहते नहीं थे। चुपचाप एक समान सपाट भाव लिये वे सिर्फ़ देखते रहते थे। आपाधापी, उलझी हुई किचकिच, मचलती हुई महत्त्वाकांक्षाओं और

अति व्यस्तता से लथपथ शहर से वे उतने ही तटस्थ थे, जितना यह शहर उनकी स्टिल इमेज से।

और टेम्पटन दस्तूर जब लिटिल फ़्लावर स्कूल से निकलकर सर जे.जे. हाईस्कूल जाने लगे, तब उन्हें पता चला कि सिर्फ़ शहर को ही नहीं बल्कि लड़ाइयों, दंगों, अकालों और विद्रोह से भरे बीते ज़माने को भी उन सब बूढ़ों ने सिर्फ़ दर्शकों की तरह चुपचाप अपनी खिड़की से देखा है।

लेकिन खिड़की से बाहर की सजीव दुनिया से वे जितने तटस्थ थे, घर के भीतर की निर्जीव चीज़ों के लिए उतने ही आतुर और बाहर सड़कों से एक समान सपाट दिखाई देने वाले उनके चेहरे खिड़की से परे हटते ही विभिन्न भाव मुद्राओं के एक से बढ़कर एक नमूने पेश करने लगते थे, क्योंकि स्वभाव की समानता के बावजूद उनमें से हर एक बूढ़ा अजीबोग़रीब आदत का शिकार था। किसी को दिन में चार बार अपनी रबर की चप्पलें धोने की आदत थी, किसी को पाँच बार जूते चमकाने की, किसी को अपने ग्रामोफ़ोन से लगाव था तो कोई अपने पुराने वॉल्व वाले रेडियो का दीवाना था। वे उसे बार-बार धोते-पोंछते और सहलाते रहते थे और अपनी सेहत से ज़्यादा उनकी दुरुस्ती का ध्यान रखते थे।

यह एक ऐसी समरूपता में समाई हुई विविधता थी, जो बाद में दस्तूर जी के लिए कठिनाई से समझ में आनेवाला पाठ बन गई।

वे उन छतरियों, घड़ियों, कमानी वाले चश्मों, बड़े-बड़े वॉल्व रेडियो, ग्रामोफ़ोन, लमटँगी कुर्सियों, गोलाकार टेबिलों, महोगनी की बुकशेल्फ़ों, चीनी मिट्टी के बर्तनों, इंडिज़ कम्पनी की कटलरी, बोहेमिया के क्रिस्टलों, हाथीदाँत की मूठ वाली छड़ियों, सफ़ेद सूती कपड़ों, गोल टोपियों, गेंडे की खाल के सूटकेसों, झालरदार कच्चे रेशम के पर्दों, ऐतिहासिक टेबिल लैम्पों, फ़ाउंटेन पेनों, पेन होल्डरों, हॉलैंड के मेज़पोशों, ईरान के कालीनों, जापान के शमादानों और फूलदानों और ब्रिटिशकालीन मोटरकारों के बीच पल-बढ़ रहे थे, जिनकी उम्र उनसे कई गुना ज़्यादा बड़ी थी। उनके आसपास ऐसी कोई चीज़ नहीं थी जिसकी उम्र सौ-डेढ़ सौ या दो सौ सालों से कम हो। लेकिन वे सब चीज़ें सिर्फ़ चीज़ों की तरह नहीं, पारिवारिक सदस्यों की तरह उन घरों में रहती थीं, उतने ही आदर-सम्मान के साथ, जितने आदर-सम्मान की एक मनुष्य को दरकार होती है।

वे सब चीज़ें अपने बूढ़े साथियों की तरह हमेशा स्फूर्त और सक्रिय रहती थीं और शायद यही वजह है कि उन चीज़ों को कभी जंग और दीमक ने नहीं घेरा था। बेशक वे बहुत पुरानी थीं और इसमें कोई सन्देह नहीं कि वे मौजूदा ट्रेंड के हिसाब से चलन से बाहर थीं लेकिन उनके छोटे-से समुदाय के छोटे-छोटे परिवारों में वे अब भी चलन में थीं। समय के प्रवाह ने अपने साथ बहाकर उन्हें कबाड़ख़ाने तक नहीं पहुँचाया था।

टेम्पटन दस्तूर जब बड़े हुए तब उनके लिए यह एक शोध का विषय था। उपभोक्ता चीज़ों की बाढ़ और 'यूज़ एंड थ्रो' के तेज़ प्रवाह में ये सब पुरानी चीज़ें और पुरानी जीवन शैलियाँ और उनका अन्तर्मुखी समुदाय अभी तक डूबने से कैसे बचा हुआ है?

दूसरी बात, जो इससे ज़्यादा आश्चर्यजनक और विरोधाभासपूर्ण थी कि इस देश के दूसरे समुदाय जब अपना वर्चस्व और शक्ति बढ़ाने के लिए जनसंख्या बढ़ाने पर तुले हैं तब उनके समाज में ख़ुद को समेट लेने की यह आत्मघाती वृत्ति और प्रजनन के प्रति इतनी विरक्ति क्यों है? वह हमेशा घरघुस्सू क्यों बना रहना चाहता है? उद्योग और अनुसन्धान में अपने बेहद महत्त्वपूर्ण योगदानों के बावज़ूद वह कभी किसी मुख्यधारा में शामिल नहीं हुआ जबकि उसने इस देश की सुदूर सांस्कृतिक जड़ों से सत हासिल किया है।

फिर उसकी लतरें पुष्पित होने के लिए उत्सुक क्यों नहीं हैं? वह मुर्दा क्यों रहा है? क्या इस लिटिल फ़्लावर को मुर्झाने से कोई नहीं बचा सकता? क्या कोई जानता भी है कि बहुत धीरे-धीरे बिलकुल नामालूम तरीक़े से उसकी पंखुड़ियाँ नीचे गिर रही हैं और उसकी अद्वितीय सुषमा, उसकी अलग-सी आभा यूँ ही बिसरा दी जा रही है।

टेम्पटन दस्तूर सोचते-सोचते अकसर बहुत दूर तक चले जाते—क्या इतिहास सिर्फ़ आन्दोलनों, विद्रोहों, पुरुषोचित वीरता या विरोधी कौमों की आपसी मार-काट के जघन्य कारनामों, लड़ाइयों, बँटवारों और बलिदानों का होता है? उद्यमिता, नियोजन और आत्मनिर्भरता का कोई इतिहास क्यों नहीं होता?

जब उन्होंने इस पर कुछ लिखने का निश्चय किया तब एक बार फिर उन्हें बचपन के दिनों जैसी उत्सुकता और जिज्ञासा ने घेर लिया लेकिन यह एक सामाजिक तथ्य था; कोई फूल नहीं है, जिसे सिर्फ़ एकाग्र होकर खिलते

हुए देखा जा सके। उनके पास न तो लेखन-कला का कोई अनुभव था, न अन्य इतिहासकारों जैसी व्यापक समझ और न कोई दस्तावेज़, जिसका उनके निर्धारित विषय से कोई सीधा वास्ता हो, जिसके आधार पर वे बहुस्तरीय शाब्दिक भवन का निर्माण कर लेते। उनके पास अगर कोई चीज़ थी तो वह थी ख़ून की इकलौती बूँद जो उनकी नसों-नाड़ियों में निरन्तर इधर-उधर भटक और खटक रही थी। दूसरे, अपने समुदाय का प्रत्यक्ष जीवन और उनकी स्मृतियाँ और इसके अलावा उनकी एक अस्सी साल की चिर कुँवारी बुआ और उनके बेहद अन्तर्मुखी लेकिन उतने ही दृढ़निश्चयी पिता, जो उनके अतीत, वर्तमान और भविष्य की धुरी थे।

इतनी सीमित जानकारियों के बावज़ूद दस्तूर जी अपने समुदाय को उतने ही ग़ौर से देखने लगे जितने ग़ौर से उस कली को देखा करते थे। लेकिन अब मामला वनस्पति का नहीं, मनुष्य का था। उन्हें पता भी नहीं चला कि कब बढ़ती हुई एकाग्रता ने उन्हें संज्ञान के दायरे में घसीट लिया। वे अग्यारी लेन की बाबा आदम के ज़माने की किताब की बड़ी-बड़ी दुकानों में घंटों पुरानी किताबों को उलटते-पुलटते, रात-रात भर जागकर उन्हें पढ़ते और हर रात किसी-न-किसी कारवाँ के हमसफ़र बन जाते। कुछ विस्थापित और जड़ से उखाड़े गए समुदायों के देशाटन, पर्वतों, दर्रों, नदियों और समन्दरों को पार कर अनजानी जगहों और नई भौतिक परिस्थिति में उनके संघर्ष और दो भिन्न संस्कृतियों के टकराव या मेल-जोल से उपजी और एक-दूसरे से उलझी अनेक सामाजिक संरचनाएँ जिन्हें समझने के लिए वे अनेक धारणाओं, प्रचलित मतों को लाँघते, कई वादों से टकराते—कभी सार्त्र के अस्तित्ववाद, कभी लाइबनिज़ के अनिश्चितता के सिद्धान्त, कभी कांट की कॉस्मोलॉजी, तो कभी फूको और देरिदा की संरचना और उत्तर-संरचनावादी लहरों में थपेड़े खाते हुए कार्य-कारण के सर्वाधिक चर्चित सिद्धान्तकार मार्क्स तक पहुँच गए लेकिन अपने मूलभूत स्वभाव जिसमें कोई द्वन्द्वात्मकता नहीं थी और दलीलों और तर्कों से दूर हटकर केवल इन्तज़ार करने की अपनी आदत के कारण वे किसी निष्कर्ष तक नहीं पहुँच पाए। और तब उन्होंने उन कारणों को समझने में समय दिया, सिर्फ़ कारणों को ही नहीं, उन्होंने समय को भी समय दिया, उतना ही समय जितना उनके पुरखों ने अपने कार्यों के नियोजन में दिया था।

और तीस साल लम्बे इस पीरियड ने उनकी उम्र के उस हिस्से को निगल लिया जो आदमी को दुनियादारी सिखाता है और उसे अपना जीवन-साथी और कॅरिअर चुनने का अवसर प्रदान करता है। ऐसे अवसर टेम्पटन दस्तूर की ज़िन्दगी में कब आए और कब चले गए, उन्हें बिलकुल पता ही नहीं चला और अब वे हर तरह की दुनियादारी से बेनियाज़ हैं और किसी भी तरह के कॅरिअर के बग़ैर अपनी तमाम नैसर्गिक अनुभूतियों को स्थगित करते हुए वे उम्र की छियालीसवीं पायदान पर पहुँच गए हैं, जहाँ से पीछे पलटकर देखने पर उन्हें सुदूर शाम की याद आती है जब उनके पिता उन्हें आग से परिचित करवाने के लिए संजान ले गए थे।

तब वे सिर्फ़ सोलह साल के थे और उनके पिता रोमिंग्टन दस्तूर ने उन्हें बताया था कि जब वे सोलह साल के हुए तब उनके पिता भी उन्हें जीवन का सबसे महत्त्वपूर्ण सबक देने के लिए संजान लेकर आए थे।

यह वो प्राचीनतम आग थी जिसे तेरह सौ साल पहले सोलह अषवणों (पुरोहितों) ने ज़रथ्रुष्ट क्रिया-कर्मों के द्वारा ख़ास निरंगे (आह्वान) अमल में लाकर आसमान में कड़कड़ करती बिजली के आतश (अग्नि) को ज़मीन में एक हिन्दोरे (एक गोलाकार पत्थर जिस पर अग्नि का पात्र रखा जाता है) पर सजाई गई चन्दन की लकड़ियों की तरफ़ आकर्षित कर प्रज्वलित किया था और तब से आज तक वह कभी बुझी नहीं है। और यही वह आग थी जिसकी रोशनी में उनके पूर्वजों ने निवेश के लिए नए-नए रास्ते खोजे और जिसके ताप में उन्होंने अपनी संकल्पशक्ति को तपाकर अनेक उद्यमों में ढाला। उन तपस्वियों की आत्मा भले ही धार्मिक और प्राचीनतम तत्वों से बनी थी लेकिन नए उद्यमों में ढलकर उन्होंने नई परिस्थितियों के अनुकूल तकनीकों का ईजाद किया। गुणवत्ता पर खरे उतरने वाले उनके उत्पादों में कहीं कोई मिलावट नहीं थी और उनके बही-खातों में कभी काली पूँजी के नाग इधर-उधर रेंगते नज़र नहीं आते, क्योंकि उनके सारे यांत्रिक और व्यावसायिक कार्यकलाप उनकी धार्मिक आस्थाओं के साथ बहुत मज़बूती से गुँथे हुए थे।

मुम्बई से संजान, संजान से उधवाड़ा और उधवाड़ा से नौसारी तक की यात्रा हालाँकि एक धार्मिक यात्रा थी लेकिन टेम्पटन दस्तूर के लिए वह एक शैक्षणिक यात्रा बन गई। हमेशा चुप रहने वाले उनके पिता इस

चलती-फिरती क्लास में लेक्चरर की भूमिका निभा रहे थे।

वे सारी बातें संजान के समुद्री किनारे से सुदूर ईरान तक फैली थीं जहाँ से उनके पूर्वज तेरह सौ साल पहले विस्थापित होकर आए थे।

सबसे पहले उन्हें संजान के पाव महेल में ले जाया गया। जब उन्हें बताया गया कि इस अग्यारी के गर्भ-गृह में जो आतश-बेहराम है, वह आज से बारह सौ पचहत्तर साल पहले प्रज्वलित की गई अग्नि से बना है तो उन्हें आश्चर्य हुआ। उस पवित्र अग्नि के सामने बोए (एक तरह की प्रार्थना) देने और माथे पर आतश-बेहराम की भस्म लगाकर नीआऐश (अग्नि को समर्पित धार्मिक मंत्र) करने और निरंग पढ़ने के बाद वे उस ऐतिहासिक धार्मिक स्थल से बाहर आ गए।

यह सब कुछ बहुत रहस्यमय था। टेम्पटन दस्तूर की अर्धवयस्क चेतना में एक साथ ये सारी पुरानी, अबोध, जटिल और अलौकिक बातें चकराने लगीं। उस ऐतिहासिक शहर की पथरीली सँकरी गलियों, खँडहरों और वर्षों से बन्द पड़े मकानों के बीच से गुजरते हुए वे समुद्र के किनारे पहुँच गए जहाँ एक पुरानी पारसी सराय थी। यह उनकी यात्रा का पहला पड़ाव था।

रोमिंग्टन दस्तूर ने विश्राम के लिए जो कमरा खुलवाया, उसकी खिड़की समुद्र की तरफ़ खुलती थी। यह वही खिड़की थी जिससे छनकर आते प्रकाश और समुद्री हवाओं के थपेड़ों में आज से तीस साल पहले उनके पिता सोहराबजी दस्तूर ने उन्हें दीक्षित किया था। और अब एक लम्बी अवधि के बाद वे ख़ुद उस कुर्सी पर बैठे थे और वे भी अपने बेटे को वही सबक देने जा रहे थे जो उनके पिता और उनके पिता ने अपने पिता और उनके पिता के पिता ने अपने पिताओं, दादाओं और लकड़दादाओं से सीखा था।

यह क्लास दो दिन तक चली। और तब टेम्पटन जी को यह मालूम हुआ कि उनके नाम के आगे जो 'दस्तूर' शब्द जुड़ा है, उसके क्या मायने हैं और कल वे जिस अग्नि का दर्शन कर आए हैं, वह अग्नि कितनी गहरी आस्थाओं और कितने जटिल प्रयत्नों का प्रतिनिधित्व करती है और यह कि वह आतश अकेली एक आतश नहीं है बल्कि उसमें पन्द्रह अन्य आतशों का समायोजन है। और ये पन्द्रह आतशें वायवीय और अलौकिक नहीं हैं बल्कि सीधे ज़मीन से जुड़े कार्य-कलापों से अवतरित हुई हैं। ये अलग-अलग आतशें हमारे रोज़गार का प्रतिनिधित्व करती हैं जिसमें लाश जलानेवाले डोम

से लेकर कुम्हार, नाई, रंगरेज़, कीमियागर, मूर्तिकार, लुहार, चरवाहे, बढ़ई, लकड़हारे, नानबाई, लश्कर के योद्धा, शस्त्र बनाने वाले कारीगर, दस्तकार और काश्तकार, सब आ जाते हैं।

उन दो दिनों में टेम्पटन जी अपने पिता की उँगली पकड़कर कई सदियों की दूरी पार करते हुए पाषाण युग तक पहुँच गए। उन पुरानी राख के विशाल गड्ढों वाली गुफाओं में जहाँ मनुष्य आग की अपनी सबसे बड़ी निधि की तरह रक्षा करता था क्योंकि वह उसकी अब तक की सबसे बड़ी उपलब्धि थी और आज लाखों सदियाँ गुजर गई हैं लेकिन अग्नि का महत्त्व किसी-न-किसी रूप में मनुष्य की आवश्यकताओं में सबसे प्राथमिक है।

समय बीतता गया और समुद्र के सामने अग्नि का यह आख्यान घंटों चलता रहा। उन दो दिनों में रोमिंग्टन दस्तूर द्वारा बताई गई बातों के छोटे-छोटे टुकड़े आज भी टेम्पटन दस्तूर की स्मृतियों में तैरते रहते हैं—'अग्नि मानव को अनुशासित करती है...उसमें उत्तरदायित्व की भावना जगाती है... काल की गति पर ध्यान रखना सिखाती है...आग जलाने और उसे जलाए रखने से बड़ा मनुष्य क। कोई कर्तव्य नहीं है...।'

'...जब कोई इनसान अपने काम-धन्धों से अपनी आजीविका चला रहा होता है तब उसके दिन-रात के विचारों का सीधा सम्बन्ध उसके घर के चूल्हे और उसके धन्धे की भट्ठी के आतश पर पड़ता है...असली आतश परस्त बस्ते कुस्तियान जरथ्रुष्टी केवल वही होता है जो इन आतेशों को कभी मरने नहीं देता और उन पर कोई अजाब नहीं पड़ने देता।

'...जब-जब इन आतशों पर अज़ाब पड़ने के दुर्योग अनिवार्य हो जाते हैं तब-तब जरथ्रुष्ट साहेब की बताई हुई तरक़ीबों को अमल में लाना चाहिए। जो ऐसा नहीं करता और आतश पर अज़ाब पड़ने देता है, वह असली जरथ्रुष्टी नहीं।...'

अपने समुदाय की धार्मिक मान्यताओं के बारे में उनके पिता ने और भी कई बातें कही थीं। वे सब बातें टेम्पटन दस्तूर की मेमोरी में ज्यों की त्यों दर्ज़ हैं। सात दिनों की उस यात्रा के बाद वे मुम्बई लौट आए थे लेकिन बॉम्बे-सेंट्रल के गेट से बाहर निकलने के बाद जब उनके पिता ने नवरोज़ डाबर लेन के दस्तूर हाउस का पता बताने के बजाय 'डूंगरवाड़ी' के लिए टैक्सी तय की तब वे सोच में पड़ गए। यह शब्द उन्होंने पहले

भी दो-चार बार सुना था। स्मृति पर ज़ोर देने पर याद आया, यह शब्द केवल तब इस्तेमाल में आता था जब उनके समुदाय के किसी सदस्य की मृत्यु हो जाती थी।

शुरू में उन्होंने निरपेक्ष रूप से कुछ भी लक्ष्य नहीं किया। उनके अन्दर किसी तरह की डरावनी आशंका भी नहीं थी लेकिन पिता के रिक्त और भावशून्य चेहरे को देखकर वे विचलित हो उठे। टैक्सी जब भीड़भाड़ और चिल्ल-पों के बीच से रास्ता बनाती हुई खुली सड़क पर आकर तेज़ी से दौड़ने लगी तब उन्होंने पूछा, 'डूंगरवाड़ी सा माटे जइ रहया छो?' (डूंगरवाड़ी किसलिए जा रहे हैं?)

पिता ने तुरन्त कोई जवाब नहीं दिया। पसीने से नम उनके सफ़ेद चेहरे पर भूरी लटे फरफरा रही थीं। फिर उनके कोमल चेहरे पर एक लम्बी लकीर उभरी—ऐसी लकीर जो केवल तब उभरती है जब कोई दुःख में मुस्कराता है। एक ऐसी मुस्कराहट जिसमें पीड़ा और सान्त्वना, दोनों एक साथ प्रकट होती हैं।

कुछ देर बाद उसने अपने बच्चे को बड़ी हलीमी से अपने क़रीब खींच लिया—'तने बिक लागे छे?' (तुम्हें डर लग रहा है?)

टेम्पटन दस्तूर हलके-से सहमे, फिर उन्होंने हड़बड़ी में सिर हिलाया, जिसका मतलब था—नहीं। फिर पिता ने अपने बच्चे के कन्धे को कस लिया।

डूंगरवाड़ी पहुँचने के बाद टैक्सी से उतरते ही उनके पिता ने उनका हाथ थाम लिया और एक रहनुमा की तरह आगे बढ़ते चले गए। वे टेढ़े-मेढ़े और कुबड़े दरख़्तों के झुरमुट से घिरे एक रास्ते पर तेज़ी से ऊपर चढ़ते जा रहे थे। डूंगरवाड़ी की सुनसान दोपहर की उष्ण और बेहद श्लथ नीरवता में कहीं दूर से कौओं की काँव-काँव और चीलों की लम्बी चिल्लाहट सुनाई दे रही थी। जैसे-जैसे वे आगे बढ़ते गए, वह आवाज़ और ज़्यादा तेज़ होती गई।

दो-तीन मोड़ों के बाद वह रास्ता जब ख़त्म हुआ तो सामने एक पच्चीस-तीस फुट ऊँचा और बहुत बड़ा गोल घेरा दिखाई दिया जिसके मुहाने पर अनगिनत चील-कौए मँडरा रहे थे। उस ऊँचे मुहाने तक जाने के लिए पत्थर की सीढ़ियाँ भी बनी थीं।

'आसूँ छे? आ गोल घेरा ने शूँ केवाय?' (यह क्या है? इस गोल घेरे को क्या कहा जाता है?)

‘टावर ऑफ़ साइलेंस।’ उनके पिता उन्हें फिर समझाने लगे—‘पारसियों नी भाषा माँ तेने डखमू केवाय।’ (पारसियों की भाषा में इसे ‘डखमू’ कहा जाता है।)

वे असमंजस की स्थिति में पिता के चेहरे को निहारते रहे—‘आनी अन्दर शूँ छे?’ (इसके अन्दर क्या है?)

जवाब में पिता ने उनका हाथ सख़्ती से भींच लिया और वे सीढ़ियाँ चढ़ने लगे।

टेम्पटन जी सीढ़ियाँ चढ़ रहे थे तब उनके मन में सिर्फ़ कुतूहल था जैसे उनके पिता उन्हें किसी ज़ू में ले आए हों, लेकिन ऊपर चढ़कर जब उन्होंने नीचे झाँका तो सन्न रह गए। उन्होंने दोनों हाथों से अपना मुँह ढँक लिया मगर अन्दर से उठती उबकाई को रोकना असम्भव था। वे वहीं दोहरे हो गए और बेसँभाल तेज़ी से उनके मुँह से उलटी का फव्वारा फूट निकला। फिर वे ज़ोर-ज़ोर से रोने लगे। उनके पिता ने जब उन्हें छूना चाहा तो उन्होंने उनके हाथ को झटक दिया और उसी तरह सिसकते हुए सीढ़ियाँ उतरने लगे।

एक सुखद और ज्ञानवर्द्धक यात्रा का अन्तिम पड़ाव इतना भयानक होगा, यह उन्होंने बिलकुल नहीं सोचा था।

वे कुछ दूर जाकर पत्थर की एक बेंच पर बैठ गए। काफ़ी देर तक वे यूँ ही पत्तियों की सरसराहट और कौओं की काँव-काँव सुनते रहे। एक लम्बे मौन और जड़ता के बाद आख़िर पिता का हाथ उठा और बेटे को अपनी पीठ पर एक सान्त्वनादायी स्पर्श महसूस हुआ और इस स्पर्श ने सारी कटुताओं और विरक्ति को परे हटाकर बेटे का सिर बाप की गोद में डाल दिया। अब बाप के दोनों हाथों की दसों अँगुलियाँ बेटे के मस्तिष्क की उलझी हुई गुत्थियों को सुलझा रही थीं।

‘आ आपणु छेलू मुकाम छे। जीवन नी दरेक मुसाफ़िरी नूँ छेवाडु। जीवन ना कोई पण रस्ता माँ थी प्रसार थता वक्ते आपणे नो भूलवूजोइए के छेली तके वधू अहिंयाज मुकी जवू पड़े छे...।’ (यह हमारा आख़िरी मुकाम है। जीवन की हरेक यात्रा का अन्त। जीवन के किसी भी रास्ते से गुज़रते समय हमें नहीं भूलना चाहिए कि आख़िरकार सब कुछ यहीं छोड़कर जाना पड़ता है।)

कुछ ही देर में बेटे की उखड़ी हुई साँसें सम पर आ गईं। दिमाग़ में चल रही उथल-पुथल धीरे-धीरे शान्त होने लगी और कौओं की काँव-काँव के

बावज़ूद उन्हें अपने पिता का मन्द स्वर बिलकुल साफ़ सुनाई दे रहा था—

'जुदा-जुदा धर्मों मां अन्तिम संस्कार ना जुदा-जुदा रिवाज़ो छे। आपणा धर्म नो पायो चेरिटी ऊपर राखेलो छे, एटले आपणा बुज़ुर्गों ऐवी फ़रमान मुकी गया छे के मड़धाने डाटी बारी ने नासी नाखवा करता तेने कागडाव-गिधडाव ने सोंपी दो, तेधी तेनू पेट उरे तेने शान्ति मड़े...।' (अलग-अलग धर्मों में अन्तिम संस्कार के अलग-अलग रिवाज़ हैं। अपने धर्म की नींव चैरिटी के ऊपर रखी गई है। इसलिए हमारे बुजुगों ने फरमाया है कि मुर्दों को दफ़ना-जला कर नष्ट करने के बजाय उन्हें चील-कौओं को सौंप दो। इससे उनके पेट तृप्त होते हैं। शान्ति मिलती है।)

पिता की गोद में सिर डाले वे सब कुछ सुनते रहे। ये उनके तरुणाई के दिन थे। जब किसी भी किशोर को सिर्फ़ ख़ुशनुमा माहौल, सिर्फ़ खेल-तमाशे और सिर्फ़ रसीली और चटपटी चीजें अच्छी लगती हैं, तब उन्हें गहनतर रंग, साफ़-खुली हवा में लहराती ख़ुशबू, हल्की रुपहली सरगम और सलीकेदार और ख़ूबसूरत लड़कियों की ज़रूरत होती है। रंग-बिरंगी पोशाकों और जलवेदार अदाओं के उत्साह से उफनती यह उम्र अपनी दिलकश घबराहटों, मुलायम, शगुफ़्ता और रूहानी जज़्बातों और ज़मीन से पचास मीटर ऊपर उड़ते ख़यालातों से अपनी स्वप्निल दुनिया रचती है, जिसका वास्तविक दुनिया और उसके नियम-क़ायदों से कोई सम्बन्ध नहीं होता।

लेकिन टेम्पटन दस्तूर उन अभागों में से थे जिन्हें किसी मौलवी, पुजारी, पादरी या दस्तूर (प्रीस्ट) के घर में जन्म लेना पड़ता है और जैसे आम परिवारों में दुर्भाग्यवश कोई बच्चा जन्म से ही अन्धा या गूंगा-बहरा होता है, ठीक वैसे ही इन धार्मिक घरों में पैदा होने वाले ये बच्चे जन्म से ही आज्ञाकारी होते हैं।

उस दिन डूंगरवाड़ी में जीवन के अन्तिम पड़ाव को देखने के बाद वे लौट रहे थे, तब अपनी कमर से बँधी कुश्ती की डोर के एक सिरे को अपनी तर्जनी में बार-बार लपेटते और खोलते हुए वे बहुत गहरी सोच में डूब गए थे। उन्हें डर था कि इस धार्मिक यात्रा और पिता द्वारा दिए जा रहे उपदेशों का असली उद्‌देश्य उन्हें दस्तूर बनाना और धार्मिक काम-काज के लिए दीक्षित करना तो नहीं है? वे मन-ही-मन इस स्थिति से निबटने की तैयारी करने लगे। उन्हें बिलकुल पता नहीं था कि यह सब सोचते हुए उनका सिर

ख़ुद-ब-ख़ुद इनकार में हिल रहा था और उनके पिता बहुत स्पष्ट रूप से उस छुपे हुए अव्यक्त इनकार को देख रहे थे।

दूसरे दिन वे उन्हें अपनी बड़ी बहन यानी हक्कू फई (बुआ) के भरोसे छोड़कर नागपुर चले गए। जाते समय उन्होंने कोई उपदेश नहीं दिया। उनके चेहरे से बिलकुल यह ज़ाहिर नहीं हो रहा था कि वे हमेशा के लिए इस शहर और इस घर को छोड़कर जा रहे हैं। वे भट्ठी, चिमनी और बॉयलर के विशेषज्ञ थे। इम्प्रेस मिल की भट्ठियाँ उन्हें बुला रही थीं और वे अग्नि के किसी भी बुलावे को टालते नहीं थे।

अब उस बात को तीस साल हो गए। पिता ने उन्हें जो आज़ादी दी थी और अपनी राह ख़ुद चुनने का अधिकार दिया था, उसके लिए वे उनके बहुत आभारी थे। शायद यही वजह थी कि उन्होंने कुछ और बनने के बजाय इतिहासकार बनने का निश्चय किया और किसी अन्य ऐतिहासिक घटनाओं के बजाय वे लगातार आग की तरफ़ बढ़ते गए। जैव पारिस्थितिकी और आग। ऊर्जा और बदलती हुई टेक्नोलॉजी। बस इन्हीं चीज़ों के बारे में वे सोचते थे। इसके अलावा कभी कुछ नहीं सोचते थे।

उनकी बुआ हक्कू फई ने कई बार उन्हें कुछ दूसरी चीज़ों की तरफ़ मोड़ने की कोशिश की लेकिन उनकी कोशिशें दमदार होने के बावज़ूद विफल हो जाती थीं। क्योंकि उन कोशिशों में फ़ोर्स तो बहुत होता था लेकिन कोई दिशा नहीं होती थी। क्योंकि वे ख़ुद नहीं जानती थीं कि ग़लत क्या है और सही क्या है? अच्छे और बुरे का फ़र्क़ भी कभी-कभी उनके लिए सिफ़र हो जाता था क्योंकि जैसा कि सब जानते हैं कि वह एक 'गएली केस' है। यही विशेषण मुकादम बन्धुओं की ईज़ाद है, जिनके बारे में यह माना जाता है कि वे ख़ुद भी 'गएली केस' हैं।

आज भी अपनी ज़िन्दगी का सिंहावलोकन करते समय टेम्पटन दस्तूर को यह बात समझ में नहीं आती थी कि उनके पिता ने उनकी देखभाल के लिए उन्हें हक्कू फई के हवाले किया था या हक्कू फई, जो निश्चित रूप से किसी दूसरे ग्रह की प्राणी थीं, की देखभाल उनके ज़िम्मे छोड़ गए थे।

उम्र के बीसवें साल में जब उन्हें हर चीज़ के बारे में थोड़ी-थोड़ी समझ आ गई थी। उन्होंने यह साफ़ देख लिया था कि दुनिया की कोई भी तहज़ीब

हक्कू फई का इलाज़ नहीं कर सकती और वे ज़िन्दगी की आख़िरी साँस तक वैसी ही रहेंगी, जैसी हैं। उनकी विस्फोटक हँसी हमेशा कबूतरों को डराती रहेगी। तड़पा-तड़पा कर प्यार करने की उनकी आदत और अपने उद्यत चुम्बनों से किसी को भी वश में कर लेने की उनकी क्षमता हमेशा बरकरार रहेगी। उनकी दबंग दख़लअंदाज़ी, उनकी बेलौस और फूहड़ गालियाँ और हर काम में, चाहे वह कितना भी फौरी हो, बिना हिचकिचाए तुरन्त फैसला लेने और बिना देर किए उसे अमल में लाने का साहस कभी ख़त्म नहीं होगा। उनकी बखेड़ेबाज़ी और अजीबोग़रीब कारनामों से उनके पड़ोसी हमेशा हलकान रहेंगे और उनके दोनों प्रेमी (मुकादम बन्धु) क़यामत तक पिल्लों की तरह उनके आगे-पीछे दुम हिलाते रहेंगे। और उनका छोटा भाई रोमिंग्टन दस्तूर मार खाने के डर से हमेशा उनसे छुपता फिरेगा।

उस बेहद सनकी, गुस्सैल, अतिभावुक, दयालु, निर्मम, सहिष्णु और उतनी ही कट्टर औरत का चरित्र चित्रण करना बहुत कठिन है। जिस औरत ने दो मर्दों, और वह भी सगे जुड़वाँ भाइयों के साथ, एक साथ प्यार किया हो और जो सरेआम उनके कान मरोड़ देने और बीच रास्ते में उन्हें अपनी छतरी से पीट देने में कोई हिचकिचाहट महसूस नहीं करती हो, जो रेडियो और ग्रामोफ़ोन एक साथ बजाती हो, जिसके लिए ऑमलेट बनाते-बनाते पियानो बजाना और पियानो बजाते-बजाते ऑमलेट बनाना एक साथ सम्भव हो, जिसे अपनी अधेड़ावस्था के बावज़ूद सीटी बजाना और आँख मारना आता हो, जो अपनी खिड़की के छज्जों पर कबूतरों के जोड़े का प्रजननकालीन चोंच मिलन देखकर किसी कमसिन किशोरी की तरह शरमा जाती हो, जिसे सब्ज़ी और दूधवाले से रुपये-आठ आने के लिए लम्बी लड़ाइयाँ लड़ते समय अपनी करोड़ों की प्रॉपर्टी का ज़रा भी ध्यान नहीं रहता और जो अपनी कामवाली बाई के बच्चों के एडमिशन के लिए तो कभी दूधवाले की बीवी की जचगी और कभी अपनी कार के ड्राइवर के बाप के ऑपरेशन के लिए रुपयों से भरा बैग लिये घंटों स्कूल से अस्पताल और अस्पताल से मेटरनिटी होम के चक्कर लगाती हो, जिसके लिए रेडियो के एक वॉल्व का ख़राब होना उतना ही चिन्ताजनक हो जितना किसी के लिए किडनी या गुर्दे का खराब होना, उसके बारे में कोई क्या और कैसे लिख सकता है?

इस बात पर भी कोई यक़ीन कर सकता है कि चलती-फिरती यह गफ़लत की गठरी, जिसे एक ऑमलेट तक ठीक से बनाना नहीं आता, एक ज़माने में बहुत कामयाब फूड टेक्नोलॉजिस्ट थी और उसके वे दो अधपगले और मरगिल्ले आशिक, टी.एफ. मुकादम और एच.एफ. मुकादम, जिन्हें अपने पाजामे का नाड़ा भी ठीक से बाँधना नहीं आता, एक ज़माने में बेस्ट जैसी बेहद कामयाब और देश की सबसे बड़ी सिटी बस सेवा की नींव डालने और उसे शहर के चप्पे-चप्पे तक फैलाने का पराक्रम कर चुके थे और रोमिंग्टन दस्तूर यानी उनकी बुआ के चहेते छोटे भाई, जो इतने डरपोक थे कि लकड़ी की सीढ़ियों पर अपनी बहन की पदचाप सुनते ही सहम जाते थे और हमेशा छींकते और नाक सुडसुड़ाते रहे थे और अपनी कमज़ोर और बच्चे जैसी मधुर आवाज़ में दिन-भर में मुश्किल से दो-चार वाक्य बोल पाते थे, के बारे में यह जानकर कितना आश्चर्य होता है कि देश की सबसे महत्त्वपूर्ण और अपने ज़माने की सबसे बड़ी कपड़े की मिल का पूरा तापमान उनके हाथों निर्धारित होता था।

अब वे सब बेहद बूढ़े हो चुके हैं और उनका द्वारा रचे गए इतिहास को नई चीज़ों ने या तो मटियामेट कर दिया है या बिलकुल बदल दिया है। फेंटा, लिमका और पेस्टनजी आइसक्रीम अस्तित्व में होते हुए भी अदृश्य हैं। बेस्ट को सरकार के हवाले कर दिया गया और इम्प्रेस मिल एक प्राचीन मकबरे में बदल गई है जिसके घास-फूस भरे ध्वंसावशेषों के बीच बन्द पड़ चुके स्टाफ क्वार्टर में आज भी रोमिंग्टन दस्तूर अकेले रहते हैं। उनकी बूढ़ी जर्जर काया पॉवरलूमों की क़ब्रों के आसपास किसी मुजाविर की तरह मँडराती है।

टेम्पटन जी को जब मालूम पड़ा कि मिल को बन्द हुए छह महीने हो गए हैं तो वे चिन्तित हो उठे थे। उनके पिता ने न तो मिल बन्द होने की कोई जानकारी दी थी और न अपने बारे में कोई सन्देश कि वे अब क्या कर रहे हैं और आगे उनका क्या विचार है। कई बार कोशिश करने के बाद भी जब उनसे सम्पर्क नहीं हो पाया तो टेम्पटन जी सीधे नागपुर चले आए। इम्प्रेस मिल के सौ साल पुराने स्टाफ क्वार्टर के अहाते का गेट जो हमेशा भव्य बेगुनिया की लतरों से सुसज्जित रहता था, इस बार बिलकुल वीरान पड़ा था। बेगुनिया की अस्थियों का कंकाल गेट पर और बाउंड्री वॉल पर बिखरा पड़ा था और टेम्पटन जी का स्वागत इस बार सदाबहार गमलों और

क्यारियों ने नहीं, उलझे हुए झाड़-झंखाड़ ने किया। वे बहुत देर तक दोनों हाथों से उन आदमकद झाड़ियों से लड़ते रहे और जब क्वार्टर नं. छह तक पहुँचे तो बहुत मुश्किल से अपने पिता के घर को पहचान पाए। घर का आँगन सूखी पत्तियों से पटा पड़ा था। झाड़ियाँ दरवाज़ों और खिड़कियों के रास्ते घर के अन्दर तक घुस गई थीं और फ़र्श की दरारों में भी घास उग आई थी। सब कुछ धूल-धूसरित और वीरान था। कहीं जीवन का कोई चिह्न नहीं था। टेम्पटन जी डरते-डरते घर के अन्दर घुसे। उन्होंने चारों कमरे छान मारे, यहाँ तक कि टॉयलेट, बाथरूम और रसोई में भी झाँक आए। पर कहीं कोई नज़र नहीं आया। तब वे फिर अहाते में निकल आए और झाड़ियों को हाथों से हटाते और पाँव से फलाँगते हुए दूसरे क्वार्टर की तरफ़ बढ़े। अधिकांश घर बन्द पड़े थे। सिर्फ़ एक घर के आँगन में दो पेड़ों के बीच बँधी रस्सी में उन्हें कपड़े सूखते दिखाई दिए। वह आँगन बिलकुल साफ़-सुथरा था। खिड़की-दरवाज़े, पर्दे सब ठीक-ठीक थे। टेम्पटन दस्तूर ने राहत की साँस ली और सीधे घर के दरवाज़े तक पहुँच गए। उन्होंने दरवाज़े की कुंडी को धीरे-से ठकठकाया। भीतर से कोई आवाज़ नहीं आई। फिर दूसरी बार उन्होंने थोड़े ज़ोर-से कुंडी खड़काई और इस बार अन्दर से एक स्त्री स्वर सुनाई दिया, "कौन छे?" (कौन है?)

"हूँ रोमिंग्टन नो ढिकरो।" (मैं रोमिंग्टन का बेटा।)

"कोण?" (कौन?)

"रोमिंग्टन नो ढिकरो टेम्पटन।" (रोमिंग्टन का बेटा टेम्पटन।)

"हा-हा आऊ छु।" (हाँ-हाँ, आती हूँ।)

कुछ देर बाद दरवाज़ा खुला और एक सफ़ेद छोटे-छोटे बालों वाली बिलकुल पतली-दुबली और गोरी-चिट्टी बुढ़िया उनके सामने थी। उसके एक हाथ में ऊन कातने की छोटी-सी घिरनी और दूसरे हाथ में ऑस्ट्रेलियन ऊन का गोला था। कुछ देर वह अपनी संदिग्ध आँखों से टेम्पटन दस्तूर को परखती रही, फिर आश्वस्त होकर धीरे-से मुस्कराई, "आओ बेटे आओ...!"

टेम्पटन जी अन्दर आ गए। "केम छे तारी फई, मजा मां छे?" (कैसी है तुम्हारी बुआ, मज़े में है ?)

"पापा क्याँ छे?" (पापा कहाँ हैं ?) टेम्पटन जी ने उनके औपचारिक प्रश्न का जवाब दिए बग़ैर सीधा प्रश्न किया। बुढ़िया कुछ देर यूँ ही देखती

रही। उसके दोनों हाथों के बीच ऊन की पतली-सी डोर कँपकँपा रही थी। फिर उसने ऊन और घिरनी को टेबिल पर रख दिया और धीरे-से अपने दोनों हाथ टेम्पटन जी के कन्धों पर रख दिए—

"तारो बाप गांडो गायो छे।" (तेरा बाप पागल हो गया है।)

टेम्पटन जी ने इस बात पर कोई आश्चर्य व्यक्त नहीं किया क्योंकि अपने पिता के बारे में ऐसी बातें वे पहले भी हक्कू फई के मुँह से सुन चुके थे। कुछ देर वे यूँ ही बिना कुछ कहे खड़े रहे और कमरे में मौजूद छिटपुट चीज़ों को देखते रहे। कुछ ही देर में उन्हें अन्दाज़ा हो गया कि रही बुढ़िया अब उनके पिता की देखभाल कर रही है। "क्याँ छे पापा?" (कहाँ हैं पापा?)

"मिल मांज हसे बिजे क्याँ जाए?" (मिल में ही होंगे और कहाँ जाएँगे?)

"मिल मां?" इस बार टेम्पटन जी को थोड़ा आश्चर्य हुआ—"मिल तो महीनों थी बन्द पड़ेली छे!" (मिल तो महीनों से बन्द पड़ी है।)

"गंडाव ने शूँ भान पड़े? ऐ तो हजू टाइमसर डयूटी करे छे। घणीवार तो रात ना आंधारी मां नाइट शिफ़्ट करवा पण जाए छ। हूँ कांई पूछू तो मारा ऊपर खिजाय जाए। एक बार तो मने गाल ऊपर लाफो चोंडी दिघो...।" (पागलों को क्या समझ आता है? वह तो अब भी निश्चित समय पर ड्यूटी पर जाता है। कई बार तो रात के अँधेरे में नाइट शिफ़्ट भी करने जाता है। पता नहीं वहाँ जाकर क्या करता है? मैं कुछ बोलती हूँ तो भड़क जाता है। एक बार तो मेरे गाल पर उसने तमाचा भी मार दिया था।)

बुढ़िया का स्वर थोड़ा भर्रा गया। अपनी ऐनक उतारकर वह आँखें पोंछने लगी—"सारू थयू ढिकरा तूं आवी गयो। हवे तूं ऐने साचव मारा थी नथी थतू।" (अच्छा हुआ बेटा, तू आ गया। अब तू उसे सँभाल। मेरे से नहीं होता।)

टेम्पटन जी को समझ में नहीं आया कि किस तरह उस बुढ़िया के प्रति कृतज्ञता प्रकट करें। वे इन नई सूचनाओं से हतप्रभ थे। कुछ देर वे यूँ ही खड़े रहे। फिर जाने लगे। आठ-दस क़दम चलने के बाद वे फिर रुक गए। मिल के गेट पर तो ताला लगा है। फिर अन्दर जाने का रास्ता कहाँ है? उन्होंने सिर खुजाते हुए पलटकर बुढ़िया की तरफ़ देखा। बुढ़िया उन्हें पिछवाड़े तक ले गई और सरकंडों की घनी झाड़ी से ढँकी एक पगडंडी पर उनके आगे-आगे चलने लगी।

पगडंडी के आड़े-तिरछे अवरोधों को लाँघते हुए उसकी बड़बड़ाहट और झल्लाहट लगातार जारी थी। लगभग दस मिनट तक चलते रहने के बाद उन्हें मिल के अहाते की चहारदीवारी दिखाई दी। टेम्पटन जी सोच में पड़ गए कि इतनी ऊँची और कँटीली तारों से घिरी हुई दीवार को कोई कैसे फाँद सकता है? लेकिन जब वे दीवार के पास पहुँचे तो उन्होंने देखा कि पगडंडी जहाँ ख़त्म होती थी वहाँ दीवार के निचले हिस्से में एक बहुत बड़ा छेद था जिसमें से साधारण कद-काठी का कोई भी इनसान आ-जा सकता था। उस छेद के आजू-बाजू में टूटी-फूटी ईंट और पलस्तर का चूरा बिखरा पड़ा था।

"आ रस्तो तारा बापे जते बनायवो छ। आ बउ सिक्रेट रस्तो छे। मारा सिवाय कोई ने ख़बर नछी।" (ये रास्ता तेरे बाप ने ख़ुद बनाया है। यह बहुत गुप्त रास्ता है। मेरे सिवाय किसी को मालूम नहीं है।)

बुढ़िया अब बुरी तरह हाँफ रही थी—"जा अन्दर राइट साइट मां चल्यो जा पाँच नं. ना शेड मां, जो त्याँज हसे।" (जा, अन्दर राइट साइड में चला जा, पाँच नं. के शेड में। देख वहीं होगा।)

टेम्पटन जी को एक बार फिर समझ में नहीं आया कि पसीने से तर-ब-तर उस हाँफती हुई बुढ़िया का किन शब्दों में आभार प्रकट करे जो जून की चिलचिलाती धूप में उन्हें रास्ता दिखाने आई थी। वे बेवकूफ़ों की तरह अपनी पलकें झिपझिपाते हुए खड़े रहे। बुढ़िया ने पास आकर उनका कन्धा थपथपाया और उन्हें ढाढ़स देकर चली गई।

और अब टेम्पटन जी चहारदीवारी को उखाड़कर बनाए गए उस गुप्त रास्ते को देख रहे थे। कुछ देर लम्बी-लम्बी साँस लेते हुए वे अपने अन्दर साहस इकट्ठा करते रहे जैसे उन्हें दीवार के उस पार नहीं बल्कि किसी दूसरी दुनिया में जाना हो। कुछ देर बाद वे झुके, अपना सिर छेद के भीतर घुसाया फिर अनभ्यस्त तरीक़े से अपने हाथ-पाँव को मोड़-सिकोड़कर अन्दर घुसने की कोशिश करने लगे। कुछ देर की कसरत के बाद वे दूसरी दुनिया में आ गए। वहाँ भी उनके सामने वैसी ही पगडंडी थी—अपने दोनों हाथों से सूखी वनस्पतियों के डंठलों और झाड़ियों को हटाते हुए वे दाईं तरफ़ बढ़ते चले गए। चलते-चलते उन्हें बचपन में पढ़ी एक चीनी कहावत याद आई—जब यह दुनिया बनी थी, तब इसमें रास्ते नहीं थे। वे लोग ही हैं जिन्होंने चल-चलकर रास्ते बनाए।

पगडंडी पर उन्हें अपने पिता के चिर-परिचित कैनवास के जूतों की छाप दिखाई दी। उनके छोटे-छोटे जूतों की छाप के अलावा वहाँ दूसरा कोई निशान नहीं था। उन्हें यह सोचकर एक विचित्र डरावना-सा अहसास हुआ कि यह ख़ुद अपने पाँव से बनी एक ऐसी अकेली राह है, जिस पर उनके पिता के अलावा आज तक किसी ने पैर नहीं रखा होगा।

पगडंडी पाँचवें शेड के पास जाकर ख़त्म हो गई थी लेकिन झाड़ियों, डंठलों और सूखी पत्तियों का शेड में चारों तरफ़ क़ब्ज़ा था। सिर्फ़ लोहे के कॉलमों को ही नहीं, उसने बन्द पड़ी पॉवरलूमों को भी धर दबोचा था। खरपतवारों की यह फ़ौज बहुत दृढ़निश्चयी और अपराजेय थी। वे उस उद्यम की लाश को चारों तरफ़ से घेरे हुए थी। वे वही मशीनें थीं जो अपनी दानवी क्षमता से करोड़ों टन कपास धुन चुकी थीं। जो असंख्य बेनाप सूत उगल चुकी थीं और सूत के उन धागों को आपस में मिलाकर करोड़ों मीटर कपड़ा बुन चुकी थीं।

लेकिन अब वहाँ कोई हलचल नहीं थी। सिर्फ़ वीरानगी थी। टेम्पटन जी बहुत ग़ौर से मशीनों के मकबरों को देख रहे थे। 'सिर्फ़ आदमी ही रिटायर नहीं होता, टेक्नोलॉजी भी रिटायर होती है'—उन्हें फिर से किसी भूमंडलीय व्याख्याकार की टिप्पणी याद आई। और आदमी तो एक उम्र के बाद रिटायर होता है लेकिन टेक्नोलॉजी उसके रिटायरमेंट से पहले भी रिटायर हो सकती है। फिर उन लोगों का क्या होगा, जिनका जीवन उस पुरानी तकनीक में ढल चुका था और वे उसके उतने ही आदी हो गए थे जितने बच्चे अपने माँ-बाप के आदी हो जाते हैं?

टेम्पटन जी कुछ देर के लिए अपने पिता को भूल गए और बहुत गहरी सोच में डूब गए। मशीनें जब चलन से बाहर हो जाती हैं तो उनके कल-पुर्ज़े अलग कर दिए जाते हैं। उन्हें तपाकर गलाया जा सकता है और कोई दूसरा रूप भी दिया जा सकता है, लेकिन मनुष्य और उसका जीवन? टेम्पटन जी के अन्दर लहू की वह इकलौती बूँद फिर से गर्दिश करने लगी। वे इस बारे में सोचते-सोचते जाने कब तक वहाँ खड़े रहे। फिर उन्हें वर्षों पहले की वह यात्रा और अग्यारी की वह आग याद आई और अपने पिता की वह बात भी जो उन्होंने आरस्नस के सामने खड़े होकर कही थी—यह सिर्फ़ अग्नि नहीं है। यह हमारी संकल्पशक्ति है। इसे कभी बुझने नहीं देना चाहिए।

टेम्पटन जी की नज़रें आसपास फैली बदहाली के ऊपर से गुज़रती हुई दूर मिल की चिमनी की तरफ़ उठ गईं। वह चिमनी आधी टूटी हुई थी। चिमनी के आसपास टूटी-फूटी ईंटों और पलस्तर का ढेर लगा था। बहुत देर तक वे उन भग्नावशेषों को देखते रहे। उसकी लम्बाई-चौड़ाई और गोलाई और उनके आसपास फैली ख़ामोशी और वीरानी ने टावर ऑफ़ साइलेंस की याद को ताज़ा कर दिया। उन्हें एक बार फिर अपने अन्दर ठीक वैसी ही उबकाई महसूस हुई जैसी वर्षों पहले डूंगरवाड़ी में हुई थी, लेकिन इस बार उन्होंने उस उबकाई को ज़ब्त कर लिया।

उन्हें यहाँ आए बहुत देर हो चुकी थी। धीरे-धीरे दोपहर भी ढलने लगी। ढलती दोपहर की पीली धूप अब सिन्दूरी रंग में बदल रही थी। कुछ देर बाद गाढ़े सिन्दूरी और हलके काले के बीच खड़े अपने साये को देखकर वे डर गए। जब ढलती शाम का मंजर इतना भयानक है तो रात में यह सब कैसा दिखाई देता होगा? वे यह सोचकर हैरान रह गए कि रात में उनके पिता यहाँ कैसे आते होंगे? और उससे बड़ा सवाल तो यह है कि वे यहाँ आकर आख़िर करते क्या हैं?

उन्होंने एक बार फिर दूर-दूर तक नज़र डाली। हर तरफ़ कुंडलित केबलों का बीभत्स फैलाव, टेढ़े-मेढ़े और एक-दूसरे में उलझे-फँसे लोहे के एंगल, ध्वस्त और धराशायी स्ट्रक्चर, एक-दूसरे पर गिरे पड़े बीम और गर्डर। गैस कटर से काट-काटकर अलग किए गए धूल में धँसे और घास-फूस से ढँकी मशीनों के पुर्ज़े। और सैकड़ों कालिख सने दस्ताने, जो अब ज़िन्दा मानवीय हाथों के अभाव में लावारिस लाशों की तरह यहाँ-वहाँ पड़े थे।

इन सब निर्जीव और निरर्थक चीज़ों पर एक सर्किल में घूमती हुई नज़र डालने के बाद उनकी दृष्टि फिर चिमनी पर जा टिकी। इस बार उन्होंने बहुत निश्चयात्मक ढंग से अपनी गर्दन हिलाई और उनके क़दम चिमनी की तरफ़ बेख़ौफ़ बढ़ने लगे।

अब उस अहाते में सिर्फ़ खरपतवारों से उलझते उनके क़दमों की सरसराहट के अलावा दूसरी कोई आवाज़ नहीं थी। अन्त में जब वे चिमनी के बिलकुल पास भट्ठी के मुहाने तक पहुँचे, तब उन्होंने अपने पिता को देखा। वे बहुत ग़ौर से भट्ठी के अन्दर देख रहे थे। भट्ठी के अन्दरूनी

हिस्से से धुएँ के छोटे-छोटे अलसाये-से बादल ऊपर उठ रहे थे। उनके क़दमों के पास दस्तानों का ढेर था।

कुछ देर बाद जब भट्ठी की आँच धीमी पड़ गई, उन्होंने झुककर कुछ दस्ताने उठाए और उन्हें एक-एक कर आग के हवाले कर दिया। और अगले ही पल वे बहुत ऊँची आवाज़ में आतश नीआऐश पढ़ने लगे, जैसे वे किसी अग्यारी में खड़े हों। इस संक्षिप्त धार्मिक क्रिया के बाद जब वे चुप हो गए तब टेम्पटन जी ने धीरे-से उनके कन्धे पर हाथ रखा। इस स्पर्श से वे चौंक गए। उन्होंने तुरन्त गरदन फेरकर पीछे देखा और जैसे ही टेम्पटन दस्तूर की नज़र अपने पिता के चेहरे पर पड़ी, वे स्तब्ध रह गए। मारे डर के उनके सिर के बाल तक थर्रा गए। वे तुरन्त पलटकर भागने लगे। एक भयभीत रुलाई अन्दर से फूट पड़ी। इस बौखलाहट और हड़बड़ी में उनके पाँव झाड़ियों से उलझ गए और वे मुँह के बल गिरे। उन्होंने किसी शुतुरमुर्ग की तरह सूखी घास में अपना चेहरा छुपा लिया।

वे बुरी तरह हाँफ रहे थे। कुछ देर बाद उन्हें खरपतवार की सरसराहट सुनाई दी जो स्पष्ट रूप से किसी के धीमे क़दमों से पैदा हो रही थी। वह आवाज़ उनके कान के पास आकर रुक गई। एक बार फिर सन्नाटा छा गया और टेम्पटन जी, जो दोनों हाथों से अपने चेहरे को ढाँपे औंधे पड़े थे, एक बार फिर इस कल्पना से सिहर गए कि अभी कोई हाथ उनकी बाँह या पीठ को छुएगा, अभी कोई पुकार सुनाई देगी और एक बार फिर उन्हें उस चेहरे को देखना पड़ेगा, जिसे इतने वर्षों बाद इतने ग़मगीन बदलावों के साथ देखकर वे डर गए थे।

लेकिन वैसा कुछ नहीं हुआ जैसी आशंका थी। न कोई स्पर्श, न पुकार। कुछ देर बाद फिर वही सरसराहट सुनाई दी लेकिन अब वह आवाज़ क्रमश: दूर जा रही थी। खरपतवारों से उलझते क़दमों की धीमी मर-मर।

जब उन्होंने सिर उठाकर देखा तो उन्हें पिता की कमज़ोर और लड़खड़ाती काया दिखाई दी। टेम्पटन जी झट-से उठ खड़े हुए। अपने डर के बावज़ूद वे पागलों की तरह उनके पीछे भागे। वे बड़े ही कातर स्वर में क्षमा याचना करते हुए गिड़गिड़ा रहे थे। उन्हें अचानक इस पापबोध ने घेर लिया कि उन्होंने अपने पिता की कोई देखभाल नहीं की। अगर समय रहते कोई पूछ-परख की होती तो हालात इतने न बिगड़ते। उन्हें अपने समुदाय

के बारे में सोचने के साथ-साथ अपने परिवार के बारे में भी कुछ सोचना चाहिए था। क्या अपने पिता के प्रति उनका कोई फ़र्ज़ नहीं बनता? क्या यही था उनके आजीवन तप का सिला कि उन्हें एक निर्जन खंडहर में प्रेत की तरह भटकने के लिए छोड़ दिया जाए?

उन्होंने लपककर अपने पिता के कालिख और राख से सने हाथों को पकड़ लिया और बिना उनकी तरफ़ देखे, बिना कुछ कहे उन्होंने उनके बाएँ हाथ को अपने कन्धे पर रखा और उनकी कमर में अपनी बाँह डालकर चलने लगे। वे अब भी रो रहे थे, पर अब उस रुलाई में भय नहीं, करुणा थी। अपने पिता के भचकते और लड़खड़ाते शरीर को सँभालने के लिए जिस अनुभव और हुनर की ज़रूरत थी, वह उनके पास नहीं था। जिन्होंने कभी किसी को सहारा नहीं दिया हो, वे जब अचानक किसी को सहारा देने की कोशिश करते हैं तो ख़ुद को लड़खड़ाने से नहीं बचा पाते।

टेम्पटन जी अपने पिता की कमज़ोर काया को सहारा देते और ख़ुद डगमगाते हुए जब वापस घर पहुँचे, तब तक अँधेरा छा गया था। उन्होंने बत्ती जलाई, कुछ देर यूँ ही खड़े रहे। फिर पलटकर पिता की तरफ़ देखा। वे एक लमटँगी कुर्सी पर अधलेटे पड़े थे। उनकी आँखें बन्द थीं और साँस बहुत तेज़ी से चल रही थी। टेम्पटन जी ने उनका हाथ सहलाया और उनकी कमज़ोर सूखी हुई उँगलियों को अपनी हथेलियों में दबोच लिया। वे अनिश्चय, अवसाद और असमंजस के बीच काफ़ी देर तक विचलित-से खड़े रहे। फिर उनके मन में एक विचार आया और उन्होंने कुछ ऐसे अन्दाज़ में सिर हिलाया, जैसे वे ख़ुद अपने विचार के प्रति सहमति प्रकट कर रहे हों।

"पापा..."—इस बार उन्हें अपनी आवाज़ में वह खनक सुनाई दी जो एक वयस्क की आवाज़ में होती है—"...अभी तक आपने जो कुछ किया है, वह कम नहीं है। अब यहाँ करने के लिए कुछ नहीं बचा है।"

रोमिंग्टन दस्तूर ने आँखें ऊपर उठाकर अपने बेटे की तरफ़ देखा और कुछ देर तक अपलक उसे देखते रहे।

"पापा..." टेम्पटन दस्तूर उनके पाँव के पास घुटनों के बल बैठ गए—"...अब ज़िद छोड़िए। वापस लौट आइए।"

"नहीं।"

रोमिंग्टन दस्तूर की आवाज़ अपेक्षाकृत कड़ी थी।

"लेकिन आप यहाँ क्यों रहना चाहते हैं? क्या बचा है अब यहाँ?"

"आग।"

"आग?" टेम्पटन जी चौंक गए।

"हाँ...!" उनके पिता के स्वर में अब भी वह सहजता थी, जो मानसिक रूप से स्वस्थ और सुलझे हुए आदमी में होती है—"...मैं उस भट्ठी को बुझने नहीं दूँगा।"

वे कुछ देर तक पिता का चेहरा देखते रहे। एक बात जो बिलकुल साफ़ समझ में आ रही थी, वो ये थी कि जिस आग की वे बात कर रहे थे, वह आग कोई ऐसी-वैसी आग नहीं थी जो यूँ ही लग जाती है और यूँ ही बुझ जाती है। उस आग में उनके पुरखों का आवेगी रक्त शामिल था, जो दुर्जेय था। उन्हें फिर वे दाहक मंत्र याद आ गए, जो उनके पिता भट्ठी के सामने खड़े होकर पढ़ रहे थे।

एक-डेढ़ घंटे की माथापच्ची के बाद उन्होंने स्वीकार कर लिया कि पिता को वापस ले जाना असम्भव है। अब केवल एक ही रास्ता बचा है—हक्कू फई। सिर्फ़ उसी औरत में इतनी ताक़त है। सिर्फ़ वही रोमिंग्टन दस्तूर के हठ और उन पर मँडराते विनाश के प्रचंड घमासान से निबट सकती है। क्योंकि वही तो हर बार उन्हें पकड़-पकड़कर लाती रही है, चाहे वे रूठकर घर से निकल भागे हों या मार खाने के डर से किसी सुनसान में छिपे हों या भीड़ में कहीं खो गए हों या किसी सनक पर सवार होकर ऊपर उड़ गए हों या किसी जौम में आकर गहरी डुबकी लगा बैठे हों, हर बार लम्बे-लम्बे हाथों वाली उनकी यह हड़ीली बहन कहीं-न-कहीं उन्हें दबोच लेती थी और वापस घसीट लाती थी।

उन्हें याद आया, हक्कू फई के साहस, उनकी सनक और उनकी जघन्य कार्रवाइयों के कैसे-कैसे किस्से उनके मुहल्ले में प्रचलित थे। उस फुर्तीली, छरहरी और बेहद घातक बिल्ली ने बचपन से ही उस मुहल्ले में आतंक फैलाना शुरू कर दिया था। जब वे तेरह साल की थीं तब उनकी नानी ने लंदन से उनके लिए एक फोल्डिंग साइकिल भेजी थी, लेकिन हक्कू फई के लिए वह साइकिल सिर्फ़ साइकिल नहीं, टैंक था, जिस पर सवार होकर वह दुश्मनों के अड्डों पर दनदनाते हुए धावा बोलने निकल पड़ती थी। भीड़-भाड़ वाली सड़कें हों या सँकरी गलियाँ, गैराज के पिछवाड़े का

भंगारख़ाना हो या किसी बन्द पड़े मकान का सुनसान तहख़ाना, वे उन लौंडों को कहीं-न-कहीं घेर लेतीं, जो अपने माँ-बाप की बात नहीं मानते थे और होमवर्क करने के बजाय या स्कूल से कंची मारकर गलियों में आवारागर्दी करते फिरते थे और चोरी-छिपे ऐसी कारगुज़ारियों में मशगूल रहते थे, जो हक्कू फई को सख़्त नापसन्द थीं।

उन दिनों टेस्टर मुकादम, हरजी मुकादम और रोमिंग्टन—ये तीन तिलंगे उनके सर्वाधिक प्रमुख और प्रिय शत्रु थे। आज तक उन तीनों में से कोई हक्कू फई नाम की उस ख़ौफ़नाक मुसीबत से निबट नहीं पाया था, जो उन्हें बचपन में इच्छानुसार बाहर आने-जाने की अनुमति नहीं देती थी, जो उनके हर गुप्त खेलों को बेनक़ाब करने में माहिर थी, जो किशोरावस्था में चुपचाप खेले जाते हैं। और मुकादम बन्धु जब जवान हो गए और सचमुच के मर्द बन गए तब हक्कू फई ने दिन-दहाड़े दोनों भाइयों को एक रंडी के कोठे में रँगे हाथों पकड़ा था और उन्हें पाजामे का नाड़ा बाँधने का भी मौक़ा दिए बग़ैर घसीट लाई थी। फिर कॉलर पकड़कर दोनों को अपनी आँखों की ऊँचाई तक उठाया और इसी प्रकार कॉलर से पकड़े-पकड़े वे उन्हें बीच गली से उठाए हुए सड़क पर लाई और अपनी कार के पास पहुँचकर ही उन्हें दो पैरों पर खड़ा होने का मौक़ा दिया।

वे दोनों बुरी तरह हाँफ रहे थे और दोनों को पक्का यक़ीन था कि अब जो निकलेगा—वो शोला होगा, क्योंकि दोनों को अच्छी तरह मालूम था कि उनके गुनाह जितने संगीन होते थे, हक्कू फई की प्रतिक्रियाएँ उससे भी ज़्यादा सनसनीख़ेज़ और भयानक होती थीं। और उस दिन उन्होंने जो किया था, वह उनके अब तक के जीवन का सबसे बड़ा गुनाह था।

रास्ते भर हक्कू कुछ नहीं बोली। घर पहुँचने के बाद भी वह बिलकुल ख़ामोश थी। दोनों हमशक्ल कुछ देर तक एक-दूसरे का थोबड़ा देखते रहे, फिर कार से उतरकर चुपचाप अपने कमरे में चले गए। कुछ देर तक वे असमंजस भरी व्यग्रता से इधर-उधर चक्कर काटते रहे। फिर दोनों एक साथ खिड़की के पास आए और डरते-डरते खिड़की का पैनल हटाकर नीचे झाँका। सड़क पर न तो हक्कू थी, न उनकी कार। दोनों भाइयों ने हैरत भरी ख़ुशी से एक-दूसरे को देखा और उछल पड़े, जैसे किसी बड़े ख़तरे से बाल-बाल बच गए हों।

लेकिन तभी भड़ाक-से कमरे का दरवाज़ा खुला। दरवाज़े के दोनों पल्लू पर हाथ टिकाए खड़ी हक्कू को उन्होंने देखा और दोनों के मुँह से एक साथ चीख़ निकल गई। वे अपने चेहरों पर फूट पड़ते बर्फ़ीले पसीने और अपने दाँतों को किटकिटाने से रोक नहीं पाए, जब उन्होंने देखा कि हक्कू उनके सामने सिर्फ़ एक जाँघिये में थी। इस घोर और घरेलू नग्नता ने उन्हें इतना आतंकित कर दिया कि वे अपनी पलकें भी झपकाना भूल गए।

हक्कू लम्बे-लम्बे डग भरती हुई उनके पास आई और अपने लम्बे शक्तिशाली हाथों से उसने दोनों के बाल पीछे से पकड़े और अपने इन दुधमुँहे दुश्मनों के होंठों में अपना एक-एक स्तन पकड़ाकर यह साबित कर दिया कि 'हक्कू' के अलावा इस दुनिया में उनके लिए कोई दूसरा रास्ता नहीं है।

अब जीवन में अन्तिम पड़ाव में हक्कू फई के जर्जर शरीर में हालाँकि वह ताब और मतिभ्रम से ग्रसित दिमाग़ में वह आग नहीं थी लेकिन उस शिथिल और निस्तेज मोम जैसे कोमल चेहरे और कपास जैसे सफ़ेद बालों वाली दया की देवी के अन्दर कर्कश आवाज़ वाली एक उद्धत और अवमानित अधीक्षिका अब भी मौजूद थी—जिसका आवेश इतना प्रचंड था कि किसी भी तरह की नज़ाकत उसके सामने टिक नहीं सकती थी, जिसे अब भी गला फाड़-फाड़कर हँसना आता था, जिसकी आन्दोलनकारी अश्लील वृत्तियाँ अब भी सुप्त नहीं हुई थीं और जिसके मखरूती उठान लिये स्तन मुकादम बन्धुओं की अनन्त छेड़छाड़ के बावज़ूद अभी तक सिर निगूँ नहीं हुए थे।

फ़ोन पर लगभग आधे घंटे तक सिर खपाने के बाद टेम्पटन जी हक्कू फई के लगभग बहरे हो चुके कानों में यह बात डालने में सफल नहीं हुए कि मामला क्या है। पिता और उसके घर का हाल जब वे बयाँ कर रहे थे तब उन्हें यह सन्देह था कि उनकी बातें ठीक से सम्प्रेषित हो रही हैं कि नहीं क्योंकि हक्कू फई ने बातचीत के दौरान ऐसी कोई प्रतिक्रिया व्यक्त नहीं की जिससे यह अन्दाज़ा लगाया जा सके कि वे इस मामले में कौन-सा रुख लेने वाली हैं?

दूसरे दिन दोपहर ठीक तीन बजे एक वैन इम्प्रेस मिल के स्टाफ क्वार्टर के सामने रुकी। वैन का पिछला दरवाज़ा खुला। पहले हक्कू फई बाहर निकली, फिर उनके सब सोहबती, जिसमें सबसे पहले उनकी झगड़ालू और मुँहफट नौकरानी ऊषा बाई थी। फिर एक चितकबरा कुत्ता वैन से

नीचे कूदा, जिसका नाम हक्कू फई ने 'जवाईं' (पूरा नाम ऊषा बाई का जवाईं) रखा था। कुत्ते के बाहर निकलते ही दूधवाला शम्भू बाहर निकला, जो हर वक्त, हर मुसीबत में हक्कू फई की मदद करने के लिए दिलो-जाँ से तैयार रहता था। और सबसे आख़िर में वैन के दरवाज़े से हक्कू फई के चिर कुँवारे जुड़वाँ प्रेमियों का जोड़ा बाहर निकला। अपने इन पालतू प्रेमियों को वह हर सफर में अपने साथ रखती थी ताकि वे उनकी गैरहाज़िरी का 'फ़ायदा' न उठा सकें।

जब हक्कू फई का पूरा अभियान दल बाहर आ गया तब वैन की डिक्की खोली गई और टेम्पटन जी दिल थामकर उन हौलनाक चीज़ों को बाहर आते देखते रहे। सबसे पहले फावड़ा, बेलचा, लोहे का नुकीला पंजा, बड़ी-बड़ी कैंचियाँ और दराँती बाहर आईं। फिर गैंडे की खाल से बना सूटकेस। फिर दो सौ साल पुरानी लकड़ी की छड़ी, गमबूट, कैनवस की हैट और वह फोल्डिंग साइकिल, जिसे वह नानी की याद में हर साल सुर्ख़ो-सफ़ेद रंगों से पेंट करवाती थीं। सबसे अन्त में जो चीज़ बाहर आई, उसे देखकर टेम्पटन जी सहम गए—लोहे की वे बेड़ियाँ, जो उनके ख़ानदान की वंशावली की सदियों से हमसफ़र थीं और जिसका इस्तेमाल पागलपन के आनुवंशिक रोग से अभिशप्त उस ख़ानदान के उत्तप्त, अधीर और उतने ही विध्वसंक दौरों पर काबू पाने के लिए कई बार किया जा चुका था।

वैन जैसे ही रुख़सत हुई, हक्कू फई ने अपने दोनों हाथों की दो-दो उँगलियों को अपने पोपले मुँह में तालू के नीचे फँसाया और उसी समय एक भयंकर गूँजती हुई सीटी और प्रबल फुफकारते श्वासोच्छ्‌वास ने इम्प्रेस मिल के भग्नावशेषों को हिला डाला। फिर अभियान दल के सभी सदस्यों ने पोज़ीशन ले ली और रोमिंग्टन दस्तूर के घर पर धावा बोल दिया। ऊषा बाई ने दराँती के एक ही वार से लोहे के गेट से उलझी बेगुनिया की सूखी झाड़ियों को काट फेंका। शम्भू की लम्बी कैंची खच्च-खच्च की आवाज़ करती हुई आँगन के सूखे डंठलों पर झपट पड़ी। फिर बारी आई बरामदे में फैली खरपतवारों की और उसके बाद उन ढीठ उजड्ड और बेशरम झाड़ियों की, जो खिड़कियों के रास्ते सीधे घर में घुस आई थीं। उन झाड़ियों से निबटने के लिए सिर्फ़ कैंची ही काफी नहीं थी। शम्भू ने ऊपरी डंठलों को काट गिराने के बाद फावड़ा हाथ में लिया और सीधे जड़ों पर हमला

कर दिया। जड़ें जैसे ही ज़मीन से बाहर आईं, ज़मीन के अन्दर के गुप्त तहखानों से चींटियों और कीड़े-मकोड़ों की फ़ौज उभर पड़ी। यह हमला इतना अप्रत्याशित था कि कुछ देर के लिए सब हड़बड़ा गए, लेकिन हक्कू फई के जांबाज आशिक ठीक समय पर सामने आए और कीटनाशक दवाइयों का स्प्रे हाथ में लेकर उन्होंने मोर्चा सँभाल लिया।

इस अफ़रा-तफ़री और हड़बोंग को जवाईं बड़े हैरानकुन अन्दाज़ से देख रहा था। उसके कान लगभग आधे घंटे से खड़े-के-खड़े थे। वह भौंकना और किंकियाना तो दूर, पूँछ हिलाना भी भूल गया था। वह चौकन्नी आँखों से इन अबूझ मानवीय क्रिया-कलापों को देखते हुए अपनी भागीदारी सुनिश्चित कर रहा था। आख़िर जब उसे कुछ समझ में नहीं आया तो कीड़ों की फ़ौज के ऊपर अकारण धमाचौकड़ी मचाने लगा। इस बेवकूफ़ाना हरकत से कीड़ों की पंक्तिबद्ध सेना बिखर गई और भगदड़ का नतीजा यह हुआ कि कुछ कीड़े कुचल गए, कुछ उसकी टाँगों पर चढ़ गए और कुछ मुकादम बन्धुओं के पाजामे में प्रवेश कर गए। टेस्टर मुकादम की जाँघ पर जैसे ही एक कीड़े ने डंक मारा, उसने झल्लाकर स्प्रे का पम्प जवाईं के मुँह पर दे मारा।

उधर, घर के अन्दर ऊषा बाई लम्बे डंडे वाला झाड़ू हाथ में लिये इधर से उधर चक्कर काटती हुई मकड़जालों पर हाथ आज़मा रही थी। उसने जैसे ही अपने जवाईं का करुण आर्तनाद सुना, तुरन्त झाड़ू फेंककर खिड़की की तरफ़ लपकी और जैसे ही उसने आँगन में झाँका, उसका मुँह खुला का खुला रह गया। टेस्टर मुकादम और हरजी मुकादम अपने पाजामे उतारकर नंगे नाच रहे थे और कीड़ों से बचाव के लिए शम्भू उनके ऊपर बारी-बारी से कीटनाशक का छिड़काव कर रहा था।

इन बाहरी बखेड़ों से बेख़बर हक्कू फई गुसलख़ाने की काई लगी दीवारों और खुरदरी रेशेदार परतों से काले पड़े हुए हम्माम और महीनों पुरानी सूखी टट्टी से जाम हो चुके कमोड पर पूरी ताक़त से ब्रश फेरती हुई पता नहीं कौन-सी भाषा में बड़बड़ा रही थीं। उनकी ज़ोरदार मर्दाना गालियों का असर इतना तेज़ था कि वर्षों से जंग खाई नल की टोंटी अपने आप खुल गई। दीवारों से काई तो काई, उसके साथ पलस्तर भी उधड़ गया और मैल की परतें एक पल में ऐसे ग़ायब हो गईं कि जैसे इनका कोई अस्तित्व ही न हो। नहाने का ताँबे का लोटा अपने आप चमचमा उठा। यहाँ तक कि नल

से आने वाले पानी में भी जून की भयानक तपिश के बावजूद शीतलता आ गई और पूरा गुसलख़ाना डर के मारे ऐसे महकने लगा जैसे इत्र सुवासित जल से उसे नहला दिया गया हो।

गुसलख़ाने की बेहूदगियों को बहुत सख़्ती से रगड़ने के बाद हक्कू फई के तेज़गाम क़दमों ने रसोईघर का रुख़ लिया और अगले ही पल वर्षों से शान्त पड़े बर्तनों के बीच कोहराम मच गया। पसीने से तर-ब-तर और ग़ुस्से से फनफनाती उस बयासी साला बुढ़िया ने एक-एक चम्मच की ख़बर ली और गैस के चूल्हे को इतनी ऊँची आवाज़ में फटकारा कि आटे के कनस्तर में छुपे कॉक्रोच भी डर के मारे भाग निकले। सबसे ज़्यादा मार रेफ्रीज़रेटर को पड़ी। उसके अन्दर बजबजाती जैम और सॉस की शीशियों को कीड़ों-मकोड़ों समेत नाँद में डुबोकर मार डाला गया। फफूँद और काई से लिपटे जालीदार शेल्फ को बाहर निकाल कर पटक-पटक कर पीटा गया। फिर चूल्हे के नीचे की चबूतरानुमा आलमारी की बारी आई, जहाँ कॉक्रोचों और चूहों का एकछत्र राज्य था और वहाँ पड़ी हुई चीज़ें एक-दूसरे से कहीं ज़्यादा उलझी हुई थीं। लेकिन हक्कू फई ने व्यर्थ की बारीकियों और एहतियात से अपने काम की गति को धीमा करने के बजाय उस अंगड़-खंगड़ को ही पूरा उलट दिया और किसी भी तरह की टूट-फूट की परवाह किए बिना अपने काम में लगी रही।

और कुछ ही देर में उसने रोज़मर्रा की ज़रूरी चीज़ों का पूरा एक नया संसार रच डाला। इस बीच दो अलग-अलग कमरों में भी छिटपुट कार्रवाइयाँ जारी थीं। फ़र्श की फटी हुई दरारों से घास उखाड़कर उसमें सीमेंट भर दी गई।

खिड़की के अड़ियल पैनलों के जंग खाए कब्जों से जंग छुड़ा दी गई। दरवाज़े को ठोक-पीटकर ठीक कर दिया गया। दीमक की चबाई ताक-पट्टियों पर वॉर्निश चढ़ा दी गई। होल्डरों से पुराने फ्यूज़्ड बल्ब निकालकर नए बल्ब लगा दिए गए। पूजा की वेदी में धूल-धक्कड़ से अँटे पैगम्बरों को पोंछ-पाँछकर वापस चमका दिया गया।

इन सब गतिविधियों को रोमिंग्टन दस्तूर अपनी लमटँगी कुर्सी में पड़े-पड़े देखते रहे। वे चाहते तो भी कुछ नहीं कर सकते थे क्योंकि उनके दोनों हाथ कुर्सी के हत्थों के साथ उस ज़ंज़ीर से जकड़ दिए गए थे जिसका इस्तेमाल उनके ऊपर पहले भी दो बार हो चुका था। एक बार तब, जब

उन्होंने अपनी माँ की देह को टावर ऑफ़ साइलेंस में देखा था और दूसरी बार तब, जब उनकी पत्नी ने कैंसर की बीमारी से त्रस्त होकर अपना स्तन कटवा लिया था।

अब वे अपने सामने हो रहे प्रहसन के सिर्फ़ एक दर्शक थे लेकिन कोई नहीं जानता था कि उनका ध्यान इस विक्षिप्त सुधार कार्य की तरफ़ नहीं था बल्कि वे उस क्रमिक ह्रास को देख रहे थे जो उन्हें पृष्ठभूमि में दिखाई दे रहा था।

वे बहुत ध्यान से दीवार पर टँगी तस्वीरों के उस लम्बे पैनल को देख रहे थे, जिसमें पहली तस्वीर जमशेदजी टाटा की थी और आख़िरी रतन टाटा की। उनकी आँखें जमशेदजी टाटा के चेहरे को बहुत आदरपूर्ण भावुकता से देखती रहीं। फिर धीरे-धीरे दूसरी तस्वीरों पर फिसलती हुई उनकी नज़रें जब आख़िरी तस्वीर तक पहुँची, तब उनकी आँखों में उस आर्द्रता और सम्मानपूर्ण नमी का नामोनिशान नहीं था बल्कि उनकी आँखों में थोड़ी ख़फ़गी और पेशानी पर हल्की-सी शिकन उभर आई।

फिर वह तस्वीर धीरे-धीरे धुँधली पड़ने लगी और तस्वीर के पूरी तरह फेड होते ही उसी फ्रेम में स्मृतियों और काल्पनिक दृश्यों का घालमेल शुरू हो गया। फ्रेम धीरे-धीरे एन्लार्ज होता है और उसी अनुपात में बदलते दृश्यों के कोलाज का भी आकार बड़ा होता है। फिर दृश्य स्थिर होता है और मिल के अहाते में लेप रनवे पर खड़ी रोमिंग्टन दस्तूर की आकृति दिखाई देती है।

लोहे की पटरियों पर दृश्य धीमी गति से आगे बढ़ता है। मिल के उजाड़े जा चुके स्ट्रक्चर के मलबे के बीच से गुज़रते हुए लेप रनवे पर सवार दस्तूर जी की आकृति सबसे पहले जिनिंग डिपार्टमेंट के शेड में पहुँची। वहाँ एक कपास धुनने की दैत्याकार मशीन थी, जिसे सैकड़ों गिद्धों ने घेर रखा था। वे बड़े इत्मीनान से लोहे के टुकड़ों को नोंच और निगल रहे थे। जब दस्तूर जी की रनवे पर रेंगती आकृति वहाँ से गुजरी तो उन्होंने सिर उठाकर उन्हें देखा, फिर अपनी गर्दनें झुका लीं और मशीन पर पूर्ववत चोंच मारने लगे। लगभग यही नजारा स्पिनिंग डिपार्टमेंट में भी था। फ़र्क़ सिर्फ़ इतना था कि वहाँ अब मशीनों के नुचे हुए अवशेष बचे थे और अघाए हुए गिद्ध लोहे के एंगलों पर बैठे ऊँघ रहे थे।

दस्तूर जी की आकृति उनके बीच से गुजरती हुई भूतपूर्व स्पिनिंग

डायरेक्टर एन.बी. सकलातवाला की आदमकद तस्वीर के सामने ठहर गई। सकलातवाला बहुत विवश निगाहों से दस्तूर जी को देख रहे थे। दोनों एक-दूसरे को कुछ देर देखते रहे। फिर सकलातवाला की तस्वीर का सिर झुक गया। कुछ देर बाद दस्तूर जी की आकृति ने भी सिर झुका लिया। उनकी झुके हुए सिर वाली आकृति लेप रनवे पर सरकती हुई आगे बढ़ी। स्पिनिंग डिपार्टमेंट से बाहर आकर वह मिल की कैंटीन की तरफ़ मुड़ी। वहाँ अब भी पचास के दशक के धोती-कुरते और फेंटेवाले लिबास में कर्मचारियों की टोली चाय की प्याली हाथ में लिये बैठी थी। उनकी प्यालियों से हालाँकि अब भी भाप उठ रही थी, लेकिन अब वे चुस्कियाँ लेने में असमर्थ थे। उनके पीछे एक जूक बॉक्स था, जिसमें रिकॉर्ड बारी-बारी से गिर और घूम रहे थे, लेकिन अब किसी भी प्रकार की ध्वनि उत्पन्न नहीं हो रही थी। दस्तूर जी की आकृति ने इस बेआवाज़ गर्दिश को ग़ौर से देखा और देखते ही देखते वह जूक बॉक्स एक विशाल काले कौए में बदल गया। दस्तूर जी की आकृति तुरन्त सहमकर पीछे हट गई।

कैंटीन से बाहर निकलने के बाद भी काँव-काँव सुनाई देती रही। रास्ते में और भी ऐसे कई पुराने अवशेष थे। उस विशाल उद्यम की उघड़ी हुई लाश पर दस्तूर जी की आकृति तेज़ी से गुजरती रही। न उसने सर बेजनजी दादाभाई मेहता की कीचड़ के सूखे ढेर में पड़ी तस्वीर को उठाया, न धूप और झुलसती हुई धूल से लिथड़ी जमशेदजी की मूर्ति के सामने सिर झुकाया, न सोहराबजी बेजनजी मेहता की तस्वीर से हाथ मिलाया। वे चारों तरफ़ से झपटते कौओं के विध्वंसकारी कोलाहल से बचते हुए एक इमारत की तरफ़ बढ़े। इमारत के अन्दर दाख़िल होते ही उनकी आकृति ने दरवाज़ा बन्द कर दिया और कुछ देर तक आँखें बन्द कर गहरी साँस लेती रही। कुछ देर बाद जब उखड़ी हुई साँस सम पर आई तब उनकी आकृति ने आँखें खोलीं और ख़ुद को मिल के क्रेच में पाया। वहाँ रस्सियों से बँधे कई कतारबद्ध पालने थे। पालनों की दोहरी कतारों के बीच खड़ी उनकी आकृति उन बच्चों को देख रही थी, जो काम पर गई अपनी माताओं के इन्तज़ार में रो रहे थे।

वहाँ बच्चों की देखभाल करती धाय माताएँ भी थीं, जो झूले की डोर हाथ में थामे एक साथ झूले झुलातीं, झुनझुने बजातीं और बच्चों के होंठों में जनम-घूँटी देती इधर से उधर आती दिखाई दीं। फिर पार्श्व से दोपहर के

अवकाश की घंटी सुनाई दी और बच्चों की असली अधीर चिन्तातुर माताएँ एक साथ हड़बोंग मचाती हुई अपने-अपने बच्चों को स्तनपान कराने की होड़ में शामिल हो गईं। फिर गोद में बच्चों को दुलारते हाथों की थपकियाँ और अलग-अलग भाषाओं में गाई जा रही लोरियों की पंचमेल खिचड़ी का समूहगान सुनाई देता है।

एक बार फिर दृश्य और आवाज़ों का जटिल हेर-फेर। माताओं के समूहगान के स्वर पर नीलामी की बोली ओव्हरलैप होती है और क्रेच में बच्चों और उनकी माताओं की जगह कम्पनी के अधिकारी और कबाड़ी दिखाई देते हैं।

पाँच हज़ार एक सौ एक पर जाने के बाद बोली ठहर गई। कबाड़ियों की मिलीभगत और अधिकारी की भागीदारी ने आपस में एक अश्लील इशारा किया और सारा मामला बहुत सस्ते में निबट गया।

फिर एक के बाद एक टीक वुड से बने उन बेशक़ीमती पालनों को हटा दिया गया जिन्हें रोते हुए बच्चों को चुप कराने और सुलाने का एक सौ सत्ताईस साल पुराना अनुभव था।

अब उस ख़ाली, वीरान और भुतहे हॉल में अभी-अभी काटी गई पुरानी, पुनीत, प्रतिज्ञाबद्ध और सहधर्मी रस्सियों और धूल कणों से भरी धूप की आड़ी-तिरछी शहतीरों के बीच दस्तूर जी की अकेली, पथराई हुई आकृति दिखाई देती है।

स्मृतियों और बिम्बों की लम्बी रील जब ख़त्म होती है तो हम दस्तूर जी के वास्तविक शरीर को देखते हैं। वे कुर्सी से बँधे हैं और एकटक रतन टाटा की तस्वीर को देख रहे हैं। फिर कुछ देर बाद उनका धीमा और उदास स्वर सुनाई दिया—"आ आपणा देश नी पेली मिल हती जेमा लेडीज़ वर्कर्स ना नल्ला पोरइयाओ माटे जमशेदजीऐ क्रेस बनवायबू हतू...आजे इबीनीलाम तई गपू...।" (ये हमारे देश की पहली मिल थी जिसमें लेडीज़ वर्कर्स के नन्हे बच्चों के लिए जमशेदजी ने क्रेच बनवाया था...। आज वह भी नीलाम हो गया)।

टेम्पटन दस्तूर, जो काफ़ी देर से अपने पिता की मौन भंगिमा को निहार रहे थे, उनके इस संवाद से चौंक गए। उनके कान खड़े हो गए और वे अपने पिता की बात ध्यान से सुनने के लिए थोड़ा आगे झुक गए।

"रतन ! आ मिल आपणी मदर कन्सर्न हती। आमा थ ज टाटा नो पूरो एम्पायर पैदा थयो छे। पण तें पोतानी गइल्ढी मांने रेढ़ी मूको दीघी...।" (रतन! यह मिल हमारी मदर कन्सर्न थी। इसी में से टाटा का पूरा एम्पायर पैदा हुआ है...पर तूने अपनी बूढ़ी माँ को लावारिस छोड़ दिया।)

और फिर हमेशा चुप रहने वाले रोमिंग्टन दस्तूर बोलते चले गए—"जमशेदजी टाटा साचा जरतोस्त्री हता तेओए आवो महान निरंगवर आ गुलाम देश नी कमनसीब प्रजा ने थामो देवा माटे कयों हतो। अने ख़ास अंग्रेज़ों नी सामे पगभर चवा माटे भट्ठियो सडगायवीती। पण हाल नी पारसी ओलाद खरेज बदनसीब छे ते ओ पोताना आवा महान पूर्वजोना आ मुबारक इतिहास थी वाक़िफ़ थवा माँगताज न थी...। हरिफ़ाइल त्यारे पण हती अने हजू छे पण हरिफ़ाइल करीने पोतानी भट्ठियो ना आतश ने जीवतो राखवो एक जतनू। सवाब छे अने मिल ने लिक्विडेशन मां नाखी ने हाथ खेची लेवो अजाब छे।" (जमशेदजी टाटा सच्चे जरथ्रुष्टी थे। उन्होंने यह महान अनुशासन इस गुलाम देश की कमनसीब प्रजा को सहारा देने के लिए किया था और ख़ासतौर से अंग्रेज़ों के सामने आत्मनिर्भर बनने के लिए वे भट्ठियाँ जलाई थीं, लेकिन हाल की पारसी औलाद सचमुच बदनसीब है। वह अपने ऐसे महान पूर्वज के इस पवित्र इतिहास से वाक़िफ़ होना नहीं चाहती। प्रतिस्पर्धा तो तब भी थी और आज भी है लेकिन प्रतिस्पर्धा करके अपनी भट्ठियों की अग्नि को जीवित रखना एक तरह का पुण्य है और मिल को लिक्विडेशन में डालकर हाथ खींच लेना एक अज़ाब है।) टेम्पटन दस्तूर हालाँकि बहुत ध्यान से सुन रहे थे लेकिन इस मोनोलॉग को समझने के लिए उन्हें फिर से वैसी ही एकाग्रता की ज़रूरत महसूस हुई जो बचपन में फूल को खिलते हुए देखने में हुई थी। जैसे पंखुड़ियाँ एक-दूसरे से अलग होकर नया आकार ग्रहण करती हैं, ठीक वैसे ही कारणों की उलझी हुई गुत्थी जब खुलेगी तब एक नया और सम्पूर्ण अर्थ प्रकट होगा।

टेम्पटन जी के अन्दर फिर लहू की वह बूँद गर्दिश करने लगी। उनके शोधकार्य का आख़िरी और निर्णायक अध्याय अब शुरू हो गया था। उनके पास कुछ भी जानने-समझने के लिए सिर्फ़ एक रात थी। यही अवसर था जब वे जान सकते थे कि विनाश के इस हुक़्मनामे में कौन-कौन सी काली ताक़तों के हस्ताक्षर हैं और सत्यानाश के इस ढेर के नीचे और क्या-क्या

दबा पड़ा है? कुछ भी जानने के लिए वह आख़िरी मौक़ा था, क्योंकि कल उनके पिता को वापस ले जाया जाएगा और उन्हें बेरहम डॉक्टरों और बेसुध कर देने वाले इंजेक्शनों के हवाले कर दिया जाएगा।

जब वे अपने पिता की बातों में उलझे थे, उस वक़्त घर का सारा साजो-सामान पैक किया जा रहा था। हर चीज़ बड़े इज़्ज़तदार सलीके से और करीने से हॉल के किनारे-किनारे रखी जा चुकी थी। टेम्पटन जी का ध्यान हालाँकि पूरी तरह अपने पिता की बातों में था लेकिन उन्हें यह प्रश्न भी बार-बार परेशान कर रहा था कि जिस घर को कल हमेशा के लिए छोड़ देना है, उस घर की आज इतनी शानदार और जबर्दस्त साफ़-सफ़ाइल करने का क्या औचित्य है? हक्कू फई के स्वभाव के इस अबूझ रहस्य और अपने पिता की बातों की पेचीदगियों में वे उलझते चले गए और आख़िर इतने थक गए कि उनकी आँखों के पोपटे भारी और लाल हो गए। फिर अपने आप नींद से बोझिल पलकें बन्द हो गईं।

एक लम्बी झपकी के बाद जब उनकी नींद टूटी तब-हल्का उजाला हो चुका था। बाहर चिड़ियों की चहचहाहट सुनाई दे रही थी। वे कुछ देर आँखें मलते रहे। फिर एक लम्बी जम्हाई लेते हुए गर्दन फेरी और अगले ही पल उनकी साँस जहाँ-की-तहाँ अटक गई। कुर्सी से उनके पिता ग़ायब थे। न सिर्फ़ वे, बल्कि कुर्सी के जिन हत्थों से उनके हाथ को जकड़ा गया था, वे हत्थे भी ग़ायब थे। यह एक असम्भव अचम्भा था। उन हत्थों को जड़ समेत उखाड़ने में जिस असीमित ताक़त की ज़रूरत थी, वह ताक़त उनके पिता की पतली-दुबली और जर्जर काया में कहाँ से आई?

वे खड़े हो गए। कुछ देर तक उन्हें कुछ समझ में नहीं आया। फिर वे हड़बड़ी में शयन-कक्ष की तरफ़ बढ़े और वहाँ का दृश्य और भी हतप्रभ कर देने वाला था। हक्कू फई कमर तक निर्वस्त्र तकिये पर पीठ टिकाये लेटी थीं और उनके दोनों मेमने अपने हिस्से का एक-एक स्तन मुँह में लिये नींद में सोए थे। टेम्पटन दस्तूर के लिए यह दृश्य भी उतना ही औचक था। उन्होंने झट-से दरवाज़ा बन्द कर दिया। कुछ देर तक वे सोचते रहे कि अभी-अभी जो कुछ उन्होंने देखा, वह नींद की खुमारी का दृश्यभ्रम तो नहीं है? कुछ देर बाद जब उन्हें यक़ीन हो गया कि उनके होशोहवास दुरुस्त हैं, उन्होंने दरवाज़े की कड़ी को खटखटाना शुरू किया और दरवाज़ा खुलने

तक लगातार खटखटाते रहे। गहरी नींद और थकान की खुमारी से उठी हक्कू फई गाउन के ऊपरी बटन बन्द करती हुई और चेहरे पर नासमझ भरी नाराज़गी का भाव लिये जब उनके सामने आईं तो टेम्पटन जी ने बिना वक़्त गँवाए एक ही साँस में पूरा वाकया बयान कर दिया।

हक्कू फई सुस्त क़दमों से चलते हुए ड्राइंगरूम में आईं। उन्होंने उस कुर्सी को देखा जिसके हत्थे ग़ायब थे। कुछ देर तक कमर पर दोनों हाथ टिकाए वे चुपचाप खड़ी रहीं। फिर बिना कोई प्रतिक्रिया व्यक्त किए वॉश बेसिन की तरफ़ चली गईं। चेहरे पर पानी के छींटे मारने के बाद नेपकिन से मुँह पोंछते हुए उन्होंने टेम्पटन को आदेश दिया—"मारी साइकिल बारे काढ़।" (मेरी साइकिल बाहर निकाल।)

टेम्पटन दस्तूर कुछ देर तक नासमझी में खड़े रहे।

"सूँ कीघू में सम्भडातू नई?" (क्या कह रही हूँ मैं, सुनाई नहीं दिया?) अब हक्कू फई की आवाज़ में सुबह की सुस्ती और ख़ुमारी का नामोनिशान नहीं था।

टेम्पटन दस्तूर तुरन्त साइकिल की तरफ़ लपके और उसे बरामदे की सीढ़ियों से नीचे उतारकर आँगन में आ खड़े हुए। कुछ देर बाद हक्कू फई हाथ में छड़ी लिये और सिर पर कैनवस का हैट लगाकर निकल आईं। उनके गमबूटों की आवाज़ से बरामदा गूँज उठा। टेम्पटन दस्तूर ने ज़िन्दगी में पहली बार किसी औरत को गाउन के साथ गमबूट पहने देखा था। उन्होंने दस्तूर के हाथों से साइकिल ली, अपनी लम्बी टाँग उठाकर सीट पर काबिज हुईं और पैडल पर दाएँ पैर की पूरी ताक़त लगा दी। उनकी सत्तर लाल पुरानी साइकिल बिना चूँ-चर्र किए सधी हुई रफ़्तार से उस रास्ते पर चल पड़ी, जिस रास्ते से टेम्पटन दस्तूर मिल के अन्दर दाख़िल होने में कामयाब हुए थे।

हक्कू फई के जाने के बाद टेम्पटन दस्तूर ने एक-एक कर सबको नींद से जगाया। वे सब सुबह की ज़रूरी क्रियाएँ निबटाकर तैयार हुए और मिल की तरफ़ निकल पड़े। जब वे दीवार के छेद में अन्दर घुसकर मिल के अहाते में दाख़िल हुए तो उन्हें दूर तक हक्कू फई की आवाज़ सुनाई दी। वे ऊँची आवाज़ में चिल्ला-चिल्लाकर अपने भाई को पुकार रही थीं। कुछ देर बाद वे सब भी रोमिंग्टन दस्तूर को खोजने के लिए अलग-अलग दिशाओं

में बिखर गए। सुबह से शाम तक सब इधर-उधर भटकते रहे, लेकिन वे कहीं दिखाई नहीं दिए। हक्कू फई ने मिल नं. एक से लेकर मिल नं. पाँच तक के पूरे यार्ड छान मारे लेकिन कहीं कोई सुराग न मिला। उनके साथ जवाईं भी पूरे जोशोखरोश से उस अभियान में जुटा हुआ था लेकिन उसे भी कहीं कोई सफलता नहीं मिली। आख़िर सब थक-हारकर वापस लौट आए।

रात में भोजन के समय सब चुपचाप बैठे रहे। सिर्फ़ एक बार जी.एफ. मुकादम ने यह सलाह दी कि एफ.आई.आर. दर्ज करवा दी जाए मगर हक्कू फई ने 'न' में सिर हिलाकर इस सलाह को ख़ारिज कर दिया।

दूसरे दिन भी वे बिना किसी पूर्व योजना के पागलों की तरह झुलसाती हुई धूप और धूल में इधर-उधर भटकते रहे और फिर शाम को हताश होकर लौट आए।

तीसरे दिन सुबह होते ही हक्कू फई ने शम्भू को उठाया। उसे बेलचा और फावड़ा साथ में रखने की हिदायत दी और सीधे मिल की भट्ठी के पास जा पहुँची। भट्ठी अब पूरी तरह बुझ चुकी थी। उसमें मिल बन्द होने से पहले की टनों राख और मिल बन्द होने के बाद आग जलाए रखने की ज़िद में डाले गए रबर के टुकड़ों और कैनवस के दस्तानों के असंख्य अधजले टुकड़े भरे पड़े थे।

थोड़ी देर उस कचरे और राख को कुरेदने के बाद हक्कू फई को एक चीज़ दिखाई दी, जिसे देखते ही उनकी आँखें सदमे से फटी रह गईं। वह चीज़ रोमिंग्टन दस्तूर की कुश्ती थी और यह एक ऐसी चीज़ थी, जिसे कोई भी पारसी आजीवन अपनी कमर से बाँधे रखता था।

तो क्या रोमिंग्टन दस्तूर ने...?

और इसके आगे हक्कू फई कुछ नहीं सोच पाईं। ऊन से बनी हुई उस डोर को हाथों में लिये वे स्तम्भित-सी खड़ी रहीं लेकिन कुछ ही देर में वे फिर सजग हो गईं। उन्होंने शम्भू को आदेश दिया कि वह राख के उस ढेर को हटा दे लेकिन भट्ठी इतनी बड़ी थी कि दस आदमी भी दिन भर में उसे खाली कर सकने के लिए अपर्याप्त थे। फिर एक के बाद एक सब भट्ठी में उतरने लगे। ऊषा बाई कहीं से एक तसला उठा लाई और मुकादम बन्धु बारी-बारी से बेलचा लाते हुए राख गड्ढे के बाहर उलीचने लगे। हक्कू फई चुपचाप खड़ी रहीं। टेम्पटन दस्तूर उड़ती हुई राख और धूल के बीच

बेचैनी से इधर-उधर चक्कर काटते रहे और जवाईं ज़ोर-ज़ोर से भौंकते हुए चिमनी के चारों और गोल-गोल चक्कर काटता रहा। कभी-कभी वह चिमनी के अन्दर भी घुस जाता और बड़ी विचित्र आवाज़ में भौंकने लगता लेकिन किसी ने उसकी तरफ़ ध्यान नहीं दिया।

सुबह से शाम हो गई, लेकिन राख और कालिख से लिथड़े उन भूतों को आख़िर तक यह समझ नहीं आया कि गड्ढा क्यों खुदवाया जा रहा है। आख़िर जब वे भट्ठी की तह तक पहुँच गए और फावड़े-बेलचे ने फ़ायर ब्रिक्स से टकराकर आगे चलने से इनकार कर दिया तो सब गड्ढे से बाहर आ गए।

अब वे सब हक्कू फई के चेहरे को देख रहे थे और हक्कू फई किसी को नहीं देख रही थीं। इतनी ख़ामोशी और इतनी गहन निराशा उनके चेहरे पर पहले कभी नहीं देखी गई थी। उनके शागिर्दों ने एक-एक कर अपने औज़ार डाल दिए। यहाँ तक कि जवाईं ने भी अपनी दुम नीचे लटका दी और सब चुपचाप गर्दन झुकाकर खड़े हो गए।

उस पराजित और हताश वापसी के बाद हक्कू फई ने कभी किसी से कोई बात नहीं की।

उन सबके मुम्बई लौटने के बाद मिल के भग्नावशेषों के बीच खड़ी उस अकेली और उदास चिमनी के ऊपर कुछ दिनों तक कौवे मँडराते रहे। फिर सब कुछ शान्त हो गया।

दस्तूर हाउस में पुरखों की तस्वीरों की लाइन में रोमिंग्टन दस्तूर की तस्वीर भी शामिल हो गई है। टेम्पटन दस्तूर उस तस्वीर के सामने एक मेज़ पर बैठे घंटों कुछ-न-कुछ सोचते रहते हैं, लेकिन अब वे फूल के बारे में या अपने पिता के बारे में या अपने समुदाय के बारे में नहीं, इम्प्रेस मिल की खाली करवाई गई ज़मीन और उस ज़मीन पर बनने वाली इम्प्रेस सिटी और इम्प्रेस मॉल के बारे में सोचते हैं जिसके शेयर अभी-अभी बाज़ार में इश्यू किए गए हैं। वे शेयर मार्केट की उन गणनाओं को भी ग़ौर से देखते रहे हैं, जिसके अंक इन दिनों लगातार ऊँचाई की तरफ़ बढ़ते जा रहे हैं।

और एक दिन तेज़ रफ़्तार से बढ़ते हुए सूचकांक ने दस हज़ार का आँकड़ा पार कर दिया। ठीक उसी दिन, ठीक उसी समय इम्प्रेस मिल की आख़िरी निशानी को गिरा दिया गया, और एक सौ सत्ताईस साल पुरानी सौ

मीटर ऊँची और पन्द्रह मीटर चौड़ी उस ऐतिहासिक चिमनी के मलबे को टाटा हिताची कम्पनी के डिस्चार्ज लोडर ने सिर्फ़ पाँच घंटे में हटा दिया।

उस वक़्त पूरा देश स्टॉक एक्सचेंज की बिल्डिंग और सचिन तेन्दुलकर द्वारा बनाए जा रहे विश्व कीर्तिमान को देख रहा था। इसलिए किसी को दिखाई नहीं दिया कि चिमनी के उस मलबे में ईंट और चूने के पलस्तर के साथ मानव शरीर का एक कंकाल भी था। उसकी गर्दन की एक हड्डी लोहे के एक मोटे तार के फन्दे में फँसी हुई थी और हाथ की हड्डियाँ कुर्सी के हत्थों के साथ ज़ंजीर से जकड़ी हुई थीं।

सेकेंड लाइफ़

प्रशान्त : मैंने तकलीफ़ें बहुत सही हैं। मुझे दिवास्वप्नों से प्यार है। मुश्किल पड़ते ही मैं अपनी अलसाई हुई निर्द्वन्द्व स्वप्निलता में उतर जाता हूँ और तैरते-तैरते एक ऐसे टापू में पहुँच जाता हूँ जहाँ किसी का राज नहीं चलता। वहाँ मैं अच्छी तरह धुने हुए, मुलायम, शगुफ़्ता और पुरखुलूस लम्हों पर सोता हूँ और गुज़रे हुए वक़्त की सबसे हसीन, सबसे दिलकश और गुदाज रानाइयों से लिपटकर पड़ा रहता हूँ—जब तक जिस्मो-जाँ असली दुनिया का असर ख़त्म नहीं हो जाता, जब तक ठोस सच्चाइयों से पूरी तरह फ़ारिग़ नहीं हो जाता।

फिर मैं एक पवित्र श्वास को अपने भीतर आने देता हूँ। मेरी रूह एक हैरतअंगेज़ जुम्बिश के साथ तमाम ख़ुशगवार रौशनियों, रंगों और ख़ुशबुओं से भर उठती है। फिर मैं बिलकुल हल्की-फुल्की दिमाग़ी कैफ़ियत के साथ अपनी उस ख़ुद-ख़्वाबिदा साज़गार फिज़ाँ में टहलने निकल पड़ता हूँ, जिसके आगे ख़ुदा की जन्नत भी पनाह माँगती है।

वहाँ मुझे न कुछ पाने की लालसा रहती है, न खोने का डर! न बीती बातों का अफ़सोस, न भविष्य का कोई अन्देशा। न कोई कॉम्पिटिशन, न परफ़ॉर्मेंस लेवल। न भागदौड़, न तनाव। न बड़ी-बड़ी योजनाएँ, न डरावने लक्ष्य। न अमानवीय पैमाने, न अयोग्य करार दिए जाने का डर। न बेदख़ली, न आक्रोश, न नर्वस ब्रेकडाउन।

ऐसी तमाम बेमुरव्वत, बेकार, बदसूरत, बदअंजाम और बदनाम चीज़ें वहाँ प्रतिबन्धित हैं, जिनसे मनुष्य निजात पाना चाहता है, जो बहुतायत में हमारी दुनिया में मौजूद हैं और जिनका न होना ही ज़्यादा अच्छा है, जो

कभी किसी व्यक्ति को चैन की एक साँस नहीं लेने देतीं। जन्म से पहले भ्रूणावस्था में ही उसे जकड़ लेती हैं और मरते दम तक बल्कि मरने के बाद भी उसका पीछा नहीं छोड़तीं।

ये सब चीज़ें मेरी उस दुनिया में नहीं हैं और यही वजह है कि वहाँ तकलीफ़ें भी नहीं हैं। वहाँ की फिज़ाओं में प्रागैतिहासिक स्वर लहरियों के साथ नूतन नादानियाँ थिरकती रहती हैं। वहाँ बीयर के झागदार झरने बहते हैं और आसमान पर मासूम-सा नशा छाया रहता है। वहाँ दूध की नदियाँ बहती हैं और उन नदियों में सेहतमन्द दिलचस्पियाँ तैरती रहती हैं। वहाँ पकी फसलों के सुनहरे फैलाव पर फलों और फूलों की सुगन्ध-सहेलियाँ इठलाती फिरती हैं। वहाँ आदिम पुरखों के अनुभव और नए तौर-तरीक़े बाँहों में बाँहें डाले घूमते हैं। वहाँ के हर दाने पर खाने वाले का नाम लिखा होता है, वहाँ उम्मीदों पर कभी पानी नहीं फिरता, न ही कभी सिर के ऊपर से निकलता है। पानी का काम है प्यास बुझाना, हवा का काम है सुगन्ध-सहेलियों को टहलाना। बादल हैंग-ग्लाइडिंग के काम आते हैं, चाँद प्रेमियों की कश्ती का माझी है और सितारे बच्चों के हाथ के खिलौने। सूरज को रास्तों से बर्फ़ हटाने के काम पर लगाया जाता है। गर्मियाँ आम, आइसक्रीम, शरबत और लस्सी बाँटने आती हैं, सर्दियाँ शर्मीली लड़कियों की तरह चाय सर्व करती हैं और बरसात का मौसम सबको गरमागरम पकौड़े खिलाता है।

वहाँ पतन और विनाश को कोई नहीं पहचानता और वर्जनाओं का प्रवेश भी वर्जित है। वहाँ रिश्ते इतने तरल और पारदर्शी हैं कि उन्हें परिभाषित नहीं किया जा सकता।

वहाँ निरर्थकता और विसंगति को कोई जगह नहीं मिलती क्योंकि गहन से गहनतर कामनाओं को भी स्वर मिल जाते हैं।

इन्हीं सब ख़ासियतों की वजह से मेरी ख़्वाबग़ाह के हर इनसान के चेहरे पर नूर है। उसकी सरलता में वो भव्यता है, जो बाहर की आलीशान दुनिया में सजावट की लाख कोशिशों से भी नहीं हासिल होती।

वह पोर्टेंड तृप्ति के लिए छटपटाता कोई उत्तर आधुनिक कीड़ा नहीं है क्योंकि भावनाओं के इज़हार के उसके सारे माध्यम नैसर्गिक हैं।

वह तेज़ और क्रूर गति से चलने वाला मैकेनिकल आदमी नहीं है।

उसके पास धीमी गति से चलने वाला समय है और अपनी आत्मा के लिए अवकाश भी।

उसकी सकारात्मक शक्ति में असीम धैर्य है और वचन और कर्म में अपूर्व सन्तुलन।

वह एक आला दर्ज़े की रवायती वैल्यूज़ से ताल्लुक रखने वाली बिरादरी का बिरादर है और यही वजह है कि उसके चेहरे पर काँसे और लोहे-जैसी गाढ़ी रंगत वाली वो आभा चमचमाती रहती है जिसे सिर्फ़ एक ही शब्द से परिभाषित किया जा सकता है : गरिमा।

मेरे इस अनूठे संसार में अगर कमी है तो सिर्फ़ सच की। लेकिन जहाँ इतनी जायकेदार अच्छाइयाँ हों, वहाँ किसी कड़वे सच का भला क्या काम? फिर भी, सच रहित ज़िन्दगी फीकी-फीकी-सी लगती है। सुख की अधिकता से कभी-कभी मन ऊब जाता है। डर लगा रहता है कि चेतना पर कहीं चर्बी न चढ़ जाए कि निर्द्वन्द्व स्वप्निलता कहीं नपुंसक अकर्मण्यता में न बदल जाए।

इस डर से फ़ारिग होने के लिए मैं अपने सपने में सोचने लगता हूँ। सोच-सोचकर एक वास्तविक दुनिया बनाता हूँ और तब मुझे दिखाई देता है कि यथार्थ इधर-उधर मारा-मारा फिर रहा है, उसे देखने-पूछने वाला कोई नहीं है।

मैं अपने दिमाग़ की वर्जिश के लिए उसके साथ छेड़छाड़ शुरू करता हूँ। उसे भरपूर तरीक़ों से सताने के बाद दूर-दूर तक खदेड़ता हूँ और उसकी ऐसी-तैसी करने में कोई कसर नहीं छोड़ता।

मैं यथार्थ को ठीक उस रूप में चित्रित करता हूँ जिस रूप में यथार्थ ने हमेशा अपने क्रूर और तीख़े तरीक़ों से मानवीय दुनिया का चित्रण किया है।

मैं उसे उस रूप में देखता हूँ जिस रूप में किसी मनुष्य का दिखना समूची मानवता का अपमान माना जाता है—घनघोर अस्तित्व के संकटों से घिरा कोई आदमी जिसे बहुत क्रूर तरीक़ों से सताया गया हो। वह अपने सड़े-गले अंगों के साथ सड़कों पर घिसट रहा है। मैं एक-एक कर उसकी हर एक चीज़ उससे छीन लेता हूँ। मैं किसी काल्पनिक राहत को उसके पास भटकने नहीं देता। मैं उसके अन्दर के उस न्यूनतम तत्व को भी अपने जूते से कुचलकर रख देता हूँ जो दिवास्वप्नों को या किसी वर्चुअल सुरक्षा की कामना को जन्म देते हैं।

मैं उसका सब कुछ, यहाँ तक कि ख़ुदकुशी के उसके इरादे और उसकी प्राकृतिक मृत्यु को भी उससे छीन लेता हूँ। मैं चाहता हूँ कि वह बेमौत घिसटता रहे जब तक मक्खियों का झुंड उसके पीछे न पड़ जाए, जब तक कौवे की चोंच का पहला वार उसकी जिजीविषा को झिंझोड़ न दे। जब तक...लेकिन उसकी ऐसी परिणति के बारे में सोचकर मुझे बोरियत होने लगती है। आख़िर इसमें ऐसी कौन-सी मज़े की बात है कि आख़िरकार वह दम ही तोड़ दे?

मैं उसे मृत्यु के कगार से घसीटकर रोज़मर्रा के संघर्षों के बीच ले आता हूँ और तब पहली बार उसे मालूम पड़ता है कि रिक्शा चलाने, ठेला खींचने, ईंट-गारा ढोने, गन्ना पेरने, पत्थर तोड़ने, लकड़ी चीरने, बोरे लादने और ऐसे ही दीगर हाड़-तोड़ काम करने के लिए एक शरीर में कितने प्वाइंट ख़ून और कितनी ताक़त लगती है और ख़ून सूख जाने या ताक़त चुक जाने के बाद लोगों से झूठ बोलकर पैसे उधार माँगने, साइकिल या जूते-चप्पल वग़ैरह चुराने, धोखाधड़ी करने, सट्टा लिखने, गांजे और अवैध शराब की हेराफेरी करने, भीड़-भाड़ वाली जगहों में चकमा देकर किसी का पर्स उठाकर ग़ायब हो जाने, सब्ज़ी ख़रीदने के बहाने रेहड़ी वालों की गुल्लक में हाथ साफ़ कर लेने, सार्वजनिक नलों से किसी की बाल्टी या भगौना पार कर लेने या किसी व्यस्त दुकानदार को रेज़गारी के चक्कर में उलझाकर अपने दस के नोट की एवज में सौ रुपये भुना लेने या किसी घायल आदमी की मदद के बहाने उसकी जेबें टटोल लेने जैसे बहुत मुश्किल काम को अंजाम देने में कितनी हिम्मत की ज़रूरत पड़ती है और इस हिम्मत के चुक जाने के बाद भीड़ के लात-घूसे खाने, बाल पकड़कर घसीटे जाने, कपड़े फाड़कर नंगा कर दिए जाने, मुँह पर कालिख पोतकर पुलिस के हवाले कर दिए जाने और वहाँ से बुरी तरह और पूरी तरह टूटकर आने के बाद गम्भीर रूप से बीमार पड़ने, छीजने, तिल-तिलकर मरने या ट्रक के आगे ख़ुद को कुचलवा लेने या गले में फन्दा डाल लेने या कीटनाशक वग़ैरह पी लेने या मिट्टी का तेल छिड़ककर ख़ुद को जला लेने के विकल्पों में से किसी एक विकल्प को चुनने के लिए किस तरह के टेलैंट की ज़रूरत होती है?

इन सब स्थितियों और हक़ीक़तों से गुज़रने के बाद वास्तविक दुनिया से यथार्थ का मोहभंग हो गया और यह देखकर मुझे बहुत मज़ा आता है

कि वह भी मेरे स्वप्नलोक में घुसने की साज़िश कर रहा है।

एक रात जब यथार्थ मेरी ख़्वाबग़ाह की मजबूत दीवारों पर सेंध मार रहा था, मैंने उसे पकड़ लिया। वह पसीने से लथपथ था और बेहिसाब ताक़त से कुदाल चला रहा था। पहले मैंने सोचा कि उसे वहीं ढेर कर दिया जाए, मगर फिर ख़याल आया कि उसे अन्दर आने दिया जाए ताकि वह भी एक बार देख ले कि मेरी ख़ुदख़्वाबिदा जन्नत में कौन-सी मज़ेदार चीज़ें हैं और कैसे मैं उसका लुत्फ़ उठाता हूँ।

वह अन्दर आया और उसने सब देखा। फिर उसने मुझे देखा और मैंने भौहें तरेरकर पूछा, "यहाँ क्यों आए हो?"

वह मुझे चुपचाप टुकुर-टुकुर देखता रहा। मैंने आगे बढ़कर उसका गिरेबान पकड़ लिया। उसने ख़ुद को छुड़ाने की कोई कोशिश नहीं की, सिर्फ़ विचित्र और ठंडी निगाहों से मुझे देखता रहा। उसके इरादे क्या थे, यह जानना तो मुश्किल था, लेकिन उसकी आँखों में ख़ौफ़ का या शर्मो-लिहाज़ का कहीं नामोनिशान नहीं था बल्कि वह एक ऐसे ढीठ की तरह मेरे सामने खड़ा था जिसे जिस्मानी और दिमाग़ी तौर पर कई बार आजमाया जा चुका हो।

मैंने उसका गिरेबान छोड़ दिया और ज़रा तरस खाते हुए उसके कन्धों पर हाथ रख दिए, "सुनो, तुम्हारा जो हाल होना था, हो चुका। अब यहाँ आने की क्या ज़रूरत है?"

उसने जब इस बार भी कोई चूँ-चपड़ नहीं की तो मुझे पूरा यक़ीन हो गया कि वह बिना किसी प्रतिरोध के सिर्फ़ एक गुलाम की तरह मेरी ख़्वाबग़ाह में पनाह लेना चाहता है।

"चलो, बहुत हो गया अब," मैंने उसे लगभग धकियाते हुए कहा, "मेरी ख़ूबसूरत दुनिया में टाँग घुसेड़कर गन्दगी मत फैलाओ...निकल जाओ यहाँ से..."

"मैं यहाँ रहने नहीं आया हूँ।" उसने धक्का खाने के बावजूद स्थिर आवाज़ में कहा।

"तो?" मैंने आश्चर्य से पूछा।

"मैं तुम्हें अपने साथ ले जाने आया हूँ।"

इतना सुनते ही मेरे पंजे उसकी गर्दन पर झपट पड़े। मैंने उसे बुरी तरह झंझोड़ दिया।

"तुम होते कौन हो मुझे राह बताने वाले?"

"मैं यथार्थ हूँ। तुम मुझसे अलग नहीं रह सकते।"

इस बार मैंने सीधे उसकी आँखों में आँखें डालकर देखा। बहुत देर तक भयानक टकटकी हम दोनों के बीच क़ायम रही। फिर झुँझलाकर मैंने पीठ फेर ली और उससे मुख़ातिब हुए बग़ैर कहा, "आख़िर कब तुम्हें यह समझ में आएगा कि तुम बिलकुल ख़त्म हो गए हो।"

कुछ देर तक उसकी कोई आवाज़ नहीं आई। फिर अपने कन्धे पर मैंने उसके हाथ के सख़्त दबाव को महसूस किया, "अगर मेरा कोई वजूद नहीं है, अगर मैं बेपाया हूँ तो तुम किससे लड़ रहे हो?"

उसके इस सवाल ने मुझे लाजवाब कर दिया। जब मैंने कोई जवाब नहीं दिया तो उसके सख़्त पंजे ने मेरे कन्धे को अपनी ओर मोड़ना शुरू कर दिया। अब हम सामने-सामने थे लेकिन इस बार उसके बजाय मेरा चेहरा झुका हुआ था।

"क्या तुम यह समझते हो कि बेख़ुदी में रहकर तुम ख़ुद को पा लोगे?" उसने अपने हाथ से मेरा चेहरा ऊपर उठाकर पूछा, "क्या तुम इस मुग़ालते में हो कि अपने आप को हर चीज़ से अलग या हर चीज़ को अपने आप से अलग कर देने के मकसद में तुम क़ामयाब हो जाओगे?"

मैं चुप रहा। आख़िर बोल ही क्या सकता था? "याद रखना," उसने किसी आदिम मसीहा की तरह मुझे चेताया, "कोई भी ख़्वाब दुनिया की ज़िम्मेदारियों को बदल नहीं सकता। अब भी वक़्त है अपने आप को पहचान लो। मान लो कि भ्रम और सपने तुम्हें आरज़ी तौर पर मुझसे दूर रख सकते हैं, आख़िरी तौर पर नहीं, अगर आख़िरी तौर पर मुझसे दूर रहना मुमकिन होता तो न तुम होते, न तुम्हारे ख़्वाब। तुम और तुम्हारे बेसिर ख़्वाब इसलिए हैं क्योंकि मैं हूँ। वह मैं ही था जिसने तुम्हें पागलपन के गर्त से बाहर खींच लिया था। मैंने ही तुम्हें हत्या और आत्महत्या जैसे कारनामों से अब तक दूर रखा है। और उस दिन जब तुम्हें मरीनो इंडस्ट्रीज से बेदख़ल किया गया था और तुम भयानक ग़ुस्से में कम्पनी के हेड ऑफ़िस की बिल्डिंग में दाख़िल हुए थे, तब भी मैं तुम्हारे साथ था। मैं तुम्हारे इरादे को भाँपने की कोशिश कर रहा था। बारहवीं मंजिल पर तुम लिफ़्ट से बाहर आए और काँच के दरवाज़ों को ठेलकर जब तुम रिसेप्शन में दाख़िल हुए तब तुम्हारे

इरादों को जानकर मैं काँप गया। तुम कम्पनी के नए एम.डी. को कुर्सी सहित उठाकर बाहर फेंक देना चाहते थे और अपने इस इरादे को अमल में लाने के लिए तुमने पोजीशन भी ले ली थी। मैंने पूरी ताक़त लगाकर तुम्हें ऐसा करने से रोका और मेरी इस दख़लंदाज़ी से तुम और भी ज़्यादा बिफर उठे। तुम एम.डी. को तो नहीं फेंक सके लेकिन उसकी कुर्सी को हवा में उछालने और खिड़की का शीशा तोड़कर बाहर जाने से मैं नहीं रोक पाया। फिर तुमने मेज़ के सामने पड़ी एक और कुर्सी उठा ली और उसके मजबूत पायों के वार से उस कॉर्पोरेट ऑफ़िस के पूरे तामझाम को तहस-नहस कर डाला। तुम एक मूर्खतापूर्ण निरर्थक क्रूर उन्माद से भरे हुए थे। तुम कुछ भी अंट-शंट बक रहे थे। तुम चीख़ते-चिल्लाते हुए ऑफ़िस से बाहर निकले और आसपास खड़े लोगों को धकियाते हुए सीढ़ी की तरफ़ लपके। मारे ग़ुस्से के तुम्हारी हिचकी बँध गई थी। तुम भर्राई हुई आवाज़ में रोते और बुरी तरह लड़खड़ाते हुए सीढ़ियाँ उतरने लगे। अगर मैंने तुम्हें सहारा न दिया होता तो तुम्हारे बजाय तुम्हारी लाश नीचे आती।

"बिल्डिंग से बाहर निकलते ही तुम मुझसे छुटकारा पाकर भागने लगे। अपनी बेलौस उग्रता के साथ तुम फुटपाथ की भीड़ में धँस गए। तुमने कई लोगों को धक्के मारकर गिरा दिया। फिर बौखलाई हुई भीड़ ने तुम्हें लात-घूँसे मारकर सड़क पर धकेल दिया। महानगर के परिवहन से टकराकर उछलते तुम्हारे जिस्म को जिस किसी ने देखा होगा, वह कभी इस बात पर यक़ीन नहीं करेगा कि तुम अभी तक ज़िन्दा हो।

"अपने घायल जिस्म और टूटे हुए घुटने के साथ लँगड़ाते-लड़खड़ाते तुम एक बार फिर फुटपाथ पर आए और पत्थर की एक बेंच पर बैठ गए। बहुत ज़्यादा घायल हो जाने के कारण अब तुम पहचान में नहीं आ रहे थे। तुम्हारी जगह अगर कोई और होता तो अब तक बेहोश हो जाता लेकिन तुमने बज़िद ख़ुद को बेहोश होने से बचाए रखा था और इतनी सारी धक्का-पेल के बावज़ूद तुम्हारे कन्धे पर लटकता चमड़े का बैग सही सलामत था। बेंच पर कुछ देर तक तुम भकुआए-से बैठे रहे। फिर तुमने अपना बैग खोला और उसमें से अपना लैपटॉप निकालकर उसे अपनी जाँघों पर खोल लिया। की-बोर्ड पर तुम्हारी अँगुलियाँ जब सुगमता से चलने लगीं तो मैं थोड़ा आश्वस्त हुआ कि चलो देर से ही सही, अब तुम्हारा दिमाग़ ठिकाने पर आ

रहा है। मुझे उम्मीद थी कि किसी वेबसाइट पर तुम अपनी पसन्द की जॉब खोज रहे होगे लेकिन मेरे आश्चर्य का ठिकाना न रहा जब मैंने देखा कि तुमने 'सेकेंड लाइफ़' नामक वेबसाइट खोली और उसी में मगन हो गए। मुझे मालूम नहीं था कि तुम भी वर्चुअल विश्व के नागरिक हो और तुमने भी बाकायदा 9.95 डॉलर प्रतिमाह की प्रीमियम सदस्यता ले रखी है। कुछ देर की खटर-खटर के बाद तुमने अपना ग्राफ़िक कार्ड निकाला। सिम कार्ड जैसी छोटी और चपटी-सी उस चीज़ को तुमने लैपटॉप के किसी नामालूम से छेद में घुसाया और कुछ ही देर में तुम्हारी काल्पनिक छवि स्क्रीन पर उभर आई। तुमने अपने चेहरे और कद-काठी से मिलता-जुलता एक ख़ूबसूरत 'अवतार' बना रखा था। तुम्हारी वास्तविक चपटी नाक, वास्तविक अर्धगंजा सिर और बत्तख की चोंच जैसे होंठों की जगह अब तुम्हारा वर्चुअल रूप सामने था। बेहद चुस्त-दुरुस्त, स्मार्ट और परफ़ैक्ट।

"सिर्फ़ इतना ही नहीं, तुमने उस साइट में अपनी मनचाही दुनिया ही बसा रखी थी जिसमें तुम्हारा अपना ख़ुद का व्यावसायिक प्रतिष्ठान है, जिसमें कई एकड़ में फैला तुम्हारा ख़ूबसूरत फार्म हाउस है, एक बहुत ही प्रतिष्ठित रिहाइशी इलाके में तुम्हारा पचास करोड़ का बंगला है। बंगले में कई पॉपुलर प्रेस्टिजियस ब्रांड की कारें हैं। नौकरों, शेफ़ और सचिवों की फ़ौज है। उसी इलाके में भड़कीले नाइट क्लब और पब हैं, मल्टीप्लेक्स और भव्य लॉन हैं जहाँ तुम्हारा यह अवतार बेहिचक घूमता-फिरता है और तमाम वर्चुअल सेवाओं का आनन्द लेता है।

"लैपटॉप की स्क्रीन पर मैंने देखा, 'सेकेंड लाइफ' का तुम्हारा यह अवतार बँगले से बाहर आया और पोर्टिको में खड़ी एक मर्सिडीज़ की पिछली सीट में धँस गया। कार बंगले से बाहर आई और उस रिहाइशी इलाके को तेज़ी से पीछे छोड़ती हुई शाहराह पर निकल आई। सड़क के दोनों ओर अब कई बड़ी-बड़ी कम्पनियों की वाणिज्यिक बिल्डिंग्स दिखाई देती हैं और कई ऐसे महत्त्वपूर्ण भवन जिनका दुनिया में नाम है।

"तुम्हारे अवतार को ले जा रही कार कुछ देर बाद एक बहुमंजिली इमारत के सामने रुकी। दरबान ने लपककर दरवाज़ा खोला और जैसे ही तुम बाहर आए, सीढ़ियों पर चढ़ने-उतरने वाले लोग तुरन्त साइड में हो गए। तुमने अपने कोट का निचला सिरा नफ़ासत से झटका, अपनी टाई को

थोड़ा टाइट किया और जूते खटखटाते हुए बड़े स्टाइलिश अन्दाज़ में आगे बढ़े। जैसे ही तुम ऑफ़िस में दाख़िल हुए, तुम्हारी पर्सनल सेक्रेटरी ने आगे बढ़कर तुम्हारा अभिवादन किया और पीछे जाकर नज़ाकत और नफ़ासत से तुम्हारा कोट उतारकर तुम्हारी एरिस्ट्रोक्रेट रिवॉल्विंग चेयर की पुश्त पर ठीक उसी तरह रख दिया जिस तरह बड़े घरानों के मालिकों के कोट उतारे और रखे जाते हैं।

"अपनी कुर्सी पर बैठने के बाद तुमने कम्प्यूटर स्क्रीन पर नज़र दौड़ाई और दिन भर के शेड्यूल को ग़ौर से पढ़ने लगे। उस निर्धारित कार्यक्रम में तुमने थोड़े-बहुत फेर-बदल करवाए और उसके बाद बाहर बैठे विज़िटर्स को एक के बाद एक बुलाने लगे। तुमने इन्फोसिस और टाटा कंसल्टेंसी सर्विसेज़ के एक्ज़ीक्यूटिव्स को खिन्न लहज़े में फटकार लगाई। आई.सी. आई.सी.आई. के प्रपोजल को बिना पढ़े एक तरफ़ सरका दिया और आर.डी. बी.आई. के चेयरमैन के अपॉइंटमेंट को निरस्त कर दिया। हिंडाल्को और विप्रो के साथ तुम थोड़ी हेठी से पेश आए और कुछ और नामी कम्पनियों की पेशकश को वेटिंग लिस्ट में डालने के निर्देश दिए। आधे से ज़्यादा अपॉइंटमेंट को पोस्टपोन करने के बाद तुमने अपने सचिवों के पैनल को बुलाया। तुमने उन्हें कुछ ज़रूरी और तात्कालिक निर्देश दिए और उठकर खड़े हो गए। एक बार फिर तुम्हारी सेक्रेटरी ने चपल रमणीयता के साथ तुम्हारा कोट कुर्सी की पुश्त से उठाया और तुम्हें पहना दिया।

"अगले ही पल तुम फिर से अपनी कार में बैठे दिखाई दिए। कार फ़र्राटे से दौड़ती हुई एयरपोर्ट पहुँची। एयरपोर्ट के वी.आई.पी. लाउंज में तुम जिस कुर्सी पर बैठे थे, उसके आसपास की कुर्सियों पर दुनिया की कई जानी-मानी सेलिब्रिटीज़ मौजद थीं। उनके बीच अपनी उपस्थिति को तुमने इतना सहज बनाए रखा, मानो यह तुम्हारी रोज़ की दिनचर्या हो।

"रनवे पर तुम्हारा प्राइवेट बोइंग बिज़नेस जेट तुम्हारे इन्तज़ार में खड़ा है—बांबडियर बी.डी. 700 ग्लोबल एक्सप्रेस। कुछ ही देर में तुम अपने जेट विमान के अन्दर दिखाई दिए। 56 मिलियन डॉलर की लागत वाले इस बोइंग में कॉन्फ्रेंस रूम है। लग्ज़री बाथरूम है, मास्टर बैडरूम है और ख़ूबसूरत लिक़र कैबिनेट है। वायरलेस इंटरनेट कनेक्शन, फ़ैक्स, प्रिंटर और इंटरएक्टिव इन फ्लाइट एंटरटेनमेंट सिस्टम भी मौजूद हैं।

न्यूयॉर्क के कैनेडी एयरपोर्ट पर लैंडिंग के बाद जैसे ही तुम अपने बोइंग जेट से बाहर आए, कैमरों की फ्लैश लाइटों की तुम पर तड़ातड़ बौछार होने लगी और मीडिया की सरगर्मी से तुम चारों तरफ़ से घिर गए। उस घेरे को तुम्हारी सुरक्षा के लिए तैनात किए गए ब्लैक केट कमांडोज़ ने तोड़ते हुए तुम्हें बाहर निकाला और उस कार तक तुम्हें पहुँचा दिया जहाँ तुम्हारी अमेरिकन गर्लफ्रेंड लुई विटान कम्पनी का 'मार्क स्पेंसर' बैग हाथ में थामे, जिम्मी शूज़ कम्पनी की टॉप टू टो जूतियाँ पहने और परफ़ैक्ट आउटफिट कम्पनी का लोअर और टॉप धारण किए और 'डाल्शे एंड गबाना' का व्हाइट एंड ब्लैक कॉम्बिनेशन वाला सनग्लास आँखों पर चढ़ाए तुम्हारा इन्तज़ार कर रही थी। लहराती हुई ज़ुल्फ़ों के साथ उसके दहकते हुए लाल होंठों वाला चेहरा तुम्हारी तरफ़ बढ़ा। उसने तुम्हारे गाल को चूमा और तुम्हारी कमर में हाथ डालकर पिछले खुले दरवाज़े की ओर बढ़ी।

"अगले ही पल तुम्हारी कार अमेरिकन साम्राज्य की शानदार सड़कों पर दौड़ती हुई दिखाई दी। फिर एक सेलिब्रेशन हॉल में तुम अपनी गर्लफ्रेंड के हाथों में हाथ डाले बैठे दिखाई दिए। फिर तुम्हारे नाम की उद्घोषणा हुई और ज़ोरदार तालियों के साथ तुम्हें मंच पर बुलाया गया। फ्लैश लाइटों की चौंधिया देने वाली बौछार के बीच तुमने अपना संक्षिप्त और सारगर्भित वक्तव्य दिया और तालियों की गड़गड़ाहट से पीछा छुड़ाते हुए वी.वी. आई.पी. गेट से बाहर निकल गए।

"कुछ देर बाद फिर तुम एक मीटिंग में बैठे दिखाई दिए। तुम्हारे द्वारा दिए गए सुझाव पर दुनिया का सबसे टॉप औद्योगिक कार्टेल सिर हिला रहा था, ख़ास तौर से रूपर्ट मर्डोक, लक्ष्मी मित्तल और बिल गेट्स ने मेज़ थपथपाकर तुम्हारी तारीफ़ की। मीटिंग ख़त्म होते ही तुम बाहर आए और अगले ही पल तुम्हारी कार रोडियो ड्राइव पर दिखाई दी। दुनिया के इस सबसे महँगे बाज़ार में शॉपिंग करते हुए तुमने हीरे का बेशक़ीमती हार ख़रीदा और उसे अपनी गर्लफ्रेंड के गले में डाल दिया। रोडियो ड्राइव से बाहर निकलते ही तुम एक कसिनो में गए। वहाँ ड्रिंक्स के साथ तुमने दो-चार दाँव खेले और जीती हुई बाज़ी को कॅसीनो की एक कमसिन कोरियन लड़की पर निछावर कर दिया।

"कॅसीनो के बाद अब तुम्हारी कार समुद्र किनारे फ़र्राटे से दौड़ती

दिखाई दी। तुम एक ख़ूबसूरत बीच पर अपनी गर्लफ्रेंड के साथ उतरे जहाँ एक डिजायनर क्रूज तुम्हारे इन्तज़ार में तैयार खड़ा था। रसूख़दार लोगों के लिए बनाए गए इस लग्जरी क्रूज के डेक पर तुम कुछ देर जमैकन म्यूज़िक और अश्लील ब्राज़ीलियन कार्निवल का मज़ा लेते रहे। फिर तुमने बैंकॉक की लड़कियों से मसाज लिया। फिर एक आयरिश लड़की ने तुम्हें गर्म कॉफ़ी सर्व की। फिर एक फ्रांसीसी लड़की तुम्हें शाही हम्माम में खींच लाई।

"अगर यह कोई कम्प्यूटर गेम होता तो कोई चिन्ता की बात न थी। क्योंकि हर खेल, चाहे वह कितना भी उत्तेजक क्यों न हो, कभी-न-कभी ख़त्म हो ही जाता है और अगर वह ख़त्म न भी हो तो इस बात की पूरी सम्भावना रहती है कि खेलने वाला ख़ुद ऊब जाए या थककर खेलना छोड़ दे। लेकिन जिस वेबसाइट में तुम्हारा अवतार भड़क रहा था, उसके स्पेस की तुलना सिर्फ़ ब्रह्मांड से की जा सकती है। यह बिलकुल वैसा ही है जैसे कोई चीज़ गुरुत्वाकर्षण की सीमा से बाहर जाकर अन्तरिक्ष की अन्तहीनता में चली गई हो।

"तुम दोपहर के एक बजे से पत्थर की उस बेंच पर बैठे थे और अब शाम ढल रही थी। अगर तुम्हारे लैपटॉप की बैटरी डिस्चार्ज न हो जाती तो न जाने कब तक तुम इसमें खोए रहते! जब तुमने सिर उठाया तो शहर की वस्तुपरकता ने तुम्हें झकझोर दिया। तुमने अपना लैपटॉप अपने कन्धे से लटकते चमड़े के बैग में डाला और उठ खड़े हुए। तुम लँगड़ाते हुए उस सब-स्टेशन की तरफ़ चल पड़े, जहाँ से छूटने वाली लोकल ट्रेनें तुम्हें रोज़ बहुत दूर ले जाकर एक नवनिर्मित और अर्धविकसित आवास योजना में फेंक आती थीं, जहाँ हज़ारों टू बाई वन के दड़बों में एक दड़बा तुम्हारा भी था।

"उस दिन तुम्हारी चाल में पहले जैसी तेज़ी नहीं थी। ऐसा लगता था जैसे तुम कहीं जाने के लिए नहीं बल्कि यूँ ही वक़्त काटने के लिए फ़िज़ूल में चहलकदमी कर रहे हो—एक लक्ष्यहीन और दिशाहीन मन्थरता जिसमें न समय का कोई बोध होता है, न आसपास की गतिविधियों का कोई असर।

"इसमें कोई सन्देह नहीं हो सकता कि उस वक़्त तुम अपने आप में खोए हुए थे। जहाँ तक मेरा अनुमान है, तुम निश्चित रूप से यह सोच रहे थे कि घर जाकर तुम अपनी लिव-इन पार्टनर रीना को क्या जवाब दोगे क्योंकि सुबह घर से निकलते समय तुमने बड़े जोश से यह दावा किया था

कि आज तुम मैनेजमेंट के सामने अपना पक्ष रखोगे और अगर तुम्हारी बात नहीं मानी गई तो तुम भी किसी की बात नहीं मानोगे। तुम्हें पूरा भरोसा था कि तुम्हारे नए प्रोजेक्ट के सामने कम्पनी को अपना रवैया बदलना पड़ेगा लेकिन मीटिंग में जो कुछ हुआ, वह तुम्हारी उम्मीदों के विपरीत था। और अब एक विद्वेषपूर्ण और अपमानजनक बेदख़ली ने तुम्हारे उत्साह पर पानी फेर दिया था। कॉर्पोरेट जगत में हालाँकि इस्तीफ़े और बेदख़लियाँ आम बातें थीं लेकिन तुम उन लंगूरों में से नहीं थे जो एक कम्पनी से दूसरी कम्पनी में उछलते रहते हैं। तुम पूरी निष्ठा के साथ उस कम्पनी से जुड़े रहे, जिस कम्पनी से तुमने अपने कॉर्पोरेट कॅरियर की शुरुआत की थी क्योंकि तुम्हें पूरा विश्वास था कि तुम्हारी इन एकनिष्ठ, समर्पित और ईमानदार सेवाओं के कारण तुम्हें आगे चलकर कुछ बेहतरीन कर दिखाने के अवसर मिलेंगे। लेकिन बस यहीं पर तुम चूक गए। तुम्हें बिलकुल अन्दाज़ा नहीं था कि अलग-अलग पैकेज में काम करने वाले ये लंगूर अपने नए-नए तजुर्बों के कारण तुमसे ज़्यादा आगे निकल जाएँगे और तुम्हारी एकनिष्ठ ईमानदारी पर उनकी बहुआयामी इमेज़ भारी पड़ जाएगी।

"जिस लड़के को दो साल पहले तुम टिप्स देते थे और जिसने सिर्फ़ चार महीने तुम्हारे डायरेक्शन में काम करने के बाद इस्तीफ़ा दे दिया था, उसी लड़के को कम्पनी ने फिर से बुलाया, एक ऐसी पोस्ट पर जिसकी तुम कल्पना भी नहीं कर सकते थे।

"अफ़सोस ये नहीं था कि तुम्हारी जगह किसी जूनियर को प्रमोट किया गया था, अफ़सोस ये था कि तुम्हें बेदख़ल करने का फैसला उसी लड़के का था। उस छिछोरे आईकॉन का चेहरा याद आते ही तुम एक बार फिर तिलमिला उठे। फिर पता नहीं क्या सोचकर तुम रेलवे स्टेशन से वापस बाहर निकल आए और घर जाने के बजाय तुम शहर में यूँ ही भटकते रहे, जब तक कोलाहल भरे धुँधलके अँधेरे में न डूब गए। जब तक अँधेरे में रोशनी न जगमगा उठी। जब तक परिवहन थक न गया और आमदरफ़्त कम न हो गई। जब तक सड़कें सुनसान न हो गईं। जब तक होटलों, बीयर बारों और नाइट क्लबों के दरवाज़े बन्द न हो गए। जब तक तारीख़ बदल न गई, जब तक रात ढल न गई, जब तक पौ नहीं फटी, जब तक दोपहर ढल न गई, जब तक शाम रात में न समा गई, जब तक दूसरी तारीख़ ने तीसरी तारीख़

को छू न लिया, जब तक सात तारीख़ों ने मिलकर एक हफ्ते और चार हफ़्तों ने मिलकर एक महीने को पीछे न धकेल दिया।

"पूरा एक महीना बीत चुका है और तुम भूखे-प्यासे भटक रहे हो। तुम सरेआम अपने आप से बातें करते हो, अदृश्य ताक़तों की रणभूमि में तुम घमासान मचाते घूमते हो। तुम जब शहर की अन्दरूनी गलियों में घूमते हो तो लोगों को डरा देते हो। सिर्फ़ डरते ही नहीं, कुछ लोग तुम्हें देखकर द्रवित भी हो जाते हैं क्योंकि तुम एक के बाद एक अपनी तमाम चीज़ें खो चुके हो जो एक सामाजिक जीव के लिए ज़रूरी मानी जाती हैं। क्या तुम्हें पता भी है कि तुम जीते-जी अपनी शिनाख्त खो चुके हो? तुम्हारा असली चेहरा कहाँ है? तुम्हारा आइडेंटिटी कार्ड कहाँ है? तुम्हारा क्रेडिट कार्ड कहाँ है? तुम्हारा कोट, तुम्हारी टाई, तुम्हारी घड़ी, तुम्हारा पर्स, तुम्हारा सेलफ़ोन, तुम्हारा चमड़े का बैग, तुम्हारी प्रोजेक्ट फ़ाइल और तुम्हारा लैपटॉप कहाँ हैं? तुम्हारा घर कहाँ है? तुम्हारे दोस्त, अहबाब, तुम्हारे पड़ोसी, तुम्हारे रिश्तेदार और तुम्हारा समाज कहाँ है? तुम ख़ुद कहाँ हो?"

ये कुछ ऐसे सवाल थे जिनका मेरे पास कोई जवाब न था। सबसे आख़िरी सवाल सबसे ज़्यादा महत्त्वपूर्ण था—मैं ख़ुद कहाँ हूँ? मैंने आँखें खोलीं और ख़ुद को एक बहुत पुरानी पत्थर की इमारत के पिछवाड़े में पाया। मैं बजबजाते कूड़े के ढेर पर बिलकुल चित्त पड़ा हूँ। मुझे अपने चेहरे पर किसी चिपचिपी चीज़ के पड़े होने का एहसास होता है। मैं अपने दाएँ हाथ से उस चीज़ को चेहरे से हटाकर देखता हूँ। वीर्य से लिथड़े उस कंडोम को फेंककर मैं उठ बैठता हूँ। मुझे अपने गन्दे कपड़ों पर कॉक्रोच तथा अन्य कीड़े-मकोड़े दौड़ते दिखाई देते हैं। इमारत की दीवार से चिपके सीमेंट के टूटे पाइपों से रिसता गन्दा बदबूदार पानी मेरे जिस्म पर टपक रहा है।

मैंने उठने की कोशिश की। ज़ख़्मों और अन्दरूनी मार से उठते दर्द को बहुत मज़बूती से दाँत भींचकर मैंने सह लिया और एक बार फिर उठ खड़ा हुआ। मैं उस गन्दे पिछवाड़े से बाहर निकला, सड़क पर आकर मैंने अपनी जेब टटोली, जिसमें एक चाबी के अलावा अब कुछ नहीं बचा था। यह उसी फ़्लैट की चाबी थी जिसमें मैं अपनी लिव-इन पार्टनर के साथ चार साल से रह रहा हूँ।

मैंने चाबी को ग़ौर से देखा और धीरे-धीरे ऑफ़लाइन दुनिया का असर

कम होने लगा और उसी क्रम में ऑनलाइन दुनिया मुझ पर प्रभावी होती चली गई। मुझे अपने दिल में धड़कन महसूस हुई। धमनियों में किसी अवरोध के हटने और कुछ प्रवाहित होने की खलबलाहट शुरू हो गई। मेरे अन्दर बिलकुल ठप्प पड़ी संचार प्रणाली फिर से हरकत में आ गई। मैंने अपनी जानी-पहचानी दुनिया में पहला क़दम बढ़ाया, फिर दूसरा, फिर तीसरा। मैं एक बार फिर रेलवे स्टेशन की तरफ़ बढ़ने लगा।

कुछ देर बाद मैंने अपने आप को विपरीत दिशा से आती भीड़ में पाया। यह दफ़्तरों और व्यवसाय केन्द्रों की तरफ़ बढ़ता रेला था। एक बहुत चुस्त और फुर्तीली युवा शक्ति मेरे वजूद को रगड़ते हुए आगे बढ़ रही थी और मैं उस धारा के विरुद्ध बार-बार धक्के खाते हुए ख़ुद को सन्तुलित करने की कोशिश करता हूँ। दिन के इस अत्यधिक व्यस्त कार्यकाल में यह मेरी पहली वापसी थी। कर्मचारियों, व्यापारियों, विद्यार्थियों और स्ट्रगलरों को लादकर लाने वाली गाड़ियाँ एक के बाद एक ख़ाली होती जा रही हैं। मैं प्लेटफ़ॉर्म नं. 5 पर खड़ी एक लोकल के ख़ाली डिब्बे में दाख़िल होता हूँ और खिड़की के पास बैठ जाता हूँ।

कुछ देर बाद इक्का-दुक्का सवारियाँ आने लगीं। उनमें से अधिकांश मेरी तरह थके-चुके या लुटे-पिटे-से दिखाई दे रहे थे। रात की निशाचरी शराबनोशी और भटकाव ने उनका हुलिया बिगाड़ दिया था। निचुड़े और निष्कासित फटीचरों से भरे उस डिब्बे में मुझे दुर्दशा के जबड़ों में फँसा ऐतिहासिक समय दिखाई दिया।

मैं सब कुछ देख और समझ रहा हूँ। हर चीज़ की बारीकी से वाक़िफ़ हूँ और हर घटना की तह में जाने की क़ूवत मुझमें है। मेरा चित्त उतना ही एकाग्र है, जितना किसी सामान्य आदमी का हो सकता है। मेरे दिमाग़ में जो विचार आ रहे हैं, वे कतई बेहूदा नहीं हैं। अगर मेरे दिमाग़ में कोई ख़राबी होती तो किसी ऐतिहासिक समय के बारे में मैं कैसे सोच पाता? और अगर मेरा दिमाग़ ठीक-ठाक है तो फिर पिछले एक महीने से मैं क्या कर रहा था? मुझे कुछ भी याद क्यों नहीं आ रहा है कि अपनी ज़िन्दगी के ये तीस दिन मैंने कहाँ और किस तरह गुज़ारे? मैंने क्या खाया-पिया? मैं कहाँ सोया?

बहुत देर तक सोचने के बाद भी मुझे समझ नहीं आता कि मेरे साथ कुछ गड़बड़ है या मैं बिलकुल ठीक हूँ।

एक हल्के धक्के के साथ ट्रेन आगे बढ़ी। मैंने डिब्बे में मौजूद सवारियों से ध्यान हटाकर खिड़की के बाहर देखा। एक के बाद एक चार ट्रैकों को पार करती हुई मेरी नज़र पाँचवें ट्रैक पर आकर धीमी गति से रुकती एक फ़ास्ट ट्रेन पर पड़ी। फर्स्ट क्लास के एक डिब्बे के दरवाज़े पर मुझे रीना दिखाई दी। वह दरवाज़े के बीच लगे स्टील के पाइप को एक हाथ से पकड़े हुए थी। दूसरे हाथ में सेलफ़ोन था और वह आदतन बहुत शान्त लहज़े में किसी से बात कर रही थी। उसने एक काला एक्ज़ीक्यूटिव सूट पहन रखा था, जो इस बात का प्रतीक था कि उसने कोई दूसरी कम्पनी ज्वाइन कर ली है। पहले वह मरून कलर का सूट पहनती थी। उससे पहले लाल, उससे पहले हल्का आसमानी और उससे पहले...मुझे याद नहीं आ रहा है।

मेरी ट्रेन ने अब प्लेटफ़ॉर्म छोड़ दिया है और निर्धारित गति पकड़ ली है। मैं रीना के बारे में सोचता हूँ। मेरी इतने दिनों की ग़ैर-मौजूदगी को उसने किस रूप में लिया होगा? बेशक़ मैं उसका पति नहीं हूँ, सिर्फ़ एक पार्टनर हूँ और मुझे उससे ऐसी कोई उम्मीद नहीं करनी चाहिए जो एक पति की पत्नी से होती है लेकिन फिर भी मैं ख़ुद को यह सोचने से नहीं रोक पाता कि क्या वह मेरे इस अचानक लापता हो जाने से व्याकुल हुई होगी? क्या उसने मुझे ढूँढ़ने की कोशिश की होगी? मैं जानता हूँ वह बहुत तेज़ है। वह बहुत प्रैक्टिकल है। वह अपने कॅरिअर और अपनी निज़ी ज़िन्दगी को कभी एक-दूसरे से उलझने नहीं देती। वह ज़िन्दगी की विकरालताओं से ख़ुद को प्रताड़ित नहीं होने देती बल्कि उसे नियंत्रित करना जानती है। वह सचमुच बहुत स्थिर बुद्धि और दृढ़ चरित्र वाली लड़की है। वह बहुत साफ़ तरीक़े से अपने आपको व्यक्त करती है और किसी भी तरह की भावनात्मक या व्यावहारिक गड़बड़ की कोई गुंजाइश नहीं छोड़ती।

उसका एकमात्र क़सूर यह है कि उसने मुझ पर तरस खाया और कभी मुझसे अलग होने की कोशिश नहीं की।

ट्रेन एक के बाद एक कई उपनगरीय स्टेशनों को पार करती हुई उस स्टेशन पर जा रुकी जहाँ मुझे उतरना था। मैं स्टेशन से बाहर आया और पैदल चलते हुए अपने आवास की तरफ़ बढ़ने लगा। मैं अपनी बिल्डिंग के परिसर में जब दाख़िल हुआ तो वॉचमैन ने मुझे रोका। उसने मेरा परिचय पूछा और यह जानना चाहा कि मुझे किससे मिलना है। मैं सोच में पड़

गया। मुझे समझ में नहीं आ रहा था कि अपनी पहचान किस रूप में दूँ? क्या ऐसा कोई तरीका नहीं है कि मेरे बिना बताए वह ख़ुद समझ जाए कि मैं कौन हूँ?

मैंने अपनी आँखों पर जमी चिपड़े की परतों को साफ़ किया। अपनी आस्तीन से रगड़कर चेहरे को साफ़ किया। अपने उलझे हुए बालों को उँगलियों से सँवारा। अपने शर्ट के निचले हिस्से को पैंट के भीतर डालकर बेल्ट से दुरुस्त किया और अपनी बची-खुची बॉडी लैंग्वेज का इस्तेमाल करते हुए तेज़ी से लिफ़्ट की तरफ़ बढ़ा। कुछ ही देर में मेरी चाल में वही रवानगी लौट आई। लिफ़्ट में दाख़िल होने के बाद जब मैंने पलटकर देखा, तब बन्द होते दरवाज़ों के बीच वॉचमैन का चकराया हुआ चेहरा देख मुझे और भी शर्म महसूस हुई क्योंकि उसने मुझे पहचान लिया था। उसका दायाँ हाथ सलाम की मुद्रा में उठा हुआ था।

आठवें माले पर लिफ़्ट आकर रुकी। मैं बाहर आया। कॉरिडोर बिलकुल सुनसान था। मैंने जेब से चाबी निकाली, दरवाज़ा खोलकर अन्दर आने के बाद मैं सोफ़े पर बैठकर जूते के लेस खोलने लगा। कमरे का फ़र्श और फर्नीचर और बाकी तमाम चीज़ें बिलकुल व्यवस्थित थीं लेकिन हर चीज़ पर गर्द की महीन-सी पर्त जमी थी जो उन घरों में दिखाई देती है जिनके दरवाज़े कई दिनों से बन्द पड़े हों।

कुछ देर बाद बाथरूम में शॉवर के नीचे खड़े होकर मैं अपने जिस्म का मैल उतार रहा था। मुझे अपने दिल की धड़कन सामान्य से कुछ ज़्यादा महसूस हुई, जैसे उसे किसी अनहोनी का धड़का लगा हो। अपने जिस्म पर साबुन लगाते-लगाते मैं रुक जाता हूँ। जाने क्या सोचकर मैं वॉश बेसिन के ऊपर लगे बाथ केबिनेट के खानों को एक बाद एक खोलने लगता हूँ। मेरी आँखें साबुन के झाग से मुँदी हुई हैं और मैं किसी अन्धे की तरह सभी खंडों को टटोलता हूँ। वहाँ एक भी ऐसी चीज़ हाथ नहीं लगी जो स्त्रैणत्व से सम्बन्ध रखती है। कैबिनेट के वे तीन खंड जो रीना के लिए आरक्षित थे, खाली पड़े थे। मेरी गीली उँगलियाँ जब लौट आईं तब मुझे याद आया कि मैंने उसके प्राइवेट खंडों को पहले कभी नहीं छुआ था। हालाँकि हमारे बीच ऐसा कुछ तय नहीं हुआ था कि हमें क्या करना है और क्या नहीं। सिर्फ़ आपसी समझ थी जो अब तक चली आ रही थी। दैनिक चर्याओं के

मामूली दिनों में कभी वह मेरी बाँह थाम लेती थी, कभी मैं उसका हाथ पकड़ लेता था, कभी किसी बात पर वह मेरी पीठ पर धौल जमा देती, कभी मैं उसके गाल पर हल्की-सी चपत लगा देता। ये छोटे-छोटे मामूली से स्पर्श, जो बहुत ज़्यादा थका देने वाली हमारी व्यस्तताओं में डूब गए थे, पता नहीं उस दिन कैसे ऊपर तिर आए!

बाथरूम से बाहर आकर मैंने ड्रेसिंग टेबल के ड्रॉअर खोले, फिर उसके बेडरूम का वार्ड रोब। कहीं कुछ नहीं था। जीवन में पहली बार मैंने ख़ालीपन को देखा। मैंने अपने होंठ भींच लिये। फिर बहुत समझदारी से सिर हिलाया और इस स्थिति को उतनी ही सहजता से स्वीकार कर लिया जितनी सहजता से हम अब तक साथ रहते आ रहे थे।

कुछ देर बाद एक लम्बा नि:श्वास छोड़कर मैंने ख़ुद को हल्का किया और किचन में चला आया। वहाँ मेरी ज़रूरत की तमाम चीज़ें मौजूद थीं। मैंने एक तेज़ कॉफ़ी बनाई और कॉफ़ी के पहले घूँट के साथ थोड़े और साहस के साथ मैं कम्प्यूटर टेबल के पास गया। प्रिंट के पास सफ़ेद काग़ज़ों का ढेर लगा था। मैंने एक-एक कर उन्हें उठाकर पढ़ना शुरू किया, उन काग़ज़ों में हमारे चार साल के सहजीवन का हिसाब था। चाल साल का बैंक स्टेटमेंट, चार साल के आई.टी. रिटर्न के काग़ज़ात। एल.आई.सी. और फ़्लैट के हाउसिंग लोन के काग़ज़ात। घर के मासिक खर्चों का चार साल लम्बा इतिहास...

रीना ने हमारे ज्वाइंट अकाउंट में से बिना एक भी पैसा निकाले ख़ुद को अलग कर लिया था। फ़्लैट की ज्वाइंट ऑनरशिप से भी वह मुझे पावर ऑफ़ अटॉर्नी देकर अलग हो गई थी। उसकी इस उदारता से मैं खीज उठा। हर विवरण को इतनी बारीकी से दर्ज़ करने का क्या मतलब है? क्या मैं यह जानता नहीं हूँ कि तुम कितनी अच्छी और कितनी सच्ची हो?

मैं आहत महसूस कर रहा था और बौरा गया था, 'अलविदा कहने के लिए इतने भारी-भरकम पुलिन्दे की क्या ज़रूरत थी?" मैं ज़ोर से चिल्लाया। फिर मैंने सारे काग़ज़ों को फ़र्श पर फेंक दिया। फिर मुझे अपनी इस हरकत का क्षोभ हुआ। क्या यह रीना की उदार भावनाओं की अवमानना नहीं है? मैंने ज़रा शान्त होकर सोचना शुरू किया, इस स्थिति से ख़ुद को अलग करते समय क्या वह उतनी ही सहज रही होगी, जितनी एक कम्पनी छोड़कर

दूसरी कम्पनी ज़्वाइन करते समय रहा करती है? मैं फिर से अनुमान लगाने की कोशिश करता हूँ, इस फ़्लैट को अन्तिम रूप से छोड़ने के पहले उसने क्या महसूस किया होगा?

मैं कुछ देर यूँ ही गुमसुम-सा खड़ा रहा। फिर मैं धीमे क़दमों से चलते हुए खिड़की के पास चला आया। खिड़की कई दिनों से बन्द थी। मैंने उसके स्लाइडर वाले पैनल को एक तरफ़ सरकाया और बाहर देखा। मैं सामने दिखाई पड़ते परिदृश्य से पार उस समय को देखता हूँ, जो बीत गया है। मेरे जीवन का एक और साल बीत गया। पर इस बार मुझे लगता है कि सिर्फ़ साल ही नहीं, एक जीवन भी बीत गया है।

अब नया साल और नया जीवन मेरे सामने है। मैंने दूर-दूर तक नज़रें दौड़ाईं। अब मैंने देखा कि उपनगरीय और महानगरीय विकास योजनाएँ अब कई गुना ज़्यादा गति से क्रियान्वित हो रही हैं। नई तकनीकें अपने शानदार कारनामे दिखा रही हैं और पुरानी इमारतें ध्वस्त हो रही हैं। मैंने अपने बीते हुए पाँच वर्षों को आने वाले साल के समक्ष रखा और तुरन्त मुझे मालूम हुआ कि मेरी योग्यताएँ अब इस लायक नहीं हैं कि वे बहुत तेज़ी से बदलती स्थितियों का सामना कर सकें।

रीना बिलकुल ठीक कहती थी। मुझे बहुत अफ़सोस है कि मैंने उसकी बातों को गम्भीरता से नहीं लिया। वह बार-बार मुझे समझाती रही कि मुझे सिर्फ़ अपने कॅरिअर की तरफ़ ध्यान देना चाहिए और अपनी योग्यताओं को हर नए अवसर की तरफ़ बढ़ने देना चाहिए लेकिन मैं ज़िद में अड़ा रहा। मैंने अपने व्यक्तित्व को उद्यमिता में ढल जाने के लिए तैयार किया था और अब कॉर्पोरेट जगत में उद्यम की जगह कुछ और चल रहा है। मैं रिकॉर्ड उत्पादन और बहुस्तरीय आयात-निर्यात के बारे में सोचता रहा लेकिन कम्पनी अब उत्पादन और निर्यात से नहीं बल्कि खातों को मेनिपुलेट करके आयात-निर्यात के आँकड़ों में हेर-फेर करके टुच्चे तरीक़ों से पैसा कमाने पर उतर आई है। मैं इन आधुनिक जालसाजियों को समझ पाने में सक्षम नहीं हूँ और दूसरी तरफ़ अपनी पारम्परिक जीवन शैली का आधार भी मैंने खो दिया है। मैं अधर में लटका हूँ, न इधर का न उधर का।

दोपहर ढलने को थी जब मैं खिड़की से हटा। मैं सावधानी से छोटे-छोटे क़दम बढ़ाते हुए सन्तुलन बनाए रखने और पाँव पर कम वजन डालने की

कोशिश करते हुए कमरे में इधर से उधर डोलता हूँ। दर्द तो बहुत होता है पर मैं रोता नहीं। जिस हिली हुई उदास मन:स्थिति में मैं था, उसमें बदहवास हो जाने की गुंजाइश थी। मैंने कड़ाई से होंठ भींच लिये। एक बार फिर मुझे अपनी चेतना पर एक अजनबी उलझन भरा दबाव महसूस हुआ। मैं फिर बेचैन हो उठता हूँ। एक ऐसी बेचैनी, जो किसी ड्रग एडिक्ट को होती है। मैं बिना कुछ सोच-समझे एक बार फिर कम्प्यूटर के सामने जा बैठा। मेरी कँपकँपाती उँगलियाँ एक बार फिर मेरी अनिच्छा के बावज़ूद की-बोर्ड पर चलने लगीं। मैंने एक बार फिर 'सेकेंड लाइफ' वाली वेबसाइट खोल दी और इस बार मैंने अपने अवतार को सड़कों पर निरुद्देश्य भटकते पाया। अब वह पहले की तरह स्मार्ट और चुस्त-दुरुस्त नहीं है। वह अनिश्चित-सा इधर-उधर डोल रहा है।

'महाविकास के थपेड़ों में भटकता अकेलापन'

मैंने अपने अवतार के मौजूदा हालात के लिए यह शीर्षक निर्धारित किया। कुछ देर तक वह यूँ ही चलता रहा। फिर पता नहीं क्या खोजने लगा। पहले उसने अपनी दोनों जेबों में छान-बीन की। फिर सड़कों पर इधर-उधर कुछ खोजने लगा। वह बड़ी कठिनाई से चल पा रहा था। एक ब्लॉक से दूसरे ब्लॉक, एक शहर से दूसरे शहर और एक देश से दूसरे देश...लेकिन उसे कहीं कुछ नहीं मिला। फिर भी वह चलता चला जा रहा है, लँगड़ाते और लड़खड़ाते हुए। उठती हुई टीसों को कुछ कम करने के लिए वह अपनी पसलियों को हाथों से दबाता है, अपने बेकाबू अंगों को काबू में रखने की कोशिश करता है और आख़िर थककर एक बेंच पर बैठ जाता है।

उसने अपना चेहरा दोनों हाथों से ढँक लिया। फिर फफक-फफककर रोने लगा लेकिन किसी ने उससे यह नहीं पूछा कि क्या हो गया है? तुम क्यों रो रहे हो? तुम्हें किस चीज़ की तलाश है?

यह लिंडल लैब कम्पनी द्वारा इंस्टॉल की गई दुनिया है जिसका कार्यव्यापार और यातायात और दूसरी तमाम गतिविधियाँ रोज़डेल के नेतृत्व में संचालित होती हैं। वहाँ बसें और टैक्सियाँ आ-जा रही हैं। सैर-सपाटा चल रहा है। लोग बाँहों में बाँहें डाले घूम रहे हैं। उद्यानों में प्रेम-प्रसंग चल रहे हैं। क्लबों में स्त्री-पुरुषों के ग्रुप गप्पबाजी या दूसरे किसी शग़ल में मशगूल हैं। कुछ लोग ख़रीदारी में लगे हैं और कुछ लोग वर्चुअल पैसा कमाने में।

मेरा अवतार इन सक्रियताओं के बीच चुपचाप बैठा है। पूरे विश्व से अपना चेहरा छिपाए बैठा एक अकेला आदमी।

मैंने माउस से अपना हाथ हटा लिया। मेरा ग्राफ़िक चित्र अब उस वेबसाइट की चलती-फिरती दुनिया के बीच बिलकुल स्थिर है। मैं देखना चाहता हूँ कि मेरे इस अवतार को उदासी और अकेलेपन से उबारने के लिए रोज़डेल के रियल नेटवर्क में कौन-सी तजवीज़ दी गई है। मैं जानना चाहता हूँ कि इस वेबसाइट में कौन-कौन सी मानवीय अनुभूतियाँ दर्ज़ की गई हैं और इस दुनिया के अन्य निवासी मेरे साथ कैसा बर्ताव करते हैं?

कुछ देर बाद एक औरत धीरे-धीरे चलते हुई मेरे पास आई। उसने सफ़ेद और काले रंग का पारदर्शी गाउन पहन रखा था। हवा में फरफराते उस अलौकिक वस्त्र के भीतर उसकी देह का अगला भाग, ख़ासतौर से पेट और स्तन अविश्वसनीय रूप से बड़े आकार के दिखाई देते हैं। जब वह और नज़दीक आई तब मैंने देखा उसका आधा चेहरा गोरा था और आधा काला, उसके आधे बाल सिल्की थे और आधे घुँघराले। सिर्फ़ चेहरा और बाल ही नहीं, उसके दोनों हाथों और पैरों और स्तनों में भी श्वेत-श्याम का संयोजन मौजूद था।

कम्प्यूटर स्क्रीन पर शीर्षक आया—'मदर यूनिवर्स'

और मुझे बहुत आश्चर्य हुआ जब मैंने देखा कि उस स्त्री रेजिडेंट ने सचमुच अपने आप को गर्भवती बना रखा था। वह एक वर्चुअल प्रेग्नेंसी थी, जिसका नतीजा कुछ भी हो सकता था।

"हलो यंगमैन! क्या तुम थक गए हो?" उस औरत ने बिना किसी परिचय-वरिचय के सीधे मेरे कन्धे को थपथपाकर कहा, "तुम तो अभी जवान हो। फिर इस तरह मुँह लटकाए क्यों बैठे हो? उठो, मेरे साथ चलो। मैं तुम्हें अपने यार-दोस्तों से मिलवाती हूँ। उनसे मिलकर तुम्हारी तबीयत बहल जाएगी।"

मैं इस तरह की अनौपचारिकता और खरे बर्ताव का आदी नहीं था। इसलिए कुछ देर तक मुझे समझ नहीं आया कि मैं उसके सामने ख़ुद को किस रूप में प्रस्तुत करूँ। कुछ देर तक मेरा अवतार बेहरकत बैठा रहा। फिर अपने चेहरे से हाथ हटाए और सीधे उस दोरंगी, लम्बी-तगड़ी औरत की तरफ़ देखा जिसने अपना नाम मदर यूनिवर्स दे रखा था। उसने मेरी

काँख में हाथ डालकर मुझे खड़ा किया। फिर मेरे कन्धे में अपनी बाँह डाल दी और ऐसे चलने लगी जैसे मेरी बरसों पुरानी यार हो।

'सेकेंड लाइफ' की सड़कें ज़्यादा घुमावदार नहीं होतीं और आपको यह छूट होती है कि आप मनमाने ढंग से उसे किसी भी दिशा में मोड़ दें और दुनिया के किसी भी देश या शहर या सड़क या गली में मिनटों में पहुँच जाएँ।

मदर यूनिवर्स के साथ मेरी बातचीत जारी है। हम चलते चले जा रहे हैं। एक के बाद एक कई देश पीछे छूटते गए। रास्ते में उसे कई जान-पहचान वाले और यार-दोस्त मिले। वह सबसे दुआ-सलाम करती आगे बढ़ती गई। उसे जानने वालों में हर तरह और तबके के लोग थे। उसकी ख़ुशमिज़ाजी और मिलनसारिता में सचमुच एक ऊँचे दर्ज़े की पाक-साफ़ और ग्लोबल अपनाइयत थी।

चलते-चलते हम लन्दन के हिलरोड पर निकल आए। हम बहुत सारी बातें कर चुके थे और अब मेरे लिए सिर्फ़ यह पूछना बाकी रह गया था कि इस उभरे हुए पेट का राज क्या है? मेरे इस सवाल पर वह और भी ज़्यादा खुलेपन से मुस्करा उठी। उसका चेहरा आत्मगौरव और लालित्य से लहलहाने लगा था। वह अपने उभरे हुए पेट पर हाथ फेरने लगी।

"इसके अन्दर एक नया देश पल रहा है," उसने मेरे कान के पास बहुत मधुर आवाज़ में यह राज़ खोला।

"क्या मैं उसे देख सकता हूँ?" मैंने पूछा।

उसने धीरे-से 'हाँ' में सिर हिलाया। इतनी सारी बेधड़क और बिंदास अभिव्यक्तियों के बाद मुझे उसकी आँखों में एक बहुत ही नादान-सी हया नज़र आई। उसके गर्भाशय में झाँकने के लिए मैंने एक और कॉम्पलीकेटेड सॉफ़्टवेयर इंस्टॉल किया। मैं उस नए देश की सूरत देखना चाहता था। मुझे उम्मीद थी कि वहाँ पूरी दुनिया के देशों के बच्चे दिखाई देंगे लेकिन वहाँ सिर्फ़ रेड इंडियन, वियतनामी, इराकी और जापानी बच्चे दिखाई दिए। उस कोख में दो-चार नहीं, हज़ारों बच्चे थे—लेकिन वे सिर्फ़ पाँच ही देश या क़ौम के नुमाइन्दे थे।

लेकिन इतने सारे बच्चों की एक साथ गर्भ में मौजूदगी के बावज़ूद वह बहुत सहज थी और बहुत शान्त भाव से ढलते हुए सूरज को देख रही थी। हम दोनों एक पार्क की बेंच पर बैठे हुए थे। हमारे आसपास और भी कई

जोड़े घास पर लेटे हुए थे। ज़ाहिर है, वे सब एक-दूसरे से प्रेम कर रहे थे और चूँकि लिंडल लैब के इस वर्चुअल पार्क में वर्जनाओं का प्रवेश वर्जित था इसलिए सारे क्रियाकलाप बिलकुल नैसर्गिक थे।

"आप मुझे अपने यार से मिलवाने वाली थीं जो इन बच्चों के पिता हैं।"

"ओह हाँ, हाँ। मैं तो तुम्हें बताना भूल गई। वो आजकल एक बड़ा आधार शिविर बनाने में व्यस्त है। वह एक योजनाबाज़ आदमी है। उसके दिमाग़ का कोई ठिकाना नहीं कि कब क्या कर गुजरे?"

"मैं समझा नहीं। आप ज़रा विस्तार से बताइए उनकी योजनाओं के बारे में और अपने इस चलते-फिरते नए देश के बारे में भी।"

वह एक बार फिर बड़े प्यार से अपने पेट को सहलाने लगी, "यह देश भी उसी की योजना का एक हिस्सा है। वह एक अमेरिकी यहूदी है। उसका नाम मोजेज़ है। वह संयुक्त राज्य के योजना विभाग का मुख्य सलाहकार था। अपने कार्यकाल के दौरान उसने ग्वांतानामो जैसे आधार शिविर की योजना बनाई थी। फिर पता नहीं कैसे उसका दिमाग़ फिर गया। उसने वास्तविक विभाग और पद छोड़ दिया और एक वर्चुअल योजना विभाग खोल दिया। अब वह ग्वांतानामो के विरुद्ध अपना अलग आधार शिविर बना रहा। मैं नहीं जानती उसका बेसिक फंडा क्या है? मुझे दुनिया की झंझटों के बारे में ज़्यादा मालूमात नहीं है। मेरा काम है बच्चे पैदा करना। मैं उन्हें पैदा करती हूँ जो मार दिए गए थे। मैं अपनी कोख़ से बिना किसी भेदभाव के बच्चे पैदा करती हूँ लेकिन सिर्फ़ उन्हें जिनके साथ अन्याय हुआ, जो किसी-न-किसी तरह की हवस के शिकार बनाए गए। लोग कहते हैं कि मौत सब कुछ बराबर कर देती है। मृत्यु एक समतावादी तथ्य है। मरने के बाद सब कुछ समान हो जाता है। 'डेथ इज अ ग्रेट लैवलर' और भी न जाने क्या-क्या लेकिन मैं जानती हूँ कि यह एक ग़लत धारणा है। मरने के बाद भी असमानता पीछा नहीं छोड़ती। हर मौत में एक गुणात्मक अन्तर होता है। कौन मरा और किसने मारा, यह जानना बहुत ज़रूरी है।"

मृत्यु के बारे में उसके इन विचारों से मेरा दिमाग़ चकरा गया। ज़िन्दगी और ज़िन्दादिली की इस आइडियल से मौत के बारे में कुछ भी सुनना बहुत आश्चर्यजनक था। कुछ देर तक वह बहुत गहरे विचारों में खोई रही। फिर उसने मेरा हाथ थाम लिया और उठ खड़ी हुई। मैं बिना कुछ कहे चुपचाप

उसके साथ चलता रहा। कुछ देर बाद हम हाई गेट सिमिट्री में दाख़िल हुए। दुनिया के इस सबसे बड़े क़ब्रिस्तान में उसके साथ चलते हुए मैंने ख़ुद को बौना महसूस किया। वह रास्ते पर बताती रही कि यहाँ किन-किन महान विभूतियों को दफ़नाया गया है और यह भी कि जन-साधारण की पहुँच से यह कितना दूर है। फिर वह मुझे उत्तरी और दक्षिणी गोलार्ध में मौत के फ़र्क़ के बारे में बताने लगी। मौत और मुआवज़े और बेशुमार लावारिस लाशों की हैरतअंग्रेज़ तफ़सील—जिन लोगों ने अपने रिश्तेदारों को वर्ल्ड ट्रेड सेंटर के धमाके के बाद टीवी पर सिर्फ़ 'मरते हुए' देखा था, उन्हें 2,000 डॉलर का मुआवज़ा मिला और भोपाल गैस त्रासदी के शिकार लोगों का औसत मुआवज़ा सिर्फ़ 480 डॉलर है। वर्ल्ड ट्रेड सेंटर के मलबे से निकली देहों के लाखों ऊतक और कोशिकाएँ बतौर नमूना लिये गए ताकि यह तय किया जा सके कि मरने वाला दरअसल कौन था और उसके रिश्तेदारों को पूरी लाश न सही, लाश का एक टुकड़ा परम्परागत और सम्मानजनक ढंग से दफ़न करने के लिए दिया जा सके। और दूसरी तरफ़ क्यूबा, वियतनाम, इराक और जापान में जो मानवीय चीथड़े उड़ाए गए, उनका कोई हिसाब नहीं है।

"लेकिन जैसा कि मैंने पहले कहा, दुनिया के इन झंझटों के बारे में मुझे ज़्यादा जानकारी नहीं है। मैं उन्हें पैदा करती हूँ जो मार दिए गए और मेरे द्वारा पैदा किए गए बच्चे निश्चित रूप से समतावादी हैं क्योंकि मैंने उन्हें दूसरा जीवन दिया है।"

"ये बच्चे बड़े होकर क्या करेंगे? क्या उनके भविष्य के बारे में भी आपने कुछ सोचा है?"

"मैं सिर्फ़ उन्हें जन्म देती हूँ। बाकी की सारी ज़िम्मेदारी उनके पिताओं की होती है।"

"क्या मिस्टर मोजेज के अलावा भी कोई आपके बच्चों में दिलचस्पी रखता है?"

"हाँ, आँऽऽऽ, और भी कई हैं।" उसने ऐसे लहज़े में कहा जैसे अपने बच्चों के पिताओं का नाम याद कर रही हो, "एक चेकोस्लोवाकिया का कॉमेडियन है जो उन चार सौ यहूदी बच्चों के लिए थियेटर चलाता है जिन्हें दूसरे विश्वयुद्ध के दौरान स्कूल में ज़िन्दा जला दिया गया था। इसके अलावा एक नीग्रो पायलट है जो मेरे काले बच्चों को फाइटर प्लेन उड़ाना सिखाता

है। एक अफगानी शायर है जिसने तालिबानियों की हवस की शिकार बनाई गई लड़कियों के लिए एक गैर-धार्मिक मदरसा खोल रखा है। इसके अलावा कुछ न्यायाधीश, प्रोफ़ेसर, डॉक्टर, वैज्ञानिक, सोशल वर्कर और फ्रीडम फ़ाइटर्स भी मेरे बच्चों के बाप हैं।"

"ओह! इसका मतलब सबने अपने-अपने हिसाब से आधार शिविर, हवाई अड्डे, विश्वविद्यालय, प्रयोगशालाएँ, ऑपरेशन थियेटर्स, मदरसे और क्रान्तिकारी संगठन खोल रखे हैं और उनमें आपके बच्चों को भर्ती किया गया है?"

"हाँ-हाँ बिलकुल..."

"क्या मैं भी आपके बच्चों का बाप बन सकता हूँ?"

इस बार उन्होंने ग़ौर से मुझे देखा, फिर 'न' में सिर हिला दिया।

"क्यों?" मैंने पूछा।

"इसलिए कि तुम्हारा कोई विज़न नहीं है।" मैं चुपचाप उसका मुँह देखता रह गया।

"देखो, तुम बुरा मत मानो।" उसने मेरी गर्दन में अपनी बाँह डालकर मुझे अपने क़रीब खींच लिया। "बिलकुल सीधी-सी बात है। बाप बनने से पहले तुम्हें कम-से-कम यह तो मालूम होना चाहिए न कि आने वाले बच्चों का तुम क्या करोगे?"

मैंने एक होनहार बच्चे की तरह 'हाँ' में सिर हिलाया।

"तो फिर तुम आज से सोचना शुरू कर दो कि तुम्हारा मुख्य उद्देश्य क्या है और उसके लिए तुम्हें कैसे और कितने बच्चों की ज़रूरत है।"

मैंने एक बार फिर समझदारी का इज़हार करते हुए 'हाँ' में सिर हिलाया। कुछ देर बाद उसने अपनी बाँह मेरी गर्दन से हटा ली।

"अच्छा तो अब मुझे इज़ाजत दो। डिलिवरी का समय आ गया है। मुझे जाना होगा।"

"आप कहाँ जा रही हैं?" मुझे अचानक उनसे जुदा होना अच्छा नहीं लग रहा था।

"मैं उधर जा रही हूँ," उसने हाथ उठाकर क़ब्रिस्तान के एक सुदूर कोने की तरफ़ इशारा किया, "इस सिमिट्री में एक लेफ़्टिनेंट कॉर्नर है। वहीं कार्ल मार्क्स की समाधि के पास आज मुझे बच्चों को जन्म देना है।"

"क्या ये बच्चे भी मिस्टर मोजेज के हैं?"

"हाँ, उनके लिए ये मेरी आख़िरी खेप है। उसके बाद एक जर्मन फ़िल्म डायरेक्टर का नम्बर है और उसके बाद एक चीनी म्यूज़िक कंडक्टर का।"

मैं कुछ देर असमंजस में खड़ा रहा।

"तुम बिलकुल उदास मत होओ। मैं तुम्हें ज़रूर बच्चे दूँगी। तुम अच्छे से सोच लो, फिर मुझसे मिलना। ठीक है?"

विदा होने से पहले उस जननी ने मेरे गालों को सहलाया और माथे को चूम लिया। मैं सिर्फ़ उनके उभरे हुए पेट को निहारता रहा।

कम्प्यूटर का स्विच ऑफ़ करने के बाद मुझे अपनी वास्तविक दुनिया में आने में थोड़ा समय लगा। 'सेकेंड लाइफ' का असर मेरी चेतना से लिपटा रह गया था। मुझे थोड़ी देर तक असहजता महसूस हुई। फिर धीरे-धीरे एक सन्तुलन आना शुरू हुआ। अब मैं जो कुछ भी सोच रहा हूँ, उसमें 'सेकेंड लाइफ' की हिस्सेदारी बराबरी की है।

नौकरी से निकाले जाने के बाद मुझे जो धक्का लगा था और उस धक्के से मेरे अन्दर जो कुछ बिखर गया था, वह अब धीरे-धीरे संयोजित होने लगा। माइंड सेट होते ही सबसे पहला विचार यह आया कि जैसे दूसरी तमाम योजनाएँ बनाई जा रही हैं, शिविर और संस्थान चलाए जा रहे हैं, उसी तरह अगर मैं भी ख़ुद अपना ज़ोन बना लूँ तो कैसा रहेगा? सेज़ के ख़िलाफ़ मेरे इस एंटी इकॉनॉमिक जोन को ठीक वैसे ही खड़ा किया जा सकता है जैसे मिस्टर मोजेज़ ने ग्वांतानामो के ख़िलाफ़ अपना बेस कैम्प तैयार किया है।

यह विचार सिर्फ़ विचार ही न रह जाए इसलिए मैंने ख़ुद को फिर से अपडेट करना शुरू कर दिया, बिलकुल उसी तरह जैसे अपने प्रोफ़ेशनल कॅरिअर को ऊँचाई पर ले जाने के लिए मैं टेक्नोलॉजिकल, लीगल, प्रैक्टिकल और थ्योरिटिकल जानकारियों के बारे में अपडेट रहा हूँ। लेकिन अब मेरी लड़ाई प्रोफ़ेशनलिज़्म के ख़िलाफ़ है और अपनी उसी पुरानी स्किल से मुझे यह लड़ाई लड़नी है, जिस स्किल ने कम्पनी को एक से एक प्रोजेक्ट देकर बड़े-बड़े फ़ायदे करवाए थे।

मैं उठकर खड़ा हो गया और कमरे के बीचोबीच यूँ ही खड़ा रहा। मेरे दिमाग़ में विध्वंसक विचारों की हैरतअंग्रेज़ जुम्बिश हुई। अपने ही

विचारों से मैं उत्तेजित हो उठा और लम्बे-लम्बे डग भरते हुए कमरे में इधर-उधर चक्कर काटने लगा। मुझे अपनी खोपड़ी में फिर वही खौलती हुई खलबलाहट सुनाई दी। बदले की भावना अब मेरे अन्दर भड़क चुकी थी और मैं एक ही पल में कॉर्पोरेट घरानों के पतन की लम्बी श्रृंखला का एकमात्र नियामक और एकमात्र साक्षी बन गया। जब मैं अपने ही विचारों की जलन से सुलगता हुआ और हर चीज़ को सुलगाता हुआ पागलों की तरह चक्कर लगा रहा था, तब मुझे मालूम नहीं था कि कमरे में कोई और भी है, जो मेरी हरकतों को देख रहा है। जब मेरा ध्यान सोफ़े की तरफ़ गया तो मैं बुरी तरह चौंक गया।

"तुम! तुम कब आईं ?"

रीना सोफ़े पर बैठी बहुत गम्भीरता से मेरे चेहरे को देख रही है। उसकी आँखों में मुझे पहली बार वैसा दु:ख और नाराज़गी दिखाई दी, जो सिर्फ़ दाम्पत्य का अनुभव ले चुकी स्त्री की आँखों में नज़र आती है। अपने लिए इतनी नाराज़ आँखें मैंने अपने जीवनकाल में पहले कभी नहीं देखी थीं। मैं अन्दर-ही-अन्दर द्रवित होने लगता हूँ।

वह कुछ देर मुझे देखती रहती है। फिर उसकी आँखें मुँद जाती हैं। एक हल्की-सी सिसकी की जुम्बिश से बालों की एक लट खुल जाती है और उसके जलते हुए कपोल पर वह लहराती रहती है, जब तक आँसुओं की एक लम्बी धार उसे अपनी चपेट में नहीं ले लेती। मेरी तर्जनी ने उस लट को आँसुओं से अलग किया। मैं उसके पास बैठ जाता हूँ। मैं उसका हाथ अपने हाथों में ले लेता हूँ और बहुत जल्द मुझे पता चल जाता है कि यह स्पर्श हमारे अब तक के यांत्रिक साहचर्य से बिलकुल भिन्न है। उसकी कोमल त्वचा और मेरी खुरदरी हथेलियों के बीच इस बार जो रसायन बनता है, वह किसी भी तरह के संवाद की गुंजाइश नहीं छोड़ता। बिना कुछ कहे हमने एक-दूसरे की मन:स्थिति को समझ लिया।

बाद के दिनों में जब हम एक-दूसरे को सँभालने की स्थिति में आ गए तो छोटी-छोटी बातों से ही हमने उस सन्तुलन को फिर से पा लिया जो पिछले दो-तीन महीनों से डगमगा गया था। अब मैं रीना की हर बात मानने लगा हूँ। मेरे मल्टीपल फ्रैक्चर और दिमाग़ी बिखराव के लिए किए जा रहे उपचार को मैं पूरे सम्मान से स्वीकारता हूँ।

एक के बाद एक कई दिन गुज़र गए। पूरा एक महीना बीत चुका है। मैंने अभी तक अपने भौतिक भविष्य के बारे में कुछ तय नहीं किया है। पता नहीं रीना इस बारे में क्या सोच रही है? वह क्या करती है, कहाँ आती-जाती है और पिछले एक महीने में उसके अन्दर कितने बदलाव आ गए हैं, मुझे यह देखने की फ़ुर्सत नहीं थी। मैं अब जीवन की स्थूल ज़रूरतों से बहुत ऊपर उठ गया हूँ। मैं पूरी तरह अपनी योजना में मग्न हूँ। मदर यूनिवर्स से मुलाक़ातों का सिलसिला अब भी जारी है। और तो और, उसके यार-दोस्तों से भी मेरी जान-पहचान बढ़ती जा रही है। मैं अपनी योजना के बारे में अकसर उनसे विचार-विमर्श करता हूँ। कुछ लोगों ने तो मुझे सहयोग देने का भी वादा किया है। ख़ासतौर से मिस्टर मोजेज़ का मैं बहुत आभारी हूँ जिसने मुझे बताया कि प्रोफ़ेशनलिज़्म के ख़िलाफ़ लड़ने में मेरी पुरानी स्किल काम नहीं आएगी। मैं अकेले यह लड़ाई नहीं लड़ सकता। इसके लिए मुझे छापामारों की मदद लेनी पड़ेगी।

मैंने इतिहास पर नज़र डाली और सिर्फ़ पन्द्रह मिनट में दुनिया भर की छापामार लड़ाइयों में मारे गए छापामारों के आँकड़े इकट्ठे कर लिये। अब मैं उनकी आइडेंटिटी के साथ एक लिस्ट तैयार कर रहा हूँ ताकि उसे मदर के सामने प्रस्तुत कर सकूँ।

रीना मेरी इन गतिविधियों के बारे में कुछ नहीं जानती। वह सिर्फ़ इतना जानती है कि मैं स्वस्थ नहीं हूँ। समय-समय पर उसके द्वारा दी जा रही अवसाद रोधक दवाओं को निगलकर मैं सो जाता हूँ लेकिन नींद में भी मुझे पुरानी सब बातें याद आती हैं। मुझे अपनी कम्पनी की स्ट्रेटेजी नंगी नाचती दिखाई देती है। मैं अपने सामने चल रही एक मीटिंग को देखता हूँ। अधिकारियों, नेताओं और कम्पनी के सचिवों की उस मीटिंग में शेड्यूल्ड एरिया ट्राइबलीयूजेबल प्रॉपर्टी एक्ट को संशोधित करने और तोड़-मरोड़ कर उसे कॉर्पोरेट घरानों के लिए मुहैया कराने की जालसाज़ी रची जा रही है और ज़मीनों को अधिग्रहीत करने के बाद उसे शॉपिंग मॉल, मल्टीप्लेक्स और हाईटेक रिहाइशी कॉलोनियों के रूप में डेवलप करने की योजना बनाई जा रही है। मैं नींद में कसमसाता हूँ। मैं इस हड़पख़ोरी के ख़िलाफ़ आवाज़ उठाता हूँ। दवाइयों के असर को तोड़कर मैं बार-बार जाग उठता हूँ और फिर अपने काम में जुट जाता हूँ।

छापामारों की लिस्ट जब बनकर तैयार हो गई तो मैंने मदर यूनिवर्स को खोजना शुरू किया। इधर-उधर भटकने के बाद मेरे क़दम ख़ुद-ब-ख़ुद हाइगेट सिमिट्री की तरफ़ खिंचते चले गए। क़ब्रिस्तान इतना बड़ा था और झाड़बन्दी के चारों ओर इतनी दूर-दूर तक फैला था कि कहीं से भी उसका अन्त नज़र नहीं आता था। इस सिमिट्री के अन्दर फैले बगीचों को सुन्दर बनाने के लिए जितनी मेहनत की गई थी वह उसे सार्थक कर रही थी। हरियाली और तरह-तरह की रंगीनियाँ हालाँकि अब विदा हो चुकी थीं, लेकिन उस भूरे और धूसर लैंडस्केप में ठेठ यूरोपीय सौन्दर्य का जादू अभी तक कायम था।

कुछ देर तक चलते रहने के बाद मैं लेफ़्टिस्ट कॉर्नर की तरफ़ मुड़ गया। बीच-बीच में इक्का-दुक्का ताबूत और शवयात्रियों की ख़ामोश भीड़ मुझे दिखाई दी। कहीं क़ब्रें खोदी जा रही हैं और कहीं खुली हुई क़ब्रों को मिट्टी से पाटा जा रहा है।

कुछ देर बाद मार्क्स की समाधि से पीठ टिकाए बैठी मदर यूनिवर्स मुझे दिखाई दी। वह सूखे हुए पत्तों से घिरी हुई थी। मैं उसके पास पहुँचा और मुझे उसके चेहरे पर वही पुराना आत्मगौरव और लालित्य दिखाई दिया जो एक प्रसूता के चेहरे पर होता है।

मैं धीरे-धीरे उसके और नज़दीक जाता हूँ। पत्तों की चरमराहट का स्वर जब थम जाता है तब मैं उसकी हथेलियों का स्पर्श अपने हाथों में महसूस करता हूँ। वह मुझे अपने पास बिठा लेती है। वह मेरे बालों को और मेरी पशेमान पेशानी को सहलाती है।

"चलो अब बताओ। क्या सोच रखा है तुमने? कैसे बच्चे चाहिए तुम्हें?"

"मुझे कुछ छापामार चाहिए," मैंने अपनी जेब से विश्व के कुछ चुनिंदा शहीद छापागारों की फेहरिस्त निकालकर उसकी तरफ़ बढ़ा दी।

"इस लिस्ट को तुम काग़ज़ पर नहीं, अपने दिमाग़ में रखो और जब सही वक़्त आए तब तुम इसे मेरे भीतर उतार देना।"

"मैं उस सही वक़्त का अन्दाज़ा कैसे लगाऊँगा और इन शहीदों को आपके गर्भाशय तक कैसे पहुँचाऊँगा?"

"ओह! तुम जैसे अति व्यावहारिक बुद्धि वाले व्यक्ति को अकसर मूल संवेदनाओं के बारे में कुछ पता नहीं होता। क्या मैं यह जान सकती हूँ तुमने आज तक किसी का चुम्बन लिया है या नहीं?"

मैं सोच में पड़ गया। कुछ देर बाद मैंने निराश होकर सिर हिलाया, "आई एम सॉरी, मदर! मुझे अति प्रारम्भिक निर्देश की ज़रूरत है। मैंने कभी किसी को चूमा नहीं है। क्या आप बता सकती हैं कि इस मामले में कौन मेरी मदद कर सकता है?"

"उत्तेजना," हल्की-सी कठोरता के साथ मदर ने कहा, "अब चूँकि तुम मदद माँग रहे हो तो मैं बता दूँ वह उत्तेजना है जो तुम्हारे अन्दर जिस्मानी और रूहानी घालमेल पैदा करेगी और तुम्हारे विज़न को मेरे अन्दर लाएगी। आक्रोश और घृणा से नहीं, प्यार और यौवन से उफनती हुई उत्तेजना..."

इस बार मैंने भी मार्क्स की समाधि से अपनी पीठ टिका ली और गम्भीरता से अपने अब तक के जीवन का आकलन किया। मुझे समझ में आ गया कि जिस मूलभूत संवेदना और गुप्त उत्तेजना की बात यहाँ कही जा रही है, उससे मैं बिलकुल वाक़िफ़ नहीं हूँ।

जब मैंने अपनी असमर्थता ज़ाहिर कर दी तो मदर यूनिवर्स ने अपनी बाईं बाँह मेरी गर्दन में डाल दी, मुझे अपनी छाती से सटा लेने के बाद उसने धीमी आवाज़ में कहा, "तुम पहले प्यार करना सीखो, फिर अपने आप तुम्हें सब मिल जाएगा, जो तुम चाहते हो।"

मैंने सिर उठाया और ग़ौर से उनके चेहरे को देखने लगा।

"बिना आँच के रोटी नहीं पकती और बिना ऊष्मा के जीवन," उसने बहुत गहराई से मुझे देखते हुए कहा, "तुम्हें अपने हर काम को एक धड़कती हुई गर्मजोशी के साथ सम्पन्न करना चाहिए।"

मैंने इस बार पूरे साहस के साथ सीधे उसकी आँखों से आँखें मिलाईं। उसकी बड़ी-बड़ी बहुत गहरी और किसी प्लेरिटोरियम जैसी आँखों में समूचा विश्व अपनी सारी सुन्दरता और सकारात्मक ऊर्जा के साथ एक छोटे-से दायरे में सिमट आया था। मैंने उस रहस्यमयी स्त्री के स्तनों में अपना सिर समर्पित कर दिया। उस स्त्री ने दोनों मुट्ठियों में मेरे बाल भींचकर मेरा सिर उठाया और अपने अधरों को पूरी उदारता के साथ समर्पित कर दिया।

हवा एक बार फिर हमारे आसपास पड़े सूखे पत्तों में सरसराने लगी। फिर एक ज़ोरदार झोंका आया और मैंने अपने तथा मदर यूनिवर्स के वस्त्रों को हवा में उड़ते देखा। सूखे पत्तों और फड़फड़ाते वस्त्रों के चकराते तूफ़ान को सलीबों पर घुमड़ते हुए देखने के बाद मैंने फिर मदर की तरफ़ देखा

लेकिन उनके लहराते हुए बालों के बीच मुझे इस बार रीना का प्रेमातुर और उत्तप्त चेहरा दिखाई दिया। इस अनोखी तब्दीली से मुझे अपने भीतर एक शदीद और गर्म थरथराहट महसूस हुई जो लगातार बढ़ती चली गई जब तक रीना के होंठों को मेरे होंठों ने छू न लिया।

यह मेरे जीवन का पहला चुम्बन था। बेशक यह एक वर्चुअल चुम्बन था लेकिन मेरे होंठों ने एक ज़िन्दा तपिश और तशन्नुज़ को महसूस किया।

रीना : एक लम्बे अर्से से अपने आप से जूझ रहे अपने लिव-इन पार्टनर को कम्प्यूटर स्क्रीन के सामने इतनी दयनीय अवस्था में देखकर मुझसे रहा न गया। मैं अपने सामने चल रहे उस वर्चुअल सहवास और गर्भाधान के विचित्र मेलोड्रामा को कुछ देर देखती रही। फिर मैंने कुर्सी के पीछे से उसके दोनों कन्धों पर हाथ रख दिए। लेकिन मेरे स्पर्श का उसे ज़रा भी आभास नहीं हुआ और तब मैं इस दुविधा में पड़ गई कि उसके अवतार को चरमोत्कर्ष तक पहुँचने दूँ या उसे झिंझोड़कर वापस वास्तविक दुनिया में ले आऊँ। मुझे डर था कि इस तरह के निराधार आवेग के बाद वह कहीं पूरी तरह विक्षिप्त न हो जाए। वह पिछले दो महीनों से ऑब्सेशन का शिकार था और उसे मालूम भी नहीं था कि मैं गुप्त रूप से एक मनोचिकित्सक से परामर्श लेकर इसका इलाज करवा रही हूँ।

बरसों पहले जब हम पूना में सिम्बॉसिस के स्टूडेंट थे, तब से मैं उसे जानती हूँ। वह हालाँकि पढ़ने में सबसे तेज़ था लेकिन उसके विचार और व्यवहार तार्किक नहीं थे। वह कभी-कभी निराधार विचारों और गतिविधियों में उलझ जाता था, कभी-कभी घंटों और कई बार तो दो-दो, तीन-तीन दिन तक उसके मन पर कोई ऑब्सेशन हावी रहता था।

ज़ाहिर है, ऐसे लड़कों का अपना कोई ग्रुप नहीं होता और वे अकेले पड़ते जाते हैं। मैंने अपने ग्रुप के लड़के-लड़कियों के साथ उसे मिक्स करने के प्रयास किए लेकिन कुछ ही दिनों में मुझे दोहरी मशक्कत करनी पड़ी। एक तरफ़ मैं उसे व्यावहारिक रूप से सजग बनाने की कोशिश करती और दूसरी तरफ़ मुझे यह भी ध्यान रखना पड़ता था कि अपने अन्य मित्रों और सहेलियों को उसके व्यवहार की असहजता के बारे में पता न चलने दूँ।

अपनी इस कोशिश के दौरान मुझे अकसर अपनी पढ़ाई और अपने कामकाज का नुकसान सहना पड़ता था, लेकिन कुछ ही दिनों में मैं उसकी आदी हो गई और धीरे-धीरे मैंने अपने कॅरिअर और उसकी ऊटपटाँग गतिविधियों के बीच सन्तुलन बना लिया।

शुरू-शुरू में मेरे मन में यह सवाल उठता था कि मैं क्यों इस व्यक्ति से जुड़ी हूँ और कब तक जुड़ी रहूँगी? इससे ज़्यादा मुश्किल सवाल तो यह था कि अगर मैं उससे सम्पर्क तोड़ दूँ या किसी कारण कभी मुझे उससे अलग होना पड़ा तो उसका क्या होगा? क्योंकि एक-दो बार नहीं, कई बार ऐसे मौक़े आए थे, जब वह बहक गया था और चाहकर भी ख़ुद को नियंत्रित नहीं कर पाया था और मैंने छोटी-छोटी युक्तियों से उसे बहलाकर वापस विवेक और समझदारी के दायरे में खींच लिया था।

एक बार तो उसने ख़ासी मुश्किल खड़ी कर दी थी। उसके किसी क्लासमेट ने उसे एक दिन कह दिया कि तुम भले ही सिम्बॉसिस के टॉपर हो लेकिन तुममें इतनी भी कॉमनसेंस नहीं है जितनी एक ऑटोरिक्शा ड्राइवर या एक सब्ज़ी बेचने वाले या एक भेलपुरी बेचने वाले में होती है।

अपने क्लासमेट की बात सुनकर वह सनक गया और सामान्य ज्ञान प्राप्त करने के प्रयास में वह कुछ ऐसी हरकतें करने लगा जो बहुत हास्यास्पद थीं। वह कभी सब्ज़ी मंडी चला जाता, कभी ऑटोरिक्शा स्टैंड के आसपास दिखाई देता और कभी-कभी हॉकरों और भेलपुरी बेचने वालों के पास 'प्रैक्टिकल नॉलेज' लेने के लिए घंटों खड़ा रहता।

मैं अपनी क्लास छोड़कर उसे खोजने जाती और पकड़-धकड़कर उसे वापस लाती लेकिन अगले दिन वह फिर ग़ायब हो जाता। मैं स्टूडेंट्स के बीच उसे मज़ाक़ का पात्र बनने से किसी भी हालत में बचा लेना चाहती थी। अपनी सब युक्तियाँ आजमा लेने के बाद भी जब स्थितियाँ नहीं बदलीं तो मैंने एक कड़ा फैसला लिया और उसे ज़बर्दस्ती ऑटोरिक्शा में बिठाकर डॉ. यतीश अग्रवाल के पास ले गई। उस साइकॉलॉजिस्ट की क्लिनिक के पास जैसे ही ऑटो रुका, वह और भी ज़्यादा बहक गया। मैंने उसे शान्त करने और समझाने की बहुत कोशिश की लेकिन जब वह वहाँ से भाग जाने की कोशिश करने लगा तब मुझे ऑटो ड्राइवर और क्लिनिक के अन्य सहायकों का सहयोग लेना पड़ा।

कुछ देर की जाँच-पड़ताल और पूछताछ के बाद डॉक्टर ने अकेले में मुझे सब कुछ समझा दिया। मरीज कम्पलसिव डिसॉर्डर का शिकार है जिसमें कुछ ऊटपटाँग विचार और छवियाँ उस पर इतनी हावी हो जाती हैं कि वास्तविक स्थितियों से उसका सम्पर्क टूट जाता है। ऐसे मरीज़ को नियमित देखभाल की ज़रूरत होती है और उन्हें अकेला छोड़ना बहुत ख़तरनाक हो सकता है।

क्लिनिक से लौटते समय मैं बहुत असमंजस में थी। अगर मैं उसके पेरेंट्स को इस बात की जानकारी दूँगी तो वे उसे वापस ले जाएँगे और उसका कॅरिअर चौपट हो जाएगा। वह जिन लड़कों के साथ रूम पार्टनर की हैसियत से एक फ़्लैट में रहता था, वहाँ भी उसकी देखभाल करने वाला कोई नहीं था और मैं एक गर्ल्स हॉस्टल की डॉरमेटरी में रहती थी। उसका मेरी डॉरमेटरी में आना सम्भव नहीं था और मेरा उसके फ़्लैट में जाना उचित नहीं था। मैं तब उतनी वयस्क भी नहीं थी इस नाज़ुक मसले पर कोई निर्णय ले सकूँ।

मेरी मन:स्थिति उस समय पता नहीं क्या रही होगी, लेकिन मुझे उस वक़्त बिलकुल पता नहीं था कि अनजाने में किसी अज्ञात प्रेरणा से मैं कुछ-कुछ वैसा ही बिहेव करने लगी हूँ जैसे कोई मादा प्रजनन काल आने से पहले करती है। सिर्फ़ चार-पाँच दिनों में मैंने इधर-उधर से तिनके बटोरकर घोंसला बना लिया लेकिन प्रजनन के लिए नहीं, सहजीवन के लिए। एक मादा को अपने घोंसले में अंडों को सेना पड़ना है और मुझे प्रकृति ने एक अत्याधुनिक मस्तिष्क को सेने की ज़िम्मेदारी दी थी। ट्राइसायक्लिक दवाओं की प्रिसक्रिप्शन तब हमेशा मेरे पर्स में रहती थी। क्लोमाप्रिमिन सरटरालिन और फ्लोक्सेटिन जैसी अवसाद रोधक दवाओं के नाम मुझे मुँहज़ुबानी याद हो गए थे।

डॉक्टर ने तीन महीने तक दवाएँ लेने की सलाह दी थी और तीन महीने साइकोथेरेपी लेनी थी। वे छह महीने जब बीत गए तो सब कुछ सामान्य हो गया, लेकिन उस छह महीने की समयावधि में हमारे दरमियान जो गठजोड़ निर्मित हो गया उसे विलगाना अब किसी के बस में नहीं था। जैसे दो अलग-अलग पेड़ों की जड़ें ज़मीन में फैलते-फैलते आपस में गुँथ जाती हैं या जैसे कोई बेल पेड़ के तने और शाखाओं से लिपटती जाती

है, ठीक वैसे ही किसी नामालूम-सी प्रक्रिया ने हम दोनों को एक जोड़े में बदल दिया। प्रशान्त पाँचाल और रीना अनासे। ये दो नाम अब सिर्फ़ नाम नहीं रह गए थे। इन नामों के बीच एक अजीब रिश्ता था जिसे परिभाषित नहीं किया जा सकता।

मैंने जिस इलाके में कमरा लिया था वह सिम्बॉसिस से दूर था। हम सिटी बस से आना-जाना करते थे। कुछ ही दिनों में हमारी दिनचर्या नियमित हो गई। अपनी तमाम हड़बड़-गड़बड़ के बावजूद प्रशान्त मुझसे कहीं ज़्यादा तत्पर और अनुशासित था, ख़ासतौर से चीज़ों के रखरखाव में वह बहुत निपुण था। उसकी प्रोग्रामिंग में एक अचूक निरन्तरता थी, जो 'घर' के 'मैनेजमेंट' में भी काम आती थी। मेरे लिए यह बता पाना मुश्किल है कि किराए के उस कमरे को 'घर' बनाने में किसका कितना योगदान था? चीज़ें कहाँ-कहाँ से आईं और कैसे संचालित होने और उपयोग में आने लगीं?

बर्तनों की घरेलू खड़खड़ाहट हालाँकि अब भी हमारे कमरे में सुनाई नहीं देती थी लेकिन कमरे से बाहर दरवाज़े के दाईं ओर खड़ा हमारा 'डस्टबिन' हमेशा ज़ंक फूड के पाउच, सॉफ़्ट ड्रिंक्स की बोतलों, आइसक्रीम के कप या होमडिलीवरी में आए फूड पार्सलों के लेमिनेटेड बॉक्स से भरा रहता था। अपने इस हरे-भरे डस्टबिन को देखकर मुझे एक ऐसी स्वस्थ अनुभूति होती थी जैसे हमारे बुजुर्गों को सदाबहार गमलों, फलों से लदे पेड़ या तन्दूर से निकलती गर्म-गर्म रोटी को देखकर होती होगी। फ़ास्ट फूड के उस दौर में प्रोटीन और विटामिन की कमी के बावज़ूद सत्रह घंटों तक लगातार काम करने की ऊर्जा हमारे भीतर थी।

पूना में सिम्बॉसिस के अति उत्साहपूर्ण वर्षों के बाद कैम्पस सिलेक्शन में उसे मुम्बई की एक कम्पनी ने सिलेक्ट कर लिया और मेरे लिए सबसे अच्छा ऑफर हैदराबाद की कम्पनी का था। ये हमारे कॅरिअर के शुरुआती अवसर थे। इन अवसरों को हाथ से जाने देना बहुत अव्यावहारिक होता। मैंने जब अपने पैकेज के बारे में उसे बताया तो वह तुरन्त गम्भीर हो गया।

कम्पनी मुझे क्या-क्या सुविधाएँ दे रही है और मेरे काम और रहने-खाने की सुविधाओं और आसपास के वातावरण के बारे में वह कुछ ऐसे चिन्तित होकर विचार-विमर्श करने लगा जैसे मेरा अभिभावक हो। उसने कम्पनी के

एच.आर. विभाग से सम्पर्क किया और उनसे कम्पनी के बारे में सम्पूर्ण विवरण देने का अनुरोध किया। वह तुरन्त कम्पनी की वेबसाइट पर गया और उसके बारे में तमाम जानकारियाँ हासिल कीं, जैसे कोई पिता अपनी बेटी के लिए आए रिश्ते की जाँच-पड़ताल करता है। उसने कम्पनी तक जाने वाले मार्गों, ट्रैफ़िक की स्थितियों, जल्दी पहुँचने के मार्गों, आने-जाने में लगने वाले समय और नज़दीकी बस स्टॉप तक की जानकारी ले ली। इन जानकारियों से वह असन्तुष्ट था।

उस दिन सिम्बॉयसिस से लौटते समय वह रास्ते भर भिन-भिन करता रहा। मुझे उसकी एक भी बात पल्ले नहीं पड़ रही थी। कभी वह कुछ कहता, कभी कुछ। कमरे में पहुँचते ही वह और भी ऊँची आवाज़ में बड़बड़ाने लगा। और कुछ ही देर में मुझे समझ में आ गया कि इस तनाव और उसकी अंट-शंट बातों की असली वजह क्या है।

हमने जुदा होने या साथ रहने के बारे में पहले कभी कुछ नहीं सोचा था और अब ऐन वक़्त पर जब जुदा होने और अकेले पड़ जाने की बारी आई तो अफ़रातफ़री मच गई। मैं हालाँकि बहुत सहज थी लेकिन उसे जाने क्या हो गया? वह कमरे में इधर-उधर चक्कर मारने लगा। फिर बिना कुछ बताए बाहर चला गया। मैं कुछ देर सोच में डूबी रही। फिर अपना सामान समेटना शुरू कर दिया। मेरी पैकिंग जब पूरी हो गई तो वह आया और मेरी तैयारी को देखकर और भी हड़बड़ा गया, "नहीं, नहीं, तुम अहमदाबाद मत जाओ।" वह एकदम मेरे पास आया और मेरे कन्धे पकड़कर घिघियाने लगा, "वह शहर आतंकवादियों के निशाने पर है...वहाँ कभी भी कुछ भी हो सकता है...प्लीज़, तुम मत जाओ..."

"लेकिन मैं अहमदाबाद कहाँ जा रही हूँ? मुझे हैदराबाद जाना है।"

"हैदराबाद ! ओह माई गॉड! तुम्हें मालूम नहीं है वहाँ आए दिन समुद्री तूफ़ान आता रहता है?" वह और भी ज़्यादा तनाव में आ गया, "नहीं, नहीं...बिलकुल नहीं।" उसने मेरा बैग मेरे हाथ से छीनने की कोशिश की, "मैं तुम्हें वहाँ नहीं जाने दूँगा।"

मैंने गुस्से में आकर अपना हैंड बैग बिस्तर पर फेंक दिया और धम्म-से कुर्सी पर बैठ गई। बहुत देर तक मैं अपने सिर पर हाथ धरे बैठी रही। हैदराबाद समुद्री किनारे से कितना दूर है, यह बताने का अब कोई मतलब

नहीं। उसके साथ और ज़्यादा माथापच्ची करने के बजाय मैंने अपना इरादा बदल दिया।

"ठीक है। मैं नहीं जाऊँगी। तुम अपनी तैयारी करो। परसों तुम्हें ज़्वाइन करना है। आज ही तुम्हें निकलना पड़ेगा।"

उसने राहत की साँस ली। फिर मेरे पास आकर मेरे कन्धों पर हाथ रख दिए, "तुम नाराज़ तो नहीं हो न?"

मैंने उसकी तरफ़ देखा और धीरे से मुस्कराकर 'न' में सिर हिला दिया।

फिर वह अपना सामान समेटने लगा। मैं देखना चाहती थी कि वह अकेले अपने बूते पर ख़ुद को और अपनी तमाम चीज़ों को सहेज सकता है या नहीं? उसने बहुत सलीके से पैकिंग की। उसकी इस परफ़ेक्शन से मैं प्रभावित हुए बिना नहीं रह सकी।

पैकिंग से फ़ारिग़ होते ही उसने जेब से रूमाल निकाला और आदतन माथे पर छलछला आए पसीने को पोंछने लगा। अचानक जैसे उसे कुछ याद आया। उसने रूमाल वापस जींस की पिछली जेब में ठूँसा और अपने ट्रॉली बैग का लॉक खोलने की कोशिश करने लगा। वह नम्बर वाला लॉक था। लॉक करने के लिए उसने जो नम्बर सेट किया था, उसकी सीरीज़ अब उसे याद नहीं आ रही थी। बहुत दिमाग़ लड़ाने के बाद भी जब लॉक नहीं खुला तो उसने बैग को ही उठाकर ज़मीन पर पटक दिया।

"क्या चाहिए तुम्हें ?" मैंने पूछा, मगर उसे मेरी आवाज़ सुनाई न दी। उसने ट्रॉली बैग के साइड पॉकेट से एक नेल कटर निकाला और उसके खाँचे में से एक नुकीले ओपनर को बाहर निकालकर बैग की रेगज़ीन फाड़ने लगा।

"अरे...अरे...क्या कर रहे हो तुम...मुझे बताओ तो सही क्या खोज रहे हो तुम?" लेकिन मेरा वाक्य पूरा होने से पहले ही उसने रेगज़ीन में एक लम्बा चीरा लगा दिया। फिर वह फटे हुए हिस्से में हाथ घुसेड़कर कपड़े-लत्ते खींच-तानकर बाहर निकालने लगा, "मेरा पोर्टफोलियो कहीं मिल नहीं रहा है।" वह मेरी तरफ़ देखे बग़ैर बुदबुदाया, "बिना किसी काग़ज़ात के मैं कैसे ज्वाइन करूँगा?"

"पोर्टफोलियो तुमने ट्रॉली बैग में नहीं, एयर बैग में रखा है," मैंने झुँझलाकर कहा और उसके एयर बैग की ज़िप खोलकर बिलकुल ऊपर पड़ी फ़ाइल निकालकर उसके सामने पटक दी।

वह कुछ देर बौराया-सा मुझे देखता रहा। फिर उल्टे मुझ पर झल्ला उठा, "तुम्हें मालूम था कि मेरे पेपर्स एयर बैग में पड़े हैं, फिर तुमने बताया क्यों नहीं?"

"मुझे मालूम था कि तुम्हारी फ़ाइल कहाँ है लेकिन ये नहीं मालूम था कि तुम क्या खोज रहे हो?"

"लेकिन तुम पूछ तो सकती थीं न कि मैं क्या खोज रहा हूँ?"

इस बार मैं चुप हो गई। वह कुछ देर खड़ा रहा। फिर कुर्सी पर बैठ गया। ट्रॉली बैग से निकालकर बिखराए गए सामान को सहेजते हुए मैंने कनखियों से उसकी तरफ़ देखा। उसके चेहरे पर पसीना अब रेले की तरह बह रहा था और साँसें भी तेज़-तेज़ चल रही थीं। मैंने अपने पर्स से एक ट्राइसाइक्लीन टेबलेट निकाली और जैसे ही तिपाई से पानी का गिलास उठाया, उसने एक भूखे चूजे की तरह अपना मुँह खोल दिया।

साफ़ दिखाई दे रहा था कि वह अपनी पहली ज़्वाइनिंग के लिए सहज नहीं था। मैं ख़ुद भी उस वक़्त बहुत चिन्तित थी। मैं जानती हूँ कि कॉर्पोरेट जगत में किसी भी तरह के ऑब्सेशन के लिए कोई जगह नहीं होती। अगर पहली ही ज़्वाइनिंग में कोई गड़बड़ी हो गई तो? मैं उसके कॅरिअर के बारे में गम्भीरता से सोचने लगी और यही सब सोचते-सोचते मैं उसका सामान भी वापस पैक कर रही थी। ट्रॉली बैग के फटे हिस्से को सेलो टेप से चिपकाते हुए पता नहीं किस रौ में मैंने पूछा, "तुम्हारे पास एशियाड बस सर्विसेज़ के नम्बर हैं?"

"हाँ।" उसने कहा।

"एक टिकट और बुक करवा लो। मैं तुम्हारे साथ चल रही हूँ।"

ये शब्द बिना कुछ सोचे-समझे कहे गए थे। शायद तात्कालिक रूप से उन शब्दों का आशय पूना से मुम्बई की यात्रा तक सीमित रहा होगा लेकिन अब चार साल बीत चुके हैं और यह साथ चलना अभी तक कहीं पहुँच नहीं पाया है।

हमारे परिवारों में इस तरह के 'साथ' के लिए कोई मान्यता नहीं है। इस बीच अनेक बार उसके और मेरे पारिवारिक सूत्रों ने हमारे इस सह-जीवन को वैध करने और हमें विवाह के बन्धन में बाँधने की कोशिश की लेकिन किसी परिपाटी तक पहुँचने के बजाय हम हिचकोले खाकर

सामाजिक जीवन से और दूर होते गए। इस स्थिति का अवलोकन केवल वे कर सकते हैं जो किनारे खड़े हैं। हम अपने पारम्परिक परिवारों से बिछुड़ गए हैं और नई जीवन शैली हमें कहाँ ले जाएगी, इसका कुछ अनुमान लगाना मुश्किल है।

इन चार सालों में कई तौर-तरीक़ों में बदलाव आए हैं और मैंने परिस्थितियों और नीतियों के हिसाब से ख़ुद को ढालने के लिए हमेशा लचीला रुख अपनाया लेकिन मेरे इस पार्टनर को कोई भी चीज़ बदल नहीं पाई।

कम्पनी ज़्वाइन करने के दिन मुझे उसे तैयार करने में बहुत दिमाग़ खपाना पड़ा था। वह बार-बार घबरा जाता था। वह उस बच्चे जैसा बिहेव कर रहा था, जिसे पहली बार स्कूल ले जाया जा रहा हो। मैंने जैसे ही उसकी गर्दन में टाई डाली, वह थोड़ा रुआँसा भी हो गया। आख़िर सख़्ती से उसका हाथ पकड़कर मैं उसे मरीनो इंडस्ट्रीज़ के एच.आर. विभाग तक लेकर गई।

लेकिन फॉर्मलिटी पूरी होने के बाद जैसे ही मैंने उसका हाथ छोड़ा, वह धड़-धड़ कई सीढ़ियाँ चढ़ गया। मैं नीचे खड़ी उसे देखती ही रह गई। वह पत्थर या कांक्रीट की सीढ़ियाँ नहीं, उसकी तरक्की की पायदान थीं। उसकी चुस्त और उत्साह से भरी कार्यक्षमता और जटिल प्रोग्राम्स को मिनटों में समझ लेने के हुनर ने उसके परफार्मेंस लेवल को बहुत ऊँचा उठा दिया।

लेकिन मुझे डर था कि कहीं वह समय से पहले थक न जाए। उसकी गतिविधियों पर ध्यान रखने के लिए ही मैंने बहुत-से अच्छे अवसरों को छोड़कर उसी कम्पनी के एच.आर. विभाग में जॉब चुन ली। कम्पनी के कई अन्य विभागों से जुड़े बहुत-से कर्मचारियों, अधिकारियों और एक्ज़ीक्यूटिव्स की 'रिपोर्ट' उसी ऑफ़िस में दर्ज होती थी, जिस ऑफ़िस की मैं सेक्रेटरी थी।

बहुत जल्द मुझे मालूम हो गया कि अच्छे परफॉर्मेंस लेवल का नतीजा क्या होता है? कम्पनी ऐसे अति उत्साही कर्मचारियों को प्रमोट करने के साथ-साथ उन पर अतिरिक्त कार्यभार थोपती जाती है। उन्हें कुछ मुश्किल लक्ष्य दिए जाते हैं जो उन्हें हर हाल में पूरे करने पड़ते हैं। मेरा पार्टनर भीषण कार्यशक्तियों से लबालब था और मैनेजमेंट की काइयाँ नीतियों के बारे में उसे कुछ अन्दाज़ा नहीं था। मैंने पहले दबे स्वरों में उसे समझाने की कोशिश की, फिर बहुत साफ़-साफ़ शब्दों में उसे बताया कि तुम्हारा शोषण

हो रहा है लेकिन वह हर बार इसी ज़िद पर अड़ा रहा कि शुरुआत के इन दिनों में अनुभव हासिल करने और ख़ुद को अपडेट करने के अलावा कुछ नहीं सोचना चाहिए।

उसकी ग़लतफ़हमियों को दूर करने का मेरे पास कोई उपाय न था। मैंने दूसरे अवसरों की तरफ़ ध्यान देना शुरू किया और एक बहुत रेपुटेटेड कम्पनी के पैकेज के दो अनुबंध पत्र ले आई लेकिन उसने मरीनो इंडस्ट्रीज को छोड़ने और दूसरे पैकेज में जाने से साफ़ मना कर दिया, "ये पैकेज़ेज सिर्फ़ चलते पुर्ज़े टाइप लड़कों के लिए हैं। मैं उनमें से नहीं हूँ। मैं इंडस्ट्रीज के काम को सिर्फ़ प्रोफ़ेशनल नज़रिये से नहीं देखता।"

"लेकिन ज़रा सोचो, एक साल के पैकेज में तुम्हें जो मिलेगा, वह तुम्हारी जॉब की तीन साल की सैलेरी से ज़्यादा है।"

"सैलेरी? क्या मैं सिर्फ़ पैसे के लालच में काम कर रहा हूँ? नहीं, मैं इंडस्ट्रीज़ के बेसिक स्ट्रक्चर के बारे में सोचता हूँ।"

"लेकिन तुम ख़ुद कोई इंडस्ट्रियलिस्ट नहीं हो। तुम्हारे इस चार गुना ज़्यादा डिवोशन का तुम्हें क्या फ़ायदा मिलेगा?"

"रीना! मैं एक बार फिर कह रहा हूँ कि मैं फ़ायदे को लेकर अभी कुछ नहीं सोचना चाहता। मैं तो अभी सिर्फ़ रियाज़ कर रहा हूँ। बिना प्रैक्टिस के मैं किसी भी काम में परफ़ेक्ट नहीं हो सकता।"

"देखो प्रशान्त!" जब किसी बात के मर्म को समझाना होता था तब मैं सीधे उसे उसके नाम से सम्बोधित करती थी, "मेरी बातों को इतने हल्के ढंग से मत लो। मैं पगार और फ़ायदे के लिए नहीं, तुम्हारी सेहत के लिए कह रही हूँ। तुम अपने आप को बहुत थका लेते हो। तुम्हें मालूम है न ज़्यादा थक जाने के बाद तुम्हें कितनी परेशानी होती है?"

"हाँ, मैं जानता हूँ। मेरे कारण तुम्हें भी परेशानी उठानी पड़ती है लेकिन तुम यक़ीन रखो, धीरे-धीरे थकान को सहने की मेरी क्षमता बढ़ती जा रही है। लगातार अभ्यास करते रहना ज़रूरी है, क्योंकि सिर्फ़ दक्ष होना ही काफी नहीं है। एक युवा कर्मी को तेज़ भी होना चाहिए और तेज़ी तभी आ सकती है जब हम अपने निर्धारित काम के अलावा भी कुछ करने की इच्छा रखते हों। इससे नई चीज़ें सीखने को मिलती हैं और ख़ुद को अपडेट करने के लिए प्रैक्टिकल नॉलेज़ भी..."

"इस मुफ़्त में मिलने वाली प्रैक्टिकल नॉलेज का फंडा क्या है, मैं अच्छे से जानती हूँ। कुल मिलाकर यह मुफ़्त में काम निकलवा लेने की चालाकी है।"

"ओह ! रीना...तुम हमेशा निगेटिव क्यों सोचती हो? अगर तुम्हारा सोचने का यही ढंग रहा तो तुम कुछ भी नया नहीं सीख पाओगी।"

मैं चुप हो गई। मुझे याद है, हमारे बीच यह बहस आज से तीन साल पहले कम्पनी की उस स्टाफ बस में हुई थी, जब हम घर लौट रहे थे। स्टाफ बस हमारे रिहाइशी इलाके में प्रवेश कर चुकी थी, इसलिए बहस को आगे बढ़ाने के बजाय मैंने चुप हो जाना उचित समझा। बस जैसे ही हमारी बिल्डिंग के नज़दीकी स्टॉप पर रुकी, हम नीचे उतर गए। हमें अपने ब्लॉक तक पहुँचने में ज़्यादा वक़्त नहीं लगा क्योंकि वह बहुत तेज़ी से उछल-उछलकर चल रहा था। लिफ़्ट के नीचे आने का इन्तज़ार करने के बजाय वह दो-दो सीढ़ियाँ एक साथ फलाँगते हुए ऊपर चढ़ने लगा। फुर्ती और ताज़गी के इस बेढंगे प्रदर्शन को देखकर मुझे हँसी आ गई।

घर में दाख़िल होते ही मैं बाथरूम में घुस गई। दस-पन्द्रह मिनट बाद फ्रेश होकर मैं किचन में आई और फूड कॉर्नर से आया हुआ पैक माइक्रोओवन में डाल दिया। खाना गर्म होते ही उसे दो प्लेटों में डालकर मैं डाइनिंग टेबल पर ले आई। रेफ्रिज़रेटर से माइक्रोओवन की दूरी कितनी कम है? कितने कम समय में हम अपने आहार को हासिल कर लेते हैं? लेकिन जो लोग शिकार करने या कन्द-मूल बटोरने जाते थे उनके पास ऐसा क्या था जो अब हमारे पास नहीं है? डाइनिंग टेबल पर यही सब सोचते हुए मैं प्रशान्त का इन्तज़ार कर रही थी। जब खाना ठंडा होने लगा तो मैंने उठकर उसके बेडरूम में झाँका। दरवाज़ा खोलते ही मुझे उसके खर्राटे सुनाई दिए। मैंने दरवाज़ा वापस बन्द कर दिया। खर्राटे मुझे बहुत भयानक लग रहे थे क्योंकि वे किसी स्वस्थ आदमी की सुकून भरी नींद से नहीं बल्कि एक अज्ञात बीमारी की पहली स्टेज से निकलकर आ रहे थे।

किसी भी बात को ज़्यादा तूल देने की मेरी आदत नहीं है। मैंने कभी दोबारा उसकी थकान के बारे में बात नहीं की। उस दिन आधे-अधूरे मन से खाना खाकर मैं बेडरूम में चली आई और बहुत गम्भीरता से उस नीति के बारे में सोचती रही जो बिना किसी सिद्धान्त और बिना किसी नियम-कायदे

के बेमेल तरीक़ों से लेकिन पूरी ताक़त के साथ पुरानी सभी कार्यशैलियां की हत्या कर रही है और बहुत उत्तेजित करने वाली पद्धति की रचना कर रही है। एक ऐसी पद्धति, जो एक तरफ़ तो फालतू में नष्ट होने वाले समय के पूरे-पूरे उपयोग की ट्रेनिंग देती है और दूसरी तरफ़ समय की इस बचत को बहुत चालाकी से दूसरे कामों में भुना लेती है।

मनुष्य के शरीर और उसके मस्तिष्क के साथ चल रहे इस खिलवाड़ के लिए 'शोषण' कोई सन्तोषजनक शब्द नहीं है।

दूसरे दिन सुबह मेरी नींद जल्दी खुल गई थी। मैंने कमरे से बाहर आकर देखा, उसका बेडरूम खुला था। वह जा चुका था। कम्पनी की अर्जेंट कॉल को वह भला कैसे टाल सकता था? उसने ब्रेकफ़ास्ट तो दूर, एक कप कॉफ़ी भी नहीं ली थी। मैं निढाल होकर सोफ़े पर बैठ गई।

अगले ही दिन मैंने वह कम्पनी छोड़ दी और टूरिज्म से ताल्लुक रखने वाली एक रेपुटेड कम्पनी 'कॉक्स एंड किंग्स' ज़्वाइन कर ली।

अब हमारी दिनचर्याओं में एक-दूसरे को डिस्टर्ब करने का समय नहीं बचता था। हमारे बीच मतभेद ज़रूर थे लेकिन कड़वाहट कभी नहीं रही। कोई बड़ी बात नहीं थी—सिर्फ़ दिशाएँ बदल गई थीं। अपनी-अपनी व्यस्तताओं के कारण दूरियाँ बढ़ गई थीं। एक ही फ़्लैट में रहने के बावज़ूद हम कभी साथ-साथ नहीं रह पाते थे। यह जीवन का बहता हुआ समय था जिसमें ठहराव की गुंजाइश नहीं थी। पहले हम सामाजिक जीवन से अलग हुए और अब एक-दूसरे से अलग पड़ते जा रहे थे।

दूसरी तमाम बातों से ध्यान हटाकर अब मैंने अपने कॅरिअर के प्रति गम्भीर रुख अपनाया। मेरे परिवार में उच्च शिक्षा और ऊँचे दर्ज़े के प्रोफ़ेशन की पृष्ठभूमि रही है। उस स्टेटस को मेंटन रखना मेरे लिए ज़रूरी था। मैंने अलग-अलग विकल्पों को आजमाया और नए अनुभवों के साथ अपनी क्षमताओं को बढ़ाती रही लेकिन वह अब भी उसी कम्पनी से चिपका हुआ था। वह हमेशा किसी-न-किसी प्रोजेक्ट में खोया रहता और किसी-न-किसी मुश्किल टार्गेट के पीछे भागता रहता।

अब उसकी कम्पनी नए उत्पादों की तरफ़ ध्यान देने के बजाय रियल एस्टेट और रिटेल के गोरखधन्धे में उतर गई थी। अब उसकी कार्यशक्तियों का इस्तेमाल 'मरीनो इन्फ्रा इंटरनेशनल' और 'मरीनो ग्लोबल मार्केटिंग' के लिए

भी होने लगा था। ये ऐसे काम-काज थे, जिसमें फ़ील्ड वर्क की भी ज़रूरत होती है। अब वह कई-कई दिनों तक घर से बाहर रहने लगा था। प्रोजेक्ट प्रबन्धन की अपनी क्षमताओं को उसे सीधे फ़ील्ड में आजमाना पड़ता था।

एक सुबह जब वह एक हफ़्ते की आउटिंग के बाद सुबह वापस आया, तो मैंने देखा, उसके कपड़े बहुत गन्दे थे। शरीर से पसीने की बू आ रही थी। जूते कीचड़ से सने हुए थे। आँखें लाल थीं और चेहरे पर सूजन आ गई थी। उसकी ऐसी हालत देखते ही मुझे लगा कि अब बहुत हो गया। मैंने तुरन्त फैसला किया कि यह सब चलने नहीं दूँगी। मैंने उस दिन काम पर जाना स्थगित कर दिया। कई दिनों से हमारे बीच संवाद नहीं हुआ था। मैंने सोचा कि आज बैठकर कुछ बातचीत की जाए।

"सुनो।" मैंने उसकी तरफ़ देखते हुए कहा, "तुम कॉफ़ी पीओगे?"

वह जूते उतारकर बाथरूम की तरफ़ जा रहा था। मेरी आवाज़ सुनकर रुक गया। उसने मुड़कर मुझे देखा, फिर चेहरा झुका लिया। उसके चेहरे पर बिलकुल वैसे ही भाव आए जैसे उन शराबियों के चेहरों पर तब आते हैं जब अच्छी-ख़ासी रंगरेलियों के बाद उन्हें अपनी खड़ूस बीवी से सामना करना पड़ता है। उसके चेहरे पर ऐसे भाव देखकर जाने क्यों मुझे अच्छा लगा। वह सकुचाता हुआ मेरे पास चला आया।

"तो अब तुम मुझसे नाराज़ नहीं हो?"

"अरे!" मैं हँसने लगी, "तुमसे किसने कहा कि मैं तुमसे नाराज़ हूँ?"

"फिर तुम मुझसे बात क्यों नहीं करती थीं?"

"बात करने के लिए फ़ुर्सत ही कहाँ मिलती है? हमारा शेड्यूल कितना गड़बड़ है? तुम घर पर होते हो तो मैं नहीं होती, मैं होती हूँ तो तुम नहीं होते।"

"लेकिन फ़ोन पर तो बात हो सकती थी न!"

"फ़ोन पर बात करने में मज़ा नहीं आता यार," मैंने उसकी टाई की गाँठ ढीली करते हुए कहा, "बढ़िया गर्मागर्म कॉफ़ी हो और कोई कहने-सुनने वाला साथी हो तो कुछ बात बने।"

"लगता है, आज छुट्टी के मूड में हो।"

"हाँ! बिलकुल। तुम्हारा क्या इरादा है?"

"तो चलो, मेरी भी आज छुट्टी।" उसने शर्ट की अगली जेब से मोबाइल निकालकर उसका स्विच ऑफ़ कर दिया और उसे सोफ़े पर उछालकर

मेरे कन्धों पर हाथ रख दिए। उसने मुस्कराकर पूछा। मैंने भी मुस्कराकर हामी भर दी।

वह बाथरूम में घुस गया। उसके जाने के बाद कुछ देर तक मेरे चेहरे पर मुस्कराहट बनी रही, फिर मैं इस सोच में पड़ गई थी कि मैंने आज से कितने दिन पहले उसे मुस्कराते हुए देखा था? स्मृति पर बहुत ज़ोर देने पर भी मुझे वह दिन, वह घड़ी याद नहीं आई। और सब चीज़ों के साथ क्या हमारी छोटी-छोटी मुस्कराहटें भी कहीं गड़प हो गई थीं?

जब वह फ्रेश होकर डाइनिंग टेबल पर आया तब कॉफ़ी के कप से उठती भाप के पार मैंने उसे फिर निहारा। अत्यधिक तनाव, थकान और नींद की कमी ने भले ही उसके चेहरे की क़ुदरती चमक को धुँधला दिया था लेकिन उसकी बच्चों जैसी निश्छल आँखों में अब भी वही कौतूहल मौजूद था। पलकें वैसे ही किसी भोंदू लड़के की तरह मिचमिचाती रहती थीं और चेहरे की सरल रेखाएँ अब भी वक्र होने से बची रह गई थीं।

उसने कॉफ़ी का प्याला उठाकर एक चुस्की ली, फिर मेरी तरफ़ देखा। मेरी आँखों में पता नहीं उस वक़्त कौन-से भाव थे, वह एकदम से शरमा गया। उसने सिर्फ़ पलकें ही नहीं, अपना सिर भी झुका लिया।

कुछ देर बाद मैंने मन-ही-मन में उसका नाम लिया। उसने झट से सिर उठाया, जैसे मेरी अन्दरूनी आवाज़ को उसने सुन लिया हो। मैं इस बात से बहुत ख़ुश हूँ। संसार को समझने में भले ही उससे कोई भूल हो जाए मगर मेरी अनकही बातों को वह समझ सकता है।

मैंने सोचा था कि मैं उससे भविष्य के बारे में कुछ बात करूँगी लेकिन भविष्य के बजाय हम अतीत में चले गए। हमने अपने-अपने परिवारों को याद किया। सिम्बॉसिस के दिनों की पिकनिक और कैम्पस में मनाई गई होली के फ़ोटोग्राफ़्स देखें। साथ-साथ देखी गई फ़िल्मों की दिलचस्प सीक्वेंस और लिरिक को याद किया। एक-दूसरे को दिए गए गिफ़्ट्स को यहाँ-वहाँ से बटोरकर जमा किया। हमने सभी पुराने मित्रों और क़रीबी रिश्तेदारों से फ़ोन पर बात की, फिर हम घूमने चले गए। हमने ढेर सारी शॉपिंग की।

शाम तक हम हालाँकि बहुत थक गए थे लेकिन अब तनाव और प्रत्याशा से हम व्यग्र नहीं थे और मुझे कल तक जो अनिष्ट की आशंका घेरे हुए थी वह अब ग़ायब थी।

लेकिन तब मैं नहीं जानती थी कि बेफ़िक्री का यह दौर कितना छोटा है और कुछ ही देर बाद मैं एक बड़ी फ़िक्र में पड़ जाऊँगी।

सारी ख़रीदारी निबट जाने के बाद जब हम घर लौटने के लिए टैक्सी स्टैंड की तरफ़ बढ़ रहे थे, तब मुझे अचानक याद आया कि उसके पास एक भी अच्छा विनचीटर नहीं है। पिछली बारिश और सर्दियों में उसे सर्दी-खाँसी ने कई दिनों तक जकड़े रखा था।

मैं उसे वापस एक मॉल की तरफ़ खींचती हूँ। "नहीं-नहीं रीना! अब बस करो...मैं थक गया हूँ।"

"अरे चलो, मैं ज़्यादा देर नहीं लगाऊँगी।"

"नहीं रीना, तुम बारगेनिंग में बहुत ज़्यादा वक़्त लगा देती हो। आज नहीं, फिर कभी ख़रीद लेंगे।"

"मैंने कहा न प्रशान्त, मैं ज़्यादा देर नहीं लगाऊँगी। तुम जो भी विनचीटर पसन्द करोगे, मैं तुरन्त ख़रीद लूँगी।"

"नहीं रीना...सच, मुझे बेचैनी हो रही है।"

मैं शरारती ढंग से मुस्कराती हूँ। "गनीमत है कि मैं तुम्हारी बीवी नहीं हूँ। ऐसी बहानेबाज़ी सिर्फ़ मियाँ-बीवी के बीच अच्छी लगती है।"

"नहीं रीना! मुझे बहुत अनईज़ी-सा लग रहा है।"

"मैं मानती हूँ कि तुम्हें ज़रूर कोफ़्त हो रही होगी क्योंकि तुमने कभी ख़रीदारी नहीं की है।"

"मुजे कोफ़्त नहीं हो रही, चक्कर आ रहे हैं...मैं पिछले छह महीनों से लगातार ख़रीदारी करता रहा हूँ। मुझे दूर-दराज की मंडियों में जाना पड़ता है और कभी-कभी सीधे खेतों में किसानों के साथ उनकी फ़सलों की सौदेबाजी करनी पड़ती है।"

उसकी बात सुनकर मेरा दिमाग़ चकरा गया, "तुम क्या कहे जा रहे हो...कौन-सी मंडी? कौन-सा खेत? कैसी ख़रीदारी?"

लेकिन मेरी बातों का कोई जवाब देने के बजाय वह वहीं फुटपाथ पर एक दीवार के सहारे बैठ जाता है और अपनी आँखें बन्द कर लेता है।

"क्या हुआ प्रशान्त, तुम ठीक तो हो न !" मैं क़रीब आकर उस पर झुक जाती हूँ।

"मुझे चक्कर आ रहे हैं," उसने दोनों हाथों से अपने चेहरे को ढँक लिया।

"सुनो...सुनो...अपने हाथ मुँह से हटाओ। मुझे बताओ क्या बहुत ज़्यादा तबीयत ख़राब है?"

"मैं ठीक हो जाऊँगा। तुम एक टैक्सी रुकवा लो।" उसने बमुश्किल अपने जिस्म को एक तरफ़ झुकने और लुढ़क जाने से रोक रखा था। मैंने उसे दोनों कन्धों से पकड़कर सीधा किया, "तुम अच्छे से टिककर बैठे रहना...मैं अभी आई।"

मैं पलटकर तेज़ रफ़्तार से आती टैक्सियों को हाथ दिखाने लगी। एक टैक्सी जैसे ही रुकी, मैंने ज़मीन पर बिखरी ख़रीदारी की परवाह किए बिना उसे सहारा देकर खड़ा कर दिया, "मैं ड्राइवर को मदद के लिए बुलाऊँ?" मैंने उसके माथे पर झूलते बालों को पीछे हटाते हुए पूछा।

"नहीं-नहीं, बस, मैं अभी ठीक हो जाऊँगा।"

ड्राइवर अब तक स्थिति को भाँप चुका था। वह तुरन्त टैक्सी से उतरा, उसने बाईं ओर का दरवाज़ा खोला और टैक्सी के अन्दर उसे ठीक से बैठाने में मेरी मदद की। फिर वह फुटपाथ पर बिखरे हमारे कैरी बैग्स उठा लाया। मैं उस भले आदमी को थैंक्यू कहना भूल गई क्योंकि मेरा पूरा ध्यान प्रशान्त के लगभग शिथिल हो चुके जिस्म को सँभालने में लगा था। मैंने उसके एक तरफ़ झुकते चेहरे को थपथपाया।

"मैं ठीक हो जाऊँगा।" वह धीरे-से फुसफुसाया और अगले ही पल उसका शरीर मेरी गोद में लुढ़क गया।

उस रात पहली बार मैं उसके बेडरूम में सोई। उसे अकेले छोड़ना ठीक नहीं था। उसी रात मुझे पहली बार मालूम हुआ कि उसे सिर्फ़ खर्राटों की ही नहीं, नींद में बड़बड़ाने की भी बीमारी थी। बहुत तेज़ असर वाली नींद की गोली के बावजूद उसकी नींद उचट जाती थी। नींद में भी उसके अन्दर कोई प्रबन्धन-तंत्र सक्रिय था। कुछ देर बाद वह उठा। उसने बड़ी तत्परता से पलंग के पास पड़ी डेस्क को अपने पास खिसका लिया। डेस्क पर पड़ा अपना ऑफ़िस बैग उसने खोला और एक फ़ाइल निकालकर काग़ज़ों को उलटने-पुलटने लगा। उस फ़ाइल के अलावा भी उस बैग में बहुत-से काग़ज़ात थे। नाइट लैम्प की रोशनी इतनी धीमी थी कि उसे कुछ भी दिखाई नहीं दे रहा था। मैं उसके पास गई। उसका चेहरा पूरी तरह झुका हुआ था। मैंने बहुत एहतियात बरतते हुए हल्के-से उसकी ठोढ़ी को छुआ

और बिना किसी जर्क के उसके चेहरे को धीरे-धीरे ऊपर उठाया। लैम्प की रोशनी अब सीधे उसके चेहरे पर पड़ रही थी। उसकी दोनों आँखें बन्द थीं। वह गहरी नींद में था लेकिन उसके हाथ बेसब्री से काग़ज़ों को उलट-पलट रहे थे और चेहरे पर लगभग वैसे भाव थे, जो किसी धावक के चेहरे पर तब दिखाई देते हैं जब वह लक्ष्य से थोड़ा ही दूर हो और कोई दूसरा प्रतिस्पर्धी उससे आगे निकल रहा हो...

मैं तुरन्त समझ गई। उसके अन्दर अर्से से पल रहे आधे दमित कीटाणु फिर प्रचंड हो चले हैं और इस बार इन्फेक्शन पहले से कहीं ज़्यादा है।

मैंने उसे अपनी दाईं बाँह के सहारे धीरे-से लिटा दिया। कुछ देर बाद बिस्तर पर उसका जिस्म ढीला होकर पसर गया लेकिन उसके दोनों हाथों ने अब भी कुछ काग़ज़ों को भींच रखा था। कुछ ही देर में उसके खर्राटे फिर शुरू हो गए और उसकी अकड़ी हुई अँगुलियाँ फिर से ढीली पड़ गईं। मैंने पंखे की हवा में फड़फड़ाते उन काग़ज़ों को समेट लिया। आमतौर पर हम एक-दूसरे के डॉक्यूमेंट्स को पढ़ने में रुचि नहीं रखते, पर उस रात मैंने यह ज़रूरी समझा कि देखूँ, आख़िर मामला क्या है?

उसके बैग में कुछ काग़ज़ बहुत सलीके से रखे गए थे। उन काग़ज़ों में चाइना और पास्को के सेज़ से सम्बन्धित कुछ नोट्स थे और इसके अलावा कुछ हाईटेक प्रोडक्ट के प्रोजेक्ट भी। फिर मैंने उसके हाथों से छुड़ाए गए मुड़े-मुचड़े काग़ज़ों को पढ़ना शुरू किया और मेरा दिमाग़ बुरी तरह उलझ गया। वे एक-दो नहीं, बीसियों काग़ज़ थे। उन काग़ज़ों में रियल एस्टेट और रिटेल्स के फ़ील्ड वर्क के ताज़ा नमूने एक साथ मौजूद थे। उसमें इंदौर की मंडी से ख़रीदे गए आलू, विदिशा की मंडी से ख़रीदे गए गेहूँ, नासिक के आसपास के गाँवों के खेतों से सीधे उठाई गई प्याज और अंगूर, पंजाब और हरियाणा के खेतों से सीधे मोल ली गई सब्ज़ियाँ, हैदराबाद और रत्नागिरी के आसपास के इलाकों से बटोरी गई आम, नागपुर के सन्तरे और मौसम्बी, दहाणु और वापी के चीकू, मलकापुर के खरबूजे, रायपुर और बैंगलोर के तरबूज...और भी न जाने किन-किन चीज़ों की ख़रीदारी, पैकेजिंग, ट्रांसपोर्टेशन और स्टोरेज के हिसाब दर्ज थे। और इन्हीं काग़ज़ों के साथ बहुत आश्चर्यजनक ढंग से बम्बई-पूना और उसके आसपास के इलाकों की खेतिहर ज़मीनों के नक़्शे, अलग-अलग खसरे के डिटेल्स और

किन-किन किसानों के पास कितनी ज़मीनें हैं और कौन-सा खसरा कौन-सा मेन रोड या हाईवे से कितना दूर है और हाईवे और फलाँ-फलाँ खसरे के बीच पड़ने वाले ट्राइबल एरियाज़ कौन-कौन से हैं। विभिन्न इलाकों के तहसीलदारों और पटवारियों के नाम, वन-विभाग के अधिकारियों के नाम, उन इलाकों के जनप्रतिनिधियों के नाम और किसी महत्त्वपूर्ण राजनीतिक शख़्सियत का कहाँ-कहाँ प्रभाव है। और...

मैंने अपना सिर थाम लिया। अब मुझे समझ में आ गया कि वह इतने-इतने दिनों तक कहाँ रहता है और उसके कपड़े-जूते इतने गन्दे और स्वास्थ्य इतना ख़राब क्यों रहता है? कुछ देर तक मैं अपनी आँखें बन्द किए बैठी रही। फिर हठात सिर उठाकर मैं उसके चेहरे को देखने लगी—क्या यही वह आदमी है जिसे अपने लिए एक अंडरवियर तक ख़रीदना नहीं आता था?

उसकी कम्पनी ने अब उसे उसके मुख्य काम से हटाकर 'पर्चेजिंग' और 'लैंड सर्वे' के काम में लगा दिया था और यही वह 'फ़ील्ड वर्क' था, जिसकी कॉर्पोरेट मैनेजमेंट गुरुओं द्वारा खूब वकालत की जा रही है।

मैंने तुरन्त फैसला कर लिया। अब यह सब नहीं चलने दूँगी। सबसे अहम मसला उसकी सेहत का था। अनजाने में मैं फिर वैसा ही बर्ताव करने लगी जैसा कोई चिड़िया तब करती है जब वह किसी साँप को अपने घोंसले की तरफ़ बढ़ते हुए देखती है।

मैंने पूरी रात यह सोचते हुए बिता दी कि अब किस तरह के ट्रीटमेंट को फॉलो किया जाए। मैंने आने वाले पाँच-छह महीनों की रूपरेखा बना ली। इस बार मुझे पहले कुछ ज़्यादा सचेत रहने की ज़रूरत थी।

सुबह जैसी ही वह उठा और घड़ी देखकर हड़बड़ी में बाथरूम की तरफ़ बढ़ा, मैंने उसे रोक दिया।

"सुनो।" उसने तुरन्त पलटकर मुझे देखा।

"अरे तुम कब से यहाँ बैठी हो?" उसने पहली बार मुझे अपने बिस्तर पर बैठे हुए देखा था।

"मैं पूरी रात यहीं बैठी रही हूँ।"

"क्यों?"

"क्योंकि तुम्हारी तबीयत ठीक नहीं है।"

"ओह रीना! तुम इतनी ज़्यादा फ़िक्र मत करो। मैं अब बिलकुल ठीक हूँ...

"तुम अब काम पर नहीं जाओगे और मरीनो से अब तुम रिज़ाइन दे रहे हो। ठीक है?"

उसने विवश आँखों से मुझे देखा। फिर पलंग की तरफ़ बढ़ा और बिलकुल मेरे पास आकर बैठ गया। उसने मेरा हाथ अपने हाथों में ले लिया। मुझे मनाने का यह उसके पास अचूक फ़ार्मूला था, लेकिन इस बार मैं पिघलने वाली न थी।

"मुझे सिर्फ़ एक मौक़ा और दो रीना...मेरी इस बार की प्लानिंग बहुत सॉलिड है। कम्पनी स्पेशल इकोनॉमिक ज़ोन के लिए ज़मीनें ख़रीद रही है। मेरे पास कई मल्टीपर्पज प्रोजेक्ट हैं, जो पास्को और चाइना से भी..."

मैंने उसके हाथ से अपना हाथ छुड़ा लिया और उठकर खड़ी हो गई। मैंने उन सब काग़ज़ों को उठाया जिसमें उसके फ़ील्ड वर्क के ताज़ा नमूने मौजूद थे। मैंने पूरे आवेश के साथ उन काग़ज़ों को बिस्तर पर पटक दिया।

"ये सब क्या है?" मैंने बहुत ऊँची आवाज़ में पूछा। वह हैरत और अविश्वास से मुझे देखता रह गया।

"तुम्हारी कम्पनी को किसी प्रोजेक्ट मैनेजर की नहीं, सिर्फ़ घसियारों की ज़रूरत है..." मैंने उस दिन से पहले कभी उससे इस लहज़े में बात नहीं की थी। वह मेरे इस रवैये से थोड़ा घबरा गया।

"ये तो सिर्फ़ रूटीन वर्क है...मेरे प्रोजेक्ट का इससे कोई सम्बन्ध नहीं है।"

"मैं वही तो समझाना चाहती हूँ तुम्हें। तुम्हारे प्रोजेक्ट चाहे कितने भी अच्छे हों लेकिन तुम्हारी कम्पनी की अब प्रोडक्शन में कोई दिलचस्पी नहीं है। तुम्हारे प्रोजेक्ट का इस्तेमाल केवल सरकारी नियमों की औपचारिकता पूरी करने के लिए होगा। एक बार ज़मीनों का कांट्रेक्ट पूरा हो जाए, फिर तुम देखना इसका क्या इस्तेमाल होता है?"

वह कुछ देर सोच में डूबा रहा। फिर उसने मेरी तरफ़ देखा, "रीना, मैं जानता हूँ कि तुम मेरी बहुत फ़िक्र करती हो। अब मैं ध्यान रखूँगा कि तुम्हें कोई परेशानी न हो। मैं आज सिर्फ़ अपने काग़ज़ात ऑफ़िस में जमा करने जा रहा हूँ। ऑडिट के बाद मैं पर्चेजिंग और लैंड सर्वे का चार्ज भी उन्हें वापस दे दूँगा। अब मैं हैड ऑफ़िस में सीधे अपने प्रोजेक्ट के बारे में

बात करूँगा। अगर कोई पॉजीटिव रिस्पांस मिला तो ठीक, वरना मैं मरीनो से इस्तीफ़ा दे दूँगा।"

"तुम मेरी हर बात मान लेते हो। कभी मुझसे तकरार नहीं करते लेकिन घर से बाहर जाते ही तुम सब कुछ भूल जाते हो। जाने कौन-सा नशा तुम पर हावी हो जाता है ! तुम्हें न मेरी फ़िक्र रहती है, न ख़ुद अपनी। अगर यही सब चलता रहा तो एक दिन...।"

उसने मेरा हाथ ज़ोर से दबा दिया जैसे मैं कोई ऐसी बात कहने जा रही होऊँ जो सम्बन्धों को निर्णायक ढंग से ख़त्म करने के लिए कही जाती है। मैं उसकी ग़लतफ़हमी दूर करने के लिए अभी कुछ कहना ही चाहती थी कि वह उठा और फिर ऊटपटाँग बातें करने लगा।

"मैं सब कुछ छोड़ दूँगा। मैं सब ठीक कर दूँगा। तुम अभी कोई फैसला मत करो। अब कभी ऐसी नौबत नहीं आएगी। मैं तुम्हें कहीं नहीं जाने दूँगा। नहीं-नहीं...ऐसा कैसे हो सकता है? मैं आज ही तुम्हें बता दूँगा कि मैं तुम्हारी कितनी फ़िक्र करता हूँ। मुझे हमेशा डर रहता है कि तुम्हें कुछ हो न जाए। अगर कुछ हो गया तो मैं क्या जवाब दूँगा...मैंने वादा किया था कि मैं तुम्हारा ख़याल रखूँगा।"

मुझे कुछ समझ में नहीं आया कि मेरे बारे में किस जवाबदेही या उत्तरदायित्व की बात उसने किससे कही होगी?

"तुमने मेरी ऐसी कौन-सी ज़िम्मेदारी उठा रखी है और किससे यह वादा किया है कि तुम मेरा ख़याल रखोगे?"

"मैंने ख़ुद अपने आप से वादा किया था।" उसका जवाब सुनकर पहले मैंने अपने मुँह पर हाथ रख दिया फिर मुझे बहुत ज़ोर से हँसी आ गई।

"क्यों? तुम हँस क्यों रही हो? क्या तुम मुझे मूर्ख समझती हो?"

"बुरा मत मानो।" मैंने उसके कन्धों पर हाथ रखते हुए कहा, "मुझे यह सोचकर हँसी आ रही है कि अपने आप से भी कोई वादा किया जा सकता है! वाह भाई वाह! बहुत बढ़िया फंडा है ये तो! तुमने यह मज़ेदार आइटम सीखी किससे?"

"किसी और से नहीं, तुम्हीं से।"

"मुझसे?" मैं एक बार फिर खिलखिला उठी, "कब? कहाँ? ज़रा बताओ तो मैंने ऐसी नादानी कब की थी?"

"पूना में। डॉक्टर अग्रवाल की क्लीनिक से लौटते समय तुमने ख़ुद से यह वादा किया था कि चाहे कुछ भी हो जाए, मैं इस लड़के को अकेला नहीं छोड़ूँगी।"

मैं भौंचक्की रह गई।

"माई गॉड! यह बात तो मैंने आज तक किसी से भी नहीं कही। तुम्हें कैसे मालूम हो गया कि मैंने उस वक़्त क्या सोचा था?"

"जैसे तुमने उस दिन यह जान लिया था कि मैं तुम्हारे बारे में क्या सोच रहा हूँ।"

"किस दिन? क्या जान लिया था मैंने?"

"मेरी पहली ज़्वाइनिंग के दिन जब तुम मेरे गले में टाई बाँध रही थीं और मुझे तरह-तरह की नसीहतें दे रही थीं, तब मैंने तुम्हारे बारे में कुछ सोचा था और तुमने यह कहते हुए मुझे झटक दिया था कि फ़ालतू की बातों में अपना ध्यान मत लगाओ। सिर्फ़ अपने कॅरिअर के बारे में सोचो।"

मैं सोच में पड़ जाती हूँ। आज से पाँच साल पहले की वह सुबह मुझे याद आती है और कुछ-कुछ यह भी कि शायद ऐसी कोई बात मैंने कही थी। लेकिन स्मृति पर बहुत ज़ोर देने के बाद भी मुझे उस वक़्त कही गई अपनी बात का कोई सन्दर्भ याद नहीं आता, "मुझे ठीक से याद नहीं आ रहा है कि उस वक़्त क्या सोचा था तुमने? और क्यों मैंने तुम्हें झिड़क दिया था?"

"यही कि मैंने तुम्हारी ज़िन्दगी ख़राब कर दी। अगर मैं न होता तो तुम कितनी स्वतन्त्र, कितनी ख़ुश होती...!"

मैं अब उसके दोनों हाथ पकड़ लेती हूँ। वह मेरी आँखों में देखता है। उस देखने में दूरदर्शिता भी थी और पारदर्शिता भी। वह मुझसे होकर मेरे पार किसी चीज़ को देख रहा है, जो बहुत दूर है। बिलकुल साफ़ दिखाई दे रहा है कि उस दूरी, उस फ़ासले को वह कम करना चाहता है। मैं एक धड़कती हुई गर्मजोशी से उसका हाथ थामे रही, जब तक उसके चेहरे पर एक स्वाभाविक-सी संकोचपूर्ण ऐंठन दिखाई न दी, जब तक उसका चेहरा शर्मीली लड़कियों की तरह लाल न हो गया।

कुछ देर बाद उसने धीरे-से अपने हाथ छुड़ाए और बिस्तर पर बिखरे काग़ज़ों को समेटने लगा। मैं किचन में गई और सॉसर में दो कप कॉफ़ी की सामग्री डालकर उसके उबलने का इन्तज़ार करने लगी।

घर से साथ-साथ निकले। सी.एस.टी. पहुँचने के बाद जुदा होने से पहले हमने शाम को भी साथ लौटने का निश्चय किया। मिलने की जगह वही तय की गई जहाँ हमने एक-दूसरे को विदा किया था।

सप्ताह के काम-काजी दिनों में दोपहर के बाद का समय बहुत व्यस्त होता है। मैं बहुत तेज़ी से अपने कम्प्यूटर पर काम करती हूँ। मुझे एक साथ तीन पैकेज टूर के प्रोग्राम सेट करने थे। पहले दो पैकेज मलेशिया और थाईलैंड के थे और लगभग सभी कस्टमर एक ही ग्रुप के थे। इसलिए उनके प्रोग्राम की शीट तैयार करने में ज़्यादा वक़्त नहीं लगा। लेकिन यूरोप पैकेज के मेम्बर अलग-अलग शहरों से थे। मुझे उन सात अलग-अलग परिवारों के खान-पान और हॉबीज को एकजुट करने में पूरे दो घंटे लग गए। मेरी असिस्टेंट की ग़लती से पूर्वी यूरोप के टूर के दो सदस्यों के नाम ऑस्ट्रेलिया-न्यूजीलैंड वाले टूर में चले गए थे। इस ग्लोब गुत्थमगुत्थी में से उसे बाहर निकालने में मुझे ख़ासी मशक्कत करनी पड़ी। ऑफ़िस से निकलने में मुझे पूरे तीस मिनट देर हो गई।

'कॉक्स एंड किंग्स' की बिल्डिंग से जब मैं बाहर आई तब हल्की हवा चल रही थी। मैंने घड़ी की ओर देखा और भीड़ में से रास्ता बनाते हुए मैं तेज़ी से स्टेशन की तरफ़ भागी। अलग-अलग कार्यालयों ने सैकड़ों और कर्मचारियों को सड़क पर उगल दिया था और वे सब तिलचट्टों की तरह स्टेशन की तरफ़ बढ़ रहे थे।

सी.एस.टी. की इमारत में दाख़िल होने के बाद भीड़ की धक्का-मुक्की से बचने के लिए मैंने एक स्तम्भ का सहारा लिया। वह एक पुराना विक्टोरियन स्तम्भ था जिसमें पत्थर के शेर अपना जबड़ा फाड़े सौ सालों से बैठे थे।

मैंने एक बार फिर घड़ी पर नज़र डाली। फिर इधर-उधर देखने लगी। वह आज अपने हेड ऑफ़िस गया था। कम्पनी के बोर्ड डायरेक्टरों की मीटिंग के बाद वह सीधे यहीं आने वाला था। घड़ी का काँटा जब निर्धारित समय से पैंतालीस मिनट ऊपर चला गया तब मैंने उसे फ़ोन किया। उसके मोबाइल का स्विच ऑफ़ था। मैंने हेड ऑफ़िस के कई नम्बरों पर कोशिश की, जवाब नदारद। आख़िर मैंने कम्पनी के एच.आर. विभाग में फ़ोन किया और वहाँ से मुझे जो ख़बर मिली, वह बहुत भयानक थी। बोर्ड की मीटिंग में उसने हस्तक्षेप किया था और मैनेजमेंट ने उसे सस्पेंड कर दिया था। इस

बेदख़ली की प्रतिक्रिया में उसने एम.डी. के ऑफ़िस में तोड़-फोड़ की थी और कई लोगों को धक्के देकर गिराते हुए वह ऑफ़िस की बिल्डिंग से बाहर निकलकर भाग गया था।

'अब?' मैंने फ़ोन को स्विच ऑफ़ करने के बाद सोचा। एक साथ बहुत-से विचारों और आशंकाओं से मैं घिर गई। ये स्थिति इतनी तात्कालिक और चकरा देने वाली थी कि कोई भी उपाय मेरी समझ में नहीं आया। मैं किसे फ़ोन करूँ? किसे मदद के लिए पुकारूँ? बहुत सोचने पर भी मुझे कोई एक नाम या चेहरा याद नहीं आया।

पत्थर की उस ऐतिहासिक इमारत में सलेटी गुम्बद और गुलाबी और सफ़ेद काँच की मिलावट वाले आर्च के पास विक्टोरियन स्तम्भ से सटी, पत्थर के एक शेर के जबड़े को हाथ से पकड़े हुए मैं सैकड़ों लोगों की आवाज़ाही के बीच अत्यन्त तेज़ और चकरा देने वाले समय को व्यतीत होते हुए देखती हूँ। मैं जो कुछ भी महसूस कर रही थी, उसे व्यक्त करना मुश्किल है। यह सब...ये भीड़, ये समय, ये भड़कीले नियोन साइन, गाड़ियों के आने-जाने की उद्घोषणाओं का टकराव, उसकी गूँज और सैकड़ों झपटते-भागते लोगों का मिला-जुला कोलाहल जिसमें किसी एक आदमी या एक शब्द को अलग से पहचान पाना मुश्किल था।

"मैंने तुम्हें ज़िन्दगी दी है।" सहसा मेरे अन्दर से गला फाड़कर यह आवाज़ निकली, "तुम इसे व्यर्थ में मत गँवाओ..."

इस कटी-फटी आवाज़ ने आसपास से गुजरते कुछ लोगों को सहसा ठिठक जाने पर विवश कर दिया। कुछ लोगों ने मुड़कर मेरी तरफ़ देखा। फिर ठेलम-ठाल करती भीड़ में उनके कौतूहल से भरे चेहरे डूब गए। मैं अभी-अभी कहे गए अपने शब्दों के अर्थ को पकड़ने की कोशिश करती हूँ। मैं भीड़-भाड़ में किसी घबराई हुई माँ की तरह प्रशान्त को खोजने का प्रयास करती हूँ। मैं स्टेशन से बाहर आकर टैक्सी पकड़ती हूँ। कई कॉर्पोरेट घरानों के ऑफ़िस के बीच हाउस ऑफ़ मरीनो की बिल्डिंग के आसपास मैं उसकी खोजबीन करती हूँ। आख़िर इधर-उधर पागलों की तरह भटककर और बुरी तरह थककर मैं वापस स्टेशन आ जाती हूँ और बारह पच्चीस की लोकल के लेडीज़ क्लास में जाकर चुपचाप बैठ जाती हूँ।

बाद के दिनों में जहाँ कहीं सम्भव था, मैंने उसे खोजने की कोशिश

की लेकिन जब छह-सात दिनों तक भी उसका कोई पता नहीं चला तब मैं निराश हो गई। मैंने उसके पेरेंट्स को उसकी गुमशुदगी की जानकारी दे दी और अपना फ़्लैट छोड़कर एक ऐसे फ़्लैट में रहने चली आई जहाँ मेरी चार कलीग रूम पार्टनर की हैसियत से रहती थीं। पहली बार मुझे अकेलेपन से घबराहट हुई थी। अपने घर में रहते हुए मुझे प्रशान्त के बारे में बहुत बुरे-बुरे ख़याल और सपने आते थे।

अपना फ़्लैट छोड़ने से पहले मैंने पता नहीं क्या सोचकर पिछले सारे हिसाब बराबर कर दिए थे। मैंने बिल्डिंग के सेक्रेटरी को आगामी महीने का मेंटेनेंस दे दिया था। फ़ोन, इंटरनेट और बिजली के बिलों का भुगतान हमारे ज्वाइंट अकाउंट में से ई.सी.एस. सिस्टम से हो चुका था। मैंने सोसायटी के वॉचमैन को अपना फ़ोन नंबर इस हिदायत के साथ दे रखा था कि अगर 'वह' कभी आए तो मुझे फ़ौरन जानकारी दी जाए।

एक के बाद एक, तीन हफ़्ते गुज़र गए। दिसम्बर महीने के आख़िरी दिन दोपहर दो बजे मेरे सेलफ़ोन की घंटी बजी। नेटवर्क की ख़राबी के चलते अस्पष्ट-सी आवाज़ में मुझे यह जानकारी मिली कि वह आ गया है। मैंने फ़ोन करने वाले को शुक्रिया अदा करना तो दूर, यह जानना भी ज़रूरी नहीं समझा कि फ़ोन किसने किया है। मैं झट अपनी कुर्सी से उठी। हाथ के काम को फ़ाइलिंग केबिनेट में जैसे-तैसे ठूँसकर मैंने अपना हैंड बैग उठाया और बिना किसी से कुछ कहे ऑफ़िस से बाहर निकल गई।

मैं जब घर पहुँची, तब वह कम्प्यूटर के सामने बैठा था। मैं चुपचाप सोफ़े पर बैठ गई। उसकी पीठ मेरी तरफ़ थी इसलिए पिछले तीस दिनों की जुदाई, भटकाव और ऑब्सेशनल व्यग्रता के दौरान उस पर जो कुछ बीती थी, उसके चिह्न मुझे दिखाई नहीं दिए।

कुछ देर बाद वह कुर्सी से उठा और कमरे में चहलकदमी करने लगा। पहले मैंने उसके चेहरे के बाएँ हिस्से को देखा। उसके होंठ का बायाँ किनारा फट गया था, गाल पर एक तिरछा और गहरा कट लगा था। फिर वह पलटा और मैंने उसके दाएँ हिस्से को देखा, कान के नीचे एक गहरा घाव था और भौंह के ऊपर गूमड़ निकल आया था। उसकी चाल की डगमगाहट के लिए बाएँ पैर की चोट ज़िम्मेदार थी।

कुछ देर बाद जब उसे मेरी उपस्थिति का आभास हुआ, तब उसने

चौंककर मेरी तरफ़ देखा और तब उसके घायल नथुनों और टूटे हुए दाँतों वाले मुँह को मैंने देखा। यह सब जो मैं उसके चेहरे पर देख रही थी, बहुत स्वाभाविक था। मैं उसे इस रूप में देखने को मानसिक तैयारी पहले से कर चुकी थी। जो चीज़ मुझे सबसे ज़्यादा अस्वाभाविक लगी, वो थी उसके चेहरे का भाव। उसकी आँखें प्रतिशोध की आग में जल रही थीं। बदला लेने का यह क्रूर अहंभाव मुझे बहुत अपशगुनी लगा।

मुझे सोफ़े पर बैठी देख पहले तो वह ठिठक गया। कुछ देर वह खड़े-खड़े मुझे देखता रहा, फिर झिझकते हुए आगे बढ़ा। मेरे क़रीब आकर उसने मेरी आँखों में देखा। उस वक़्त वह इतना दयनीय लग रहा था कि सिर्फ़ अपनी आँखें बन्द कर लेने के अलावा मैं कुछ नहीं कर सकती थी। वह मेरा हाथ अपने हाथों में थामे बैठा रहा। बहुत देर तक ख़ामोशी छाई रही, फिर मेरी कलाई पर एक गर्म बूँद गिरी, फिर दूसरी। मैंने अपनी हथेली भींचकर उसके हाथों को थोड़ा दबाया—यह एक नए और नर्म संवाद के जन्म लेने का वक़्त था लेकिन हम बिना कुछ कहे बीती हुई, गुज़रती हुई और आने वाली सभी परिस्थितियों को एक ही नक्षत्र मंडल में घुमड़ते हुए देखते रहे।

हमने इतनी जल्दबाज़ी में, इतनी नासमझी में इतने कम समय में जो कुछ गँवा और बिखेर दिया है, उसे क्या फिर से हासिल नहीं किया जा सकता है? क्या हम अपने अटपटे जीवन को फिर से सँवार सकते हैं?

मुझे कुछ दिनों से मिली-जुली प्रतिक्रिया देखने को मिल रही है। उसकी सेहत और दिमाग़ी हालत काफ़ी हद तक सकारात्मक है। अपने इलाज के दौरान उसने जिस संयम और समझदारी का पालन किया, वह भी बहुत सन्तोषजनक है लेकिन उसका इंटरनेटी शग़ल जिस तेज़ी से बढ़ रहा था, वह बहुत आशंकित करता था।

आमतौर पर उसका बिहेव बिलकुल नॉर्मल दिखाई पड़ता है लेकिन नेट पर उसकी गतिविधियाँ बहुत सन्देहास्पद हैं। मुझे कुछ समझ नहीं आता कि वह किसी चीज़ से जूझ रहा है? शुरुआत के कुछ दिनों में मैं उसके इलाज और उसकी कम्पनी द्वारा उस पर किए गए केस को निबटाने में लगी रही। कम्पनी ने उसके ख़िलाफ़ एफ.आई.आर. दर्ज़ की थी। मैंने उसके बचाव में किसी भी तरह की पैरवी करने के बजाय कम्पनी के अधिकारियों के सामने उसकी मेडिकल फ़ाइल रख दी, इस गुज़ारिश के साथ कि कम्पनी

अपने नुकसान का हर्ज़ाना लेकर उसको कानूनी कार्रवाई से मुक्त कर दे।

मामला कई तरह उलझा हुआ था। केस वापस लेने के पक्ष में पूरी पैनल की सहमति न होने के कारण उलझनें बढ़ती जा रही थीं। बात सिर्फ़ हर्जाना लेने तक सीमित नहीं थी। मैनेजमेंट अपने दबंग अनुशासन के स्तर को बनाए रखना चाहता था और मानवीय आधार पर कुछ रियायत देकर वह आइंदा ऐसे मामलों को बढ़ावा नहीं देना चाहता था।

अब मेरे लिए कानून की शरण में जाने के अलावा कोई रास्ता नहीं था। मैंने एक एडवोकेट से बात की और बहुत मुश्किल से अग्रिम ज़मानत लेकर आई।

इस पूरी प्रक्रिया में एक हफ़्ता बीत गया। जैसे-तैसे मैंने बाहरी झंझटों को तो सँभाल लिया लेकिन उसकी मनोदशा पर मेरा ध्यान नहीं था। जैसे ही मेरी दिनचर्या पटरी पर आई, मैंने ऑफ़िस से लौटकर उसकी गतिविधियों पर थोड़ी गम्भीरता से ध्यान देना शुरू किया।

वह बहुत आश्चर्यजनक ढंग से ठीक हो रहा था। घर के काम-काज वह इतनी फ़ुर्ती और सफ़ाई से निबटा देता कि मुझे आश्चर्य होता कि यह सब उसने कहाँ सीखा होगा। लेकिन जब कभी वह नेट पर किसी उधेड़बुन में लगा रहता तो घर उसके लिए अस्तित्वहीन हो जाता। आख़िर वह ऐसी कौन-सी वेबसाइट है जो उसे इतना प्रभावित कर रही है?

जब मुझे मालूम हुआ कि वह 'सेकेंड लाइफ' नामक वेबसाइट में जाता है, तब मैंने उस साइट की पूरी तहकीकात की। बहुत जल्द मुझे मालूम हो गया कि यहाँ सब कुछ किया जा सकता है जो हम अपने दैनिक जीवन में नहीं कर सकते। बेशक उस सब कुछ का हमारे भौतिक जगत से कोई वास्ता नहीं होता, लेकिन यही तो सबसे ज़्यादा चिन्ता का विषय था। मैं नहीं चाहती थी कि वह अपने दिमाग़ और दुनियादारी के बीच पड़ी दरार को किसी मनहूस इंटरनेटी स्खलन से पाटने की कोशिश करे। मैंने उसके पीछे इतनी मशक्कत इसलिए नहीं की थी कि मैं उसके अवतार को एक पुतले की तरह 'सेकेंड लाइफ' में भटकता हुआ देखूँ।

मैं पूरी तरह सजग थी। उसकी जुनूनी सनक को मैं ठीक उस समय मेनिपुलेट करना चाहती थी, जब वह अपने चरमोत्कर्ष पर हो। दुनिया के तमाम छापामारों (मैं नहीं जानती छापामार किसे कहते हैं और उन्हें फिर से

पैदा करने की क्या ज़रूरत है?) को पैदा करने की ख़ब्त के साथ उसके अवतार ने एक सिरफिरी जननी के साथ जब सम्भोग शुरू किया, तब मैं वहाँ मौजूद थी। मैंने उसे सचमुच उत्तेजना से काँपते देखा और अगले ही पल बिना कुछ सोचे, बिना किसी अंजाम की परवाह किए मैंने उस उत्तेजना को अपनी तरफ़ मोड़ दिया। कम्प्यूटर के सामने से हटाकर खींचते हुए उसे मैं अपने बैडरूम में ले गई। मैंने बिना देर किए उसके कपड़े उतारे, फिर अपने। मैं बिस्तर पर उसे अपने साथ गिरा देती हूँ। पहले से उत्तेजित और लगभग स्खलित होने के लिए तैयार उसकी बेसुरी तान को मैं अपने मुक्त तन्तुओं पर लेती हूँ। सुर बैठाने और लय में आने का कोई अन्तराल नहीं था। उसके बाद की क्रियाओं का विवरण देना मुश्किल है क्योंकि उनका कोई सिर-पैर नहीं था। मैं जानती हूँ कि उस सहवास में कोमलता नहीं थी और अतृप्त भूख से उपजा आनन्द भी नहीं था। मेरे लिए यह पहला अनुभव था और हर पहली बार किए गए काम की तरह इस बार भी मेरी यही कोशिश थी कि वह बिना किसी ग़लती के पूरा हो और इस काम का नतीजा ठीक-ठाक रहे, यानी जिस उद्देश्य से उसे सम्पन्न किया जा रहा है, वह उद्देश्य पूरी तरह न सही, आंशिक रूप से पूरा हो।

मुझे आंशिक सफलता मिल गई है। मैंने उसे बनावटी और वर्चुअल इंटरकोर्स से बाहर खींचकर एक ऐसी अनुभूति दी है जिसका धड़कते हुए जीवन और मानवीय स्पन्दन से सम्बन्ध है।

इस तरह की छिटपुट ख़ुशियों में लम्बे विचारों की मिलावट क्यों की जाए? हर नए अनुभव की तुलना संचित अनुभव से क्यों की जाए? भय, हताशा और विनाशकारी उत्तेजना से घिरे किसी आदमी के लिए क्या फ़िलहाल इतना ही काफ़ी नहीं है?

यथार्थ : ज़ाहिर है, रीना ने यह सवाल किसी और से नहीं, मुझसे पूछा है। यथार्थ होने के नाते मेरा यह फ़र्ज़ बनता है कि मैं इस मानवीय स्पन्दन और धड़कते हुए जीवन की छिटपुट ख़ुशियों की परिणतियों पर भी नज़र रखूँ। मेरे लिए प्रशान्त की उत्तेजना और उसके लम्बे वैचारिक भटकाव और रीना की सीधी-सरल भावनाओं के बीच का 'स्पेस' ज़्यादा महत्त्वपूर्ण है। मैं उस 'तत्त्व' के बारे में सोचता हूँ जिसकी उत्पत्ति और विकास से आने वाले

दिनों का जीवन प्रभावित होता है। रीना और प्रशान्त के इस लैंगिक सम्बन्ध के लिए हमारे आधुनिक समय में शब्द तो बहुत से प्रचलित है—'साइल' या 'सेंसेट', 'सेंसुअस', 'सेंसुअल', 'सेंसल' या 'सेंसाइल' या 'सेंसेटिव' या...लेकिन कुल मिलाकर वे सब एक ही तत्व में विलीन हो जाते हैं और एक ही जगह पहुँचते हैं—स्त्री की योनि और उसका गर्भाशय। योनिद्वार से होकर गर्भाशय तक पहुँचते उस तत्त्व को रीना ने उसी सहजता से अपने भीतर आने दिया जितनी सहजता से मादाएँ गर्भधारण और प्रजनन के नियमों का पालन करती हैं लेकिन उस स्खलन के दौरान प्रशान्त की उत्तेजना ने एक फिर निगेटिव रोल अदा किया था। पिछले एक महीने से चल रहे ट्रीटमेंट के दौरान न्यूरोलॉजिस्ट ने जो हिदायत दी थी, किसी भी तरह के एक्साइटमेंट से दूर रहने की, उसका पालन न होने के कारण आख़िरकार वही हुआ जिसकी इस केस में पहले से आशंका जताई गई थी।

तूफ़ान थमने के बाद जब रीना अपने शरीर से प्रशान्त के शरीर को अलग कर रही थी तो उसे लगा कि वह किसी शरीर को नहीं बल्कि एक निस्पंद लोथ को अपने से अलगा रही है। अपने इस तरह के पहले अनुभव के कारण वह कुछ अनुमान नहीं लगा पाई। उसे लगा, प्रशान्त की यह निष्क्रियता स्वाभाविक है। शायद असीमित आवेग के बाद ऐसा होता होगा लेकिन बाद में जब वह अपने कपड़े पहन रही थी, उसका ध्यान प्रशान्त के चेहरे पर गया। उसकी दोनों आँखें खुली थीं। उसके होंठ का बायाँ निचला हिस्सा एक तरफ़ लटक गया था और वहाँ से झाग बह निकला था।

हड़बड़ी में वह अपनी ब्रा का हुक लगाना भी भूल गई। उसने जल्दी-जल्दी अपने कपड़े पहने। फिर प्रशान्त को कपड़े पहनाने की कोशिश की और तब उसे मालूम हुआ कि उसका बायाँ हाथ-पैर बिलकुल शिथिल हो चुका है। इस विकट स्थिति को समझने में उसे ज़्यादा देर न लगी। उसने फ़ौरन एक नज़दीकी नर्सिंग होम से सम्पर्क किया और एम्बुलेंस आने से पहले ख़ुद को मानसिक रूप से व्यवस्थित कर लिया।

कुछ देर बाद एम्बुलेंस के स्ट्रेचर पर लेटे प्रशान्त को उसने देखा। उसके चेहरे पर उस वक़्त कोई दयाभाव नहीं था। वह प्रशान्त को ऐसे देख रही थी, जैसे कोई टूटे हुए खिलौने को देखता है। वह सोच रही थी कि इसे दोबारा कैसे जोड़ा जा सकता है? आपाधापी और घबराहट भरी परेशानियों

से वह पहले भी कई बार दो-चार हो चुकी थी। किसी भी तरह की टूट-फूट को रिपेयर कर लेने का हुनर उसे बहुत-से कठिन और विकट अनुभवों से हासिल हुआ था।

लेकिन जीवन में कई ऐसे क्षण आते हैं, जब पुराने अनुभव काम नहीं आते, चाहे वे कितने भी प्रामाणिक और व्यावहारिक हों। ख़ासतौर से किसी एक्सट्रीम या एक्सीडेंटल स्थिति को सँभालना किसी एक व्यक्ति के बूते की बात नहीं होती।

नर्सिंग होम पहुँचने के बाद प्रशान्त को जब सीधे आई.सी.यू. में ले जाया गया तो कुछ देर तक उसके चेहरे पर असमंजस और व्यग्रता छाई रही लेकिन अपनी स्वाभाविक लय में आने के लिए उसकी सोच को ज़्यादा वक़्त नहीं लगा। यथार्थ में, जीवन में और दुनियावी उठा-पटक में अपनी जगह बनाए रखने के लिए जिस स्थिरता और सन्तुलन की ज़रूरत होती है, वह उसके अन्दर था।

उसने अपने बिखरे हुए बालों को दोनों हाथों से ऊपर उठाया और इस बार उन्हें कसकर जूड़े की शक्ल दे दी और उठकर खड़ी हो गई। उसने अपने मोबाइल फ़ोन पर एक नम्बर डायल किया। हॉस्पिटल के गलियारे में, जहाँ वह खड़ी थी, अब भीड़ और कोलाहल बढ़ गया था। वह कान से अपना हैंटसेट सटाए धीरे-धीरे चलती हुई लाउंज में आ गई। वह बहुत धीमी आवाज़ में बात कर रही थी। उसके हाव-भाव से, उसके लहजे से, उसके दाएँ हाथ के संचालन से और उसकी चाल से एक वयस्क और बहुत समझदार स्त्री की छवि उभरती दिखाई दी।

अब मैं आश्वस्त हूँ। मुझे लगता है कि जो लोग यथार्थ की जटिलता की बात कर रहे थे, उन्हें रीना से कुछ सीखना चाहिए। मैं मानता हूँ कि समय के बेतरतीब बदलाव ने मेरे अन्दर भी कई पेचीदगियाँ रच दी हैं, पर मुझे बिलकुल अच्छा नहीं लगता कि इन पेचीदगियों में उलझकर कोई परेशान हो जाए या मुझसे नफ़रत करने लगे या मुझसे दूर होने लगे। रीना ने इन तमाम पेचीदगियों और बेहिसाब मुश्किलों के बावज़ूद मुझसे नाता नहीं तोड़ा है। मैं अब सचमुच उससे प्यार करने लगा हूँ, लेकिन अगर मैं सिर्फ़ रीना से प्यार करता रहूँ तो यह इकतरफ़ा प्यार होगा। यथार्थ होने के नाते यह मेरी

ज़िम्मेदारी बनती है कि मैं उनका भी ख़याल रखूँ, जिन्होंने मुझसे नाता तोड़ लिया है। अगर मैं कोई जीता-जागता इनसान होता तो मुझे भी यह छूट मिल जाती कि मैं भी उन सब चीज़ों से किनाराकशी कर लूँ जो मुझसे दूर रहना चाहती हैं। मैं इस मामले में इनसान से भी अभागा हूँ। मेरे लिए निरपेक्ष हो सकना बहुत मुश्किल है।

मैं नर्सिंग होम के लाउंज में खड़ी, दुनिया के झंझटों से उलझती रीना से भी सम्पर्क बनाए हुए हूँ और आई.सी.यू. में बेड पर चुपचाप सोए प्रशान्त से भी जो अब कोमा में जा चुका है।

आप सब जानते ही हैं कि कोमा एक ऐसा बिन्दु है जहाँ से आगे की कोई राह नहीं बनती। हर कोई, चाहे वह चिकित्साकर्मी हो या मरीज़ का रिश्तेदार या दोस्त अहबाब या प्रेम करने वाले, ये सब के सब सिर्फ़ दुख प्रकट कर सकते हैं, सिर्फ़ एक-दूसरे को दिलासा दे सकते हैं या अधिक से अधिक किसी उम्मीद भरे नामुमकिन चमत्कार की कल्पना कर सकते हैं।

इनमें से कोई उस यात्रा में शामिल नहीं हो सकता, जो कोमा के बाद शुरू होती है। सिर्फ़ मैं आख़िरी सहयात्री हूँ। मेरे अलावा कोई उन गहराइयों और ऊँचाइयों में नहीं जा सकता जहाँ प्रशान्त का अवचेतन भटक रहा है। सिर्फ़ मैं यह बता सकता हूँ कि प्रशान्त के दिमाग़ में इस वक़्त क्या चल रहा है? उन क्षणिक दीप्तियों को, उन धुँधले पड़ते आभासों को और अनन्त में फैले उन बिम्बों को सिर्फ़ मैं देख सकता हूँ जो स्मृतिकोश में बरसों से संचित होते रहते हैं और उमड़ते-घुमड़ते कोलाज की शक्ल में अवचेतन की तहों से बाहर निकलते हैं।

मैं देख रहा हूँ, प्रशान्त को अब अपने सुदूर अतीत की झलकियाँ दिखनी शुरू हो गई हैं। उसके कुनबे, उसके कस्बे और मुहल्ले की प्रफ़ुल्लित धमा-चौकड़ी, संगी-साथियों की मिली-जुली आवाज़ें। आईने में माँग में सिंदूर रचती माँ, आँगन में रंगोली और हथेलियों पर मेहँदी रचाती बहनें, त्योहार की गहमागहमी में व्यस्त उल्लसित पिता। मकर संक्रांति की रंग-बिरंगी पतंगें, दीवाली की फुलझड़ियाँ, होली के रंग और गली से गुज़रती टोली। खुले आँगन वाले घर, चारपाइयों पर बैठक, धुआँ उड़ाते बुजुर्ग, बर्तन-कपड़े धोती बहुएँ...।

और धीमी रफ़्तार से बहता कस्बाई भूदृश्य जो पीछे छूटता जा रहा है। बीता हुआ सब कुछ धुँधलाता जा रहा है और उस धुँधलके में से जीवन के दूसरे दौर का परिदृश्य उभरता आ रहा है...

पुणे। एक हाईटेक शहर जहाँ चारों तरफ़ 'सुपीरियर' और 'फाइन' कॉर्पोरेट कर्मचारी पैदा करने वाले शिक्षण संस्थान फैले हुए हैं और किसी भी तरह के कॉम्पिटीशन में कूद पड़ने के लिए अधीर नौजवान हाथों में डिप्लोमा लिये घूम रहे हैं।

सिम्बॉसिस के कैम्पस में अलग-अलग शहरों में आए स्टूडेंट्स के बीच प्रशान्त अकेला खड़ा है। जिज्ञासा और उत्सुकता से भरे उसके चेहरे में हर चीज़ को जानने की ललक है। वह हर किसी से मिलने के लिए उत्सुक है। वह उदार है। वह सहयोग के लिए तत्पर है, मगर फिर भी अकेला है क्योंकि वह वाचाल नहीं है। उसमें उस तत्व का अभाव है जो किसी सांकेतिक भाषा को समझने, किसी कपट या धूर्तता को ताड़ लेने और किसी गुप्त निहितार्थ को भाँप लेने में सहायक होता है। उसकी बॉडी लैंग्वेज और उसकी आउटफिट में भी वो कॉम्बीनेशन नहीं है जो सिम्बॉसिस के लिए ज़रूरी माना जाता है।

इस अनसूटेबल ब्वॉय को यह मालूम नहीं है कि उसकी इमेज़ कैसी है? उसे यह भी समझ नहीं आता कि कोई उसकी बातों में दिलचस्पी क्यों नहीं रखता? हर कोई उससे कतराने की कोशिश क्यों करता है? ए प्लस वाली रैंक के बावजूद कोई उससे आकर्षित क्यों नहीं होता?

जैसे दूसरी तमाम चीज़ों के बारे में उसे कुछ पता नहीं है, वैसे ही उसे यह भी पता नहीं है कि उसकी इन अन्यमनस्क और सुध-बुधविहीन गतिविधियों को दो आँखें बहुत ग़ौर से देखती रहती हैं। वे आँखें उसका सिर्फ़ पीछा ही नहीं करतीं, उसे निरखती-परखती भी हैं। उन आँखों में उसके प्रति अन्य स्टूडेंट्स द्वारा की जा रही कपटपूर्ण अवहेलना के ख़िलाफ़ अकसर रोष उभर आता है। वे आँखें उसके भोले और भोंदू चेहरे से बहुत प्रभावित हैं। उन आँखों में सूक्ष्मता है। उन आँखों में सौम्यता है। उन आँख़ों में नमी है और उस नमी में कोई चीज़ जड़ पकड़ बैठती है, ठीक उस वक़्त जब प्रशान्त को एक उद्दंड लड़के ने धक्का देकर अपने ग्रुप से बाहर निकाल दिया था।

फिर उन आँखों ने प्रशान्त के अपमानित चेहरे और आँसुओं से भरी आँखों को देखा। वे आँखें प्रशान्त की आँखों के क़रीब आ गईं। किसी भी बात की परवाह किए बिना उसने प्रशान्त की भयभीत, दुःखी और शर्म से भीगी हुई निगाह को अपनी निग़हबानी में ले लिया। ये निग़हबान आँखें रीना की थीं।

प्रशान्त ने रीना को देखा और रीना की निगाह उसके भीतर से गुजर गई। इस ख़फ़ीक़ और शफ़्फ़ाक निगाह में जो कुछ भी था, वह इतना भारहीन था कि एक ही साँस में उसे भीतर खींचा जा सकता था।

प्रशान्त ने अपनी हिचकी और रुलाई को जज़्ब करने के लिए गहरी साँस ली थी। अपमान की घुटन के बाद अचानक मिली इस सान्त्वना ने उसके फेफड़ों में वो हरकत पैदा कर दी जिसे हम 'फफक' के नाम से जानते हैं, जो गहरे दुःख और अचानक मिली ख़ुशी के बीच की रगड़ से पैदा होती है।

प्रशान्त ने कोमा में होने के बावज़ूद उस दिन की अपनी फफकन को अपने कलेजे में फिर महसूस किया। उसे रीना का पूरा चेहरा दिखाई दिया। अगर वह होश में होता तो शायद उसे वह चेहरा इतना साफ़ नज़र न आता। अगर वह होश में होता तो उसे पता न चलता कि उस दिन की रीना की उन निगाहों का उसके लिए क्या अर्थ था और होशो-हवास में वह उन सालों पर इतनी खुली दृष्टि न दौड़ा पाता, जो उन दोनों ने साथ-साथ बिताए थे।

उसे पूरा पैटर्न साफ़-साफ़ दिखाई देता है—तेज़ गति से गुज़रने वाले समय और घुमावदार पेचीदगियों ने कैसे उनकी मन्द और मद्धम तासीरों को अलग-थलग किया, कितनी बार वे एक-दूसरे से अलग पड़ गए और कैसे ख़ुद-ब-ख़ुद वापस मिल गए, उन धाराओं की तरह जो चट्टानों से टकराकर विभाजित हो जाती हैं और समतल पर आते ही फिर से आपस में घुल-मिल जाती हैं!

लेकिन अब उसे लग रहा है कि वह ख़ुद किसी धारा में पड़ गया है और रीना किनारे पर खड़ी है। वह उसे पुकार रही है। वह धारा में बहते उसके जिस्म के साथ दौड़ रही है। वह हाथ आगे बढ़ाती है, प्रशान्त बार-बार

उसका हाथ थामने की कोशिश करता है और हर बार कोई-न-कोई रेला उसे रीना से दूर बहा ले जाता है। वह बहता चला जा रहा है मर्त्यता की उन घाटियों के बीच और रीना की धुँधली आकृति धीरे-धीरे विलीन होती जा रही है।

✪✪✪